FANTASY

Buch

Thraxas will während des unmenschlich heißen Sommers in Turai eigentlich nichts Anstrengenderes unternehmen, als das eine oder andere kühle Bierchen zu heben. Doch seine Idylle wird jäh unterbrochen durch den völlig verstörten Lehrling Gesox: Sein Meister, der berühmte Bildhauer Rodinaax, ist einem heimtückischen Mordanschlag zum Opfer gefallen, und die Garde betrachtet Gesox als ihren Hauptverdächtigen. Als Gesox, der hartnäckig seine Unschuld beteuert, ausgerechnet in Thraxas' Wohnung verhaftet wird, fühlt sich der übergewichtige Privatdetektiv persönlich herausgefordert. Bei seiner Suche nach Rodinaax' wahrem Mörder gerät er alsbald in handgreifliche Auseinandersetzungen mit obskuren Kampfmönchen, in ernste Schwierigkeiten mit der gefährlichsten Verbrechergang von ganz Turai und zu allem Überfluss auch noch in das Visier des korrupten, aber äußerst mächtigen Präfekten Tholius. Als sich schließlich herausstellt, dass seine alte Erzfeindin Sarin die Gnadenlose ebenfalls in den Fall verwickelt ist, steht für Thraxas fest:

Seine Sommerferien sind nun endgültig vorbei.

Autor

Hinter dem Pseudonym Martin Scott verbirgt sich der in Glasgow geborene Schriftsteller Martin Millar. Für seinen ersten Turai-Roman wurde er mit dem World Fantasy Award ausgezeichnet. Martin Scott lebt seit über zwanzig Jahren in London.

Bereits erschienen:

Der Drachentöter. Roman (24182)

Weitere Bände sind in Vorbereitung

FANTASY

Martin Scott

Das Zaubergift

Die Geheimnisse
von Turai 2

Aus dem Englischen
von Wolfgang Thon

BLANVALET

Die Originalausgabe erschien 1999 unter dem Titel
»Thraxas and the Warrior Monks« bei Orbit, London.

Umwelthinweis:
Alle bedruckten Materialien dieses Taschenbuches
sind chlorfrei und umweltschonend.

Blanvalet Taschenbücher erscheinen im
Goldmann Verlag, einem Unternehmen der
Verlagsgruppe Random House GmbH.

Deutsche Erstveröffentlichung Oktober 2002

Umschlaggestaltung: Design Team München
Umschlagillustration: Schlück/Maitz
Satz: deutsch-türkischer fotosatz, Berlin
Druck: Elsnerdruck, Berlin
Titelnummer: 24183
UH · Herstellung: Peter Papenbrok
Made in Germany
ISBN 3-442-24183-9
www.blanvalet-verlag.de

1 3 5 7 9 10 8 6 4 2

1. KAPITEL

Makri betritt die *Rächende Axt* mit dem Schwert an der Hüfte und einem Bündel Notizen aus ihrem Philosophiekurs in der Hand. Der Schweiß rinnt ihr in Bächen den Hals hinunter.

»Draußen ist es heißer als in der orgkischen Hölle!«, beschwert sie sich.

Ich knurre zustimmend. Für mehr reicht meine Energie nicht. Hier drinnen ist es nämlich auch heißer als im Orgkus, dieser verdammten Hölle der Orgks. Ich schaffe es gerade noch, meinen Bierhumpen zum Mund zu führen.

Makri muss gleich ihre Schicht als Serviererin anfangen. Sie zieht die Männerkleidung aus, die sie auf der Straße trägt, wirft sie hinter den Tresen und gießt sich etwas Wasser aus dem Krug über Gesicht und Hals. Es läuft über ihr äußerst knappes Kettenoberteil und das noch knappere Höschen aus demselben Material. Ihre Kleidung verhüllt so gut wie nichts, sondern betont jede Einzelheit ihres wohlgeformten Körpers, was Makri einen nie versiegenden Strom von Trinkgeld aus den Taschen der Hafenarbeiter, der Seeleute, der Barbarensöldner und all der anderen Nichtsnutze, die in dieser Kaschemme trinken, sichert.

Makri bewohnt ein winziges Zimmerchen im ersten Stock. Ich wohne ebenfalls hier, einige Türen weiter den Flur hinunter. Mein Name ist Thraxas, und wenn es nicht zu heiß ist, um sich zu rühren, arbeite ich als Privatdetektiv.

Der beste Magische Ermittler im Stadtstaat von Turai prahlt das Schild draußen an meiner Bürotür. Zugegeben, meine Zauberkraft ist mittlerweile etwas eingeschränkt und bedauerlicherweise sogar noch im Abnehmen begriffen. Den einen oder anderen Zauberspruch kann ich allerdings noch aus dem Ärmel schütteln, auch wenn ich mich vielleicht dabei nicht so geschickt anstelle wie einer dieser vornehmen Palastzauberer. Und ich verfüge auch immer noch über die geschärften Sinne, die man sich beim Studium der Magie aneignet. Außerdem gehe ich sehr entschlossen vor, wenn ich an einem Fall arbeite. Also dürfte das Schild wohl einigermaßen zutreffend sein.

Auch noch draufzuschreiben, dass ich äußerst preiswert bin, habe ich mir geschenkt. Das weiß sowieso jeder. Seit ich meinen gut bezahlten Posten als Hoher Ermittler im Palast verloren habe, kann ich nicht gerade behaupten, dass es das Leben in finanzieller Hinsicht besonders gut mit mir gemeint hat.

Ich hebe schlaff die Hand, um Gurdh, einem in die Jahre gekommenen Barbaren aus den Nordlanden und Besitzer der *Rächenden Axt*, zu signalisieren, dass ich gern noch einen Humpen Bier hätte.

»Du hast wohl keine Lust zu arbeiten, hm?«, erkundigt sich Makri.

Ich wedele abwehrend mit der Hand. »Ich hab immer noch genug von meinem letzten Honorar übrig.«

Vor sechs Wochen habe ich Prätor Zitzerius aus der Klemme geholfen. Zitzerius ist ein sehr bedeutender Mann in unserem Stadtstaat von Turai. Er ist viel bedeutender als ein Senator und mittlerweile sogar bedeutender als ein Prätor, denn er hat gerade die Wahl zum Vizekonsul gewonnen. Damit ist er der zweithöchste Regierungsbonze nach Konsul Kahlius, der wiederum nur unserem König Rechenschaft schuldig ist.

»Ja«, füge ich nachdenklich hinzu und hebe meinen Humpen.

»Der gute alte Zitzerius hat mein Honorar äußerst großzügig bemessen – das muss ich zugeben. Andererseits hätte er die Wahl wohl kaum gewonnen, wenn ich nicht seinen Ruf gerettet hätte.«

Makri lacht spöttisch. Sie verspottet mich häufig für das,

was ich sage. Normalerweise macht mir das nichts aus. Denn erstens ist sie einer der sehr wenigen Freunde, die ich in dieser schmutzigen Stadt habe, und zweitens hilft sie mir oft bei meiner Arbeit. Zwar nicht direkt bei den Ermittlungen, aber wenn es ums Kämpfen geht, ist sie oft an meiner Seite. Hier in ZwölfSeen, dem armen und von Verbrechen gepeinigten Hafenviertel von Turai, mögen die Leute es im Allgemeinen nicht besonders, wenn man zu viele Fragen stellt. In fast allen Fällen, in denen ich ermittle, muss ich meinen Worten früher oder später mit dem Schwert Nachdruck verleihen. Womit ich grundsätzlich kein Problem habe. Ich bin nämlich sehr gut mit dem Schwert. Aber Makri, der es sogar gelungen ist, aus den orgkischen Gladiatorengruben zu entkommen, führt wohl eine der tödlichsten Klingen überhaupt, das ist keine Übertreibung. Makri mag zwar erst einundzwanzig sein und ihren Lebensunterhalt als Serviermädchen verdienen. Aber drückt ihr ein Schwert in die eine, eine Axt in die andere Hand, und stellt eine Reihe Widersacher vor ihr auf. Ihr werdet ein Gemetzel erleben, dass euch Hören und Sehen vergeht.

Sie hat sieben Jahre lang in den orgkischen Gladiatorengruben gekämpft. Aus dieser Zeit stammen ihre nahezu perfekte Kampftechnik und brennender Hass auf die Orgks. Natürlich hassen alle Menschen die Orgks, trotz des Friedensvertrages, der momentan zwischen unseren Rassen besteht. Aber Makris Hass ist besonders stark. Was es umso schwieriger für sie macht, da in ihren Adern ein bisschen Orgk-Blut fließt. Und auch ein wenig Elfenblut. Makri ist jedenfalls eine höchst ungewöhnliche Mischung, zumindest so ungewöhnlich, dass sie wegen ihres Aussehens von allen Seiten Beleidigungen zu hören bekommt. Aber wenn sie Getränke serviert und ihr langes, dunkles Haar über ihre bronzefarbenen Schultern fällt und ihr winziger zweiteiliger Kettendress sich hauteng an ihre perfekte Figur schmiegt, fällt mir immer wieder auf, wie die Zecher vorübergehend ihre Vorurteile vergessen.

»Du hast zugenommen«, stellt Makri fest. Ich tätschele liebevoll meinen mächtigen Bauch. »Lass ihn doch«, meint Gurdh, während er mir einen neuen Humpen auf den Tisch stellt. »Thraxas arbeitet nicht gern, wenn es heiß ist. Ich erinnere mich noch sehr gut daran, dass wir ihn damals während der Orgk-Kriege auch nie zu einem ordentlichen Kampf bewegen konnten, solange die Sonne schien.«

Ich überhöre diesen vollkommen unwahren Seitenhieb. Damals in den Orgk-Kriegen habe ich verdammt hart gekämpft. Lass sie doch spotten! Ich verdiene eine Ruhepause. Letztes Jahr um diese Zeit bin ich im Hafen herumgerannt und habe einen übergeschnappten Halb-Orgk gesucht, der acht Menschen abgeschlachtet hatte. Fast wäre ich Nummer neun geworden. Aber jetzt, nach der fetten Zahlung von Zitzerius und wegen der Aussicht, den Rest dieses heißen Sommers nicht arbeiten zu müssen, bin ich so wohlgemut wie ein Elf im Baum.

»Noch ein Bier, bitte, Gurdh.«

Gurdh ist um die fünfzig. Er hat ein wettergegerbtes Gesicht, und sein langes Haar ist vollkommen ergraut. Seinen Muskeln hat sein Alter jedoch nichts anhaben können. Sie treten beeindruckend hervor, als er das Bier zapft und es über den Tresen reicht.

»Keine Lust, dich damit zu befassen?«, fragt er und deutet auf einen Artikel in *Der Berühmte Und Wahrheitsgetreue Chronist*. Es ist ein dünnes, schlecht gedrucktes Revolverblatt, das sich auf Turais zahlreiche Verbrechen und Skandale spezialisiert hat. Ich werfe einen kurzen Blick auf den Artikel.

»Du meinst: ›Der Tod eines Zauberers‹? Vielen Dank, darauf kann ich sehr gut verzichten. Er war außerdem nur ein sehr unbedeutender Magier.«

Der *Chronist* berichtet, dass besagter Zauberer, Thalius Scheelauge, gestern tot in seinem Haus in Thamlin aufgefunden worden ist. Man vermutet, dass er vergiftet wurde, und seine Hausbediensteten befinden sich in Untersuchungshaft. Ich erinnere mich an Thalius aus meiner Zeit im Palast. Er war eher eine Randfigur und mehr daran interessiert, Horoskope für junge Aristokraten zu entwerfen, als sich mit ernsthafter Zauberei zu befassen. Was nicht bedeuten soll, dass sein Tod eine Bagatelle wäre. In letzter Zeit ist das Leben für Zauberer in Turai nicht ganz ungefährlich. Erst vor kurzem wurde Butha von der Östlichen Erleuchtung getötet, und auch Blumius Adlerschwinge kam tragischerweise ums Leben. Beide Zauberer waren in den Fall verwickelt, an dem ich zu jener Zeit gearbeitet habe. Da Zauberer für jeden Staat wichtig sind, vor allem für einen kleinen Stadtstaat wie Turai, und es nicht endlos viele von ihnen gibt, kann ich mir gut vorstellen, dass die Zivilgarde den Mord eifrig untersucht. Sollen sie doch. Wenn der alte Thalius Scheelauge seine Dienstboten so sehr getriezt hatte, dass sie ihn schließlich vergiftet haben, dann hat er wahrscheinlich nur seine gerechte Strafe erhalten. Diese Palastzauberer sind ziemlich dekadent. Die meisten von ihnen sind Boah-Süchtige. Oder Alkoholiker. Oder beides. Übrigens, wo wir gerade davon reden …

»Noch ein Bierchen, bitte, Gurdh.«

Ich lese den Rest des *Chronisten*. Es wimmelt darin von Berichten über Verbrechen, aber das ist in Turai nichts Ungewöhnliches. Ein Prätor ist wegen Boah-Schmuggels angeklagt worden, eine Fuhre Gold aus den Minen im Norden ist auf dem Weg in die Schatzkammer des Königs bei einem Überfall gestohlen worden, und jemand ist in das Haus des Sindischen Botschafters eingebrochen.

Ich werfe das Zeitungsblatt in die Ecke. Soll sich die Zivilgarde doch darum kümmern. Schließlich werden sie für so etwas bezahlt.

Die Türe fliegt auf, und zwei Gestalten marschieren herein, die ich hier noch nie gesehen habe. Es sind eindeutig Kämpfer, aber keine von den normalen Söldnern, die sich hier in der Stadt den Streitkräften des Königs anschließen wollen.

Die beiden gehen zielstrebig zur Theke und verlangen Bier. Gurdh schenkt ihnen zwei Krüge voll, und sie setzen sich an einen Tisch, um sich von der Hitze zu erholen.

Der Größere der beiden ist ein grober Klotz mit kurz geschorenem Haar und einem wettergegerbten Gesicht. Er bleibt stehen, als er an mir vorbeikommt. Er starrt mich an. Ich erwidere seinen Blick gelassen, obwohl ich weiß, wer er ist. Ich hatte gehofft, dass er mich nicht erkennt. Das hätte mir das Leben leichter gemacht. Meine Hand gleitet beinah automatisch unter den Tisch zum Griff meines Schwertes.

»Thraxas!« Er speit meinen Namen förmlich aus.

»Kennen wir uns?«, frage ich höflich.

»Das weißt du verdammt gut! Ich habe deinetwegen fünf Jahre auf einer Strafgaleere verbracht.«

»Meinetwegen? Ich habe dich nicht gezwungen, den Elfen-Botschafter auszurauben.«

Aber die Beweise, die ich gegen ihn gesammelt habe, haben dafür gesorgt, dass er auf der Strafgaleere landete. Er zieht mit der Behändigkeit langjähriger Übung sein Schwert blank. Sein Kumpel tut es ihm nach, und ohne viel Worte stürzen sie sich auf mich. Ihre Blicke sind mordlüstern.

Ich bin schnell auf den Beinen. Auch wenn ich dreiundvierzig Jahre alt bin und einen dicken Bauch habe, kann ich mich noch geschmeidig bewegen, wenn es nötig ist. Der erste Angreifer führt einen Hieb gegen mich, aber ich pariere und stoße selbst zu. Er stürzt mit blutender Brust zu Boden, während ich herumwirble und mich dem anderen Angreifer stelle.

Der bereits tot auf dem Boden liegt. Makri hat in der Zeit, in der ich mit dem ersten Kerl beschäftigt war, ihr Schwert aus seinem Versteck hinter dem Tresen, geholt, sich in den Kampf eingemischt und den zweiten Kämpfer niedergestreckt.

»Danke, Makri.«

Gurdh hat ein bisschen länger gebraucht und steht jetzt mit der alten Streitaxt in der Hand dumm da. Er ist sichtlich enttäuscht, dass für ihn keiner mehr übrig ist.

»Ich werde langsam«, knurrt er.

»Was wollten die denn?«, will Makri wissen.

»Sie haben einmal einen Elfen-Botschafter ausgeraubt, der im Kaiserlichen Palast akkreditiert war. Sie haben ihm sein Geld abgenommen, als er betrunken in einem Edel-Puff in Kushni eingenickt war. Die Zivilgarde konnte sie nicht dingfest machen, also habe ich sie aufgespürt. Das war vor etwa fünf Jahren. Sie können erst vor ein paar Monaten von der Strafgaleere heruntergekommen sein.«

Und jetzt sind sie tot. Jedes Mal, wenn ich jemanden in den Knast bringe, schwört er mir Rache. Aber gewöhnlich vergessen sie diesen Schwur bald. Es war einfach Pech, dass sie ausgerechnet in die *Rächende Axt* gestolpert sind. Ihr Pech, wohlgemerkt.

Ich durchsuche die Leichen. Das ist reine Gewohnheit. Aber ich finde nichts, was sie mit einer der kriminellen Organisationen der Stadt in Verbindung bringen würde. Vermutlich hatten sie gerade vor, ihre Freiheit zu feiern, um sich dann wieder voll neuer Tatenkraft in ihr Verbrecherleben zu stürzen. Es wäre mir zwar lieber gewesen, wenn ich sie nicht hätte töten müssen, aber es geht mir auch nicht allzu nahe. Bei ihrer nächsten Verurteilung hätte sowieso der Strick auf sie gewartet. Einer der beiden hat einen kleinen Beutel um seinen Hals hängen, aber der ist leer. Nicht mal eine Münze ist drin. Auf ihren nächsten Raubzug hätten wir sicher nicht mehr allzu lange warten müssen.

Das Blut sickert in den Boden.

»Ich mache die Schweinerei weg«, sagt Makri und deponiert ihr Schwert wieder hinter dem Tresen, wo es neben ihrer Ersatz-Axt sowie einigen Messern und Wurfsternen liegt. Makri liebt Waffen.

Sie wischt das Blut auf und bückt sich, um den leeren Beutel aufzuheben, den ich achtlos auf den Boden geworfen habe.

»Hübsche Stickerei«, sagt sie. »Ich könnte eine neue Börse brauchen.«

Sie hängt sich den Beutel um. Sieben Jahre in den orgkischen Gladiatorengruben haben Makri ziemlich unempfindlich gegen den Tod und seine vielen Gesichter gemacht. Sie hat keine Skrupel, sich den Geldbeutel eines eben abgeschlachteten Mannes umzuhängen, vorausgesetzt, natürlich, er ist hübsch bestickt.

Gurdh und ich schleppen die Leichen nach draußen. Niemand achtet auf uns. In ZwölfSeen sind Leichen auf der Straße kein ungewöhnlicher Anblick. Die meisten Leute sind viel zu sehr damit beschäftigt, ihren Lebensunterhalt zu verdienen, um auf solche Kleinigkeiten zu achten.

Ich schnappe mir ein Kind, das gerade vorbeiläuft, und drücke ihm eine Münze in die Hand. Dafür soll es die Zivilgarde benachrichtigen und den Gardisten sagen, was passiert ist. Diese Angelegenheit wird sie zwar nicht allzu stark interessieren, aber da ich Privatdetektiv mit einer offiziellen Lizenz bin, zahlt es sich aus, immer schön brav auf der Seite des Gesetzes zu bleiben.

Als wir zurückkommen, hat Makri den Boden bereits gesäubert und poliert gerade den Tresen. Ich lasse mir noch ein Bier geben und setze mich hin, um ein wenig auszuruhen. Es wird mit jeder Minute heißer. Die Kaschemme füllt sich allmählich. Die Stadt wurde vor kurzem von heftigen Unruhen erschüttert, und da viel zu Bruch gegangen ist, sind die ganzen Reparaturarbeiten noch in vollem Gange. Gegen Mittag ist die Kaschemme gut von Arbeitern besucht, die sich von ihrer Frühschicht auf den Baugerüsten da draußen erholen wollen. Das Geschäft läuft gut für Gurdh. Und auch für Tanrose, die in der *Axt* das Essen zubereitet und verkauft. Sie ist eine ausgezeichnete Köchin, und ich leiste mir eines ihrer höchst nahrhaften Hirschragouts zum Mittagessen. Da ich bei meinem letzten Fall viel Geld verdient habe, habe ich geschworen, dass ich diesen heißen Sommer über nicht arbeiten werde. Und dieses kleine Scharmützel von eben schmeckte meiner Meinung nach viel zu sehr nach Arbeit.

»Was hat ein Elfen-Botschafter denn betrunken in einem Bordell in Kushni gemacht?«, erkundigt sich Makri einige Zeit später.

»Er hat sich vergnügt. Sein Elfen-Lord hat ihn danach selbstverständlich sofort zu den Südlichen Inseln zurückbeordert. Hier in der Stadt wurde der Fall totgeschwiegen. Der König duldet nichts, was unsere guten Beziehungen zu den Elfen gefährden könnte.«

Ich bestelle mir ein Bier und überlege laut, ob ich noch ein Hirschragout zu mir nehmen soll. Nach unerwarteten Aktivitäten überkommt mich immer ein mächtiger Appetit.

2. KAPITEL

Nachdem ich das Hirschragout verspeist habe, schnappe ich mir ein paar von Tanroses Pasteten und bestelle mir noch ein Bier. Ich stelle alles auf ein Tablett, weil ich es mit nach oben nehmen will.

»Du trinkst zu viel«, meint Tanrose besorgt.

»Ich brauchte ein neues Hobby, nachdem mich meine Frau verlassen hat.«

»Mit dem Hobby hast du aber schon viel früher angefangen.«

Was kann ich dem schon entgegenhalten?

Ich bewohne zwei Räume über der *Rächenden Axt*. In dem einem schlafe ich, und in dem anderen halte ich mich auf, wenn ich arbeiten muss. Dieses Büro hat eine Tür nach draußen, von der eine Treppe nach unten zur Straße führt. Das ermöglicht meinen Klienten, mich aufzusuchen, ohne erst durch die Kaschemme gehen zu müssen. Ich hatte zwar vor, ein ausgedehntes Nachmittagsschläfchen einzulegen, aber bevor ich mich hinlegen kann, hämmert jemand wie verrückt an die Außentür. Ich öffne sie, und ein junger Mann stürzt herein. Er rempelt mich beinah um und bleibt schließlich mitten im Zimmer stehen. Er wirkt verängstigt und verwirrt.

»Sie werden mich hängen!«, schreit er. »Lasst das nicht zu!«

»Was? Wer?«

»Ich hab ihn nicht umgebracht! Sie lügt! Ich war's nicht! Helft mir!«

Ich betrachte ihn. Meine Zimmer befinden sich in ihrem üblichen Zustand chaotischer Unaufgeräumtheit, und mein Gast verstärkt den Gesamteindruck sogar noch. Er ist vollkommen aus dem Häuschen, und ich brauche eine ganze Weile, bis ich aus seinem konfusen Gebrabbel schlau werde. Schließlich drücke ich ihn barsch auf einen Stuhl und befehle ihm, endlich einen vernünftigen Satz zu bilden oder sich aus meinem Büro zu scheren. Er beruhigt sich etwas, wirft aber nach wie vor ängstliche Blicke in Richtung Tür, als erwarte er, dass seine Verfolger jeden Moment hereinstürmen würden.

Ich gehe zur Tür und murmle die paar kurzen Sätze, aus denen der Standard-Schließ-Bann besteht. Es ist ein ganz gewöhnlicher Zauber, einer von den Kleinen Zaubersprüchen, für die man keine besonderen magischen Fähigkeiten braucht. Aber den jungen Mann scheint das zu beruhigen.

»Und jetzt erzählt mir, was hier los ist. Es ist viel zu heiß, um herumzustehen und Ratespiele zu veranstalten. Wer seid Ihr, und wer ist warum hinter Euch her?«

»Die Garde! Sie behaupten, ich hätte Rodinaax umgebracht!«

»Rodinaax? Den Bildhauer?«

Er nickt heftig.

Rodinaax ist in Turai sehr bekannt. Er ist der beste Bildhauer der ganzen Stadt, sogar einer der besten weltweit. Wegen seiner Arbeiten wird er hoch geschätzt, sogar von der Aristokratie, die normalerweise verächtlich auf Künstler herabblickt. Seine Statuen schmücken viele Tempel in Turai und sogar den Königlichen Palast.

»Rodinaax wurde gestern Abend ermordet. Aber ich war es nicht!«

»Warum sollte Euch jemand verdächtigen? Und wer seid Ihr überhaupt?«

»Ich bin Gesox, Rodinaax Schüler. Ich habe gestern Abend mit ihm zusammengearbeitet. Wir waren damit beschäftigt, die neue Statue von Sankt Quaxinius für den Schrein fertig zu stellen. Daran haben wir seit Tagen gearbeitet … Und jetzt ist er tot. Man hat ihn in den Rücken gestochen.«

»Wo wart Ihr zu der Zeit?«

»Nebenan.« Gesox ist seinen Worten zufolge durch das

Atelier hereingekommen und hat Rodinaax tot mit dem Messer im Rücken aufgefunden. Dann tauchte Rodinaax' Frau Lolitia auf und fing an zu krakeelen.

»Lolitia hat die Zivilgarde gerufen. Und dabei hat sie mich die ganze Zeit angeschrien und behauptet, ich hätte ihn erstochen. Aber das stimmt einfach nicht.«

Er lässt den Kopf hängen. Ganz offenbar ist er hysterisch, und das macht ihn ganz krank. Ich biete ihm eine Thazis-Rolle an. Thazis ist ein mildes Rauschmittel. Es ist zwar immer noch illegal, aber so ziemlich jeder nimmt es. Jedenfalls jeder in ZwölfSeen. Während er den Rauch inhaliert, entspannt sich der junge Mann sichtlich.

Ich will mehr Einzelheiten wissen. Und runzle die Stirn, als er mir erklärt, dass er geflohen sei, statt auf die Garde zu warten. Außerdem erwähnt er auch noch die interessante Tatsache, dass das Messer, das in Rodinaax' Rücken steckte, ihm gehörte. Hm. Ich hebe ausdrucksvoll die Brauen. Es ist nicht gerade sehr schwer, nachzuvollziehen, warum alle glauben, dass er es getan hat. Er hat sich während der Nacht in irgendwelchen Gassen versteckt und überlegt, was er tun soll. Und jetzt ist er hier und versucht einen Detektiv zu engagieren, der, wenn ich ehrlich bin, nicht gerade besonders scharf darauf ist, engagiert zu werden. Und zwar aus drei Gründen: Es ist mir immer noch zu heiß, ich brauche die Arbeit nicht, und außerdem ist der Kerl hier nach allem, was ich bisher erfahren habe, so schuldig wie der Teufel höchstpersönlich.

Er sieht erbärmlich aus. Obwohl ich so ziemlich gegen alles, was in Turai so kreucht und fleucht, abgehärtet bin, tut er mir beinahe Leid.

Der Nächste hämmert gegen meine Tür.

»Aufmachen! Hier ist die Zivilgarde!«

Die Stimme kenne ich. Sie gehört Tholius. Als Präfekt von ZwölfSeen befehligt er auch die Zivilgarde in diesem Viertel. Natürlich verabscheut er mich. Gardisten mögen keine Privatdetektive. Es ist merkwürdig, dass sich der Präfekt höchstpersönlich die Ehre gibt. Normalerweise hält er sich für viel zu wichtig, um selbst auf die Straße zu gehen und Polizeiarbeit zu erledigen.

Ich ignoriere das Hämmern. Aber es hört nicht auf.

»Thraxas, macht auf! Ich weiß, dass Gesox da drin ist!«

»Hier ist niemand außer mir.«

»Unser Zauberer sagt was anderes!«

Ich werfe Gesox einen viel sagenden Blick zu. Wenn die Garde diesen Fall für wichtig genug erachtet, dass sie einen Zauberbeamten hinzuzieht, dann steckt er wirklich in argen Schwierigkeiten.

Ich überlege noch, was ich tun soll, da wird mir die Entscheidung einfach abgenommen. Der Präfekt befiehlt seinen Männern, die Tür einzuschlagen. Es ist keine besonders stabile Tür, und mein Schließbann ist auch kein doller Bann. Zu meinem großen Ärger gibt beides unter dem Gewicht schwerer Gardistenstiefel nach, und im nächsten Moment strömen die Männer in meine Zimmerflucht.

»Was zum Teufel fällt Euch ein!«, explodiere ich wütend. »Wie kommt Ihr dazu, in meine Räume einzudringen? Ohne einen Durchsuchungsbefehl könnt Ihr nicht einfach hier eindringen!«

Präfekt Tholius wedelt mit einem Durchsuchungsbefehl vor meiner Nase herum und stürmt an mir vorbei. Vermutlich ist der Wisch nicht richtig ausgefüllt, aber ich verzichte darauf, mich deswegen mit dem Präfekten anzulegen.

»Eine falsche Bewegung, und ihr verhaftet ihn!«, befiehlt er seinen Gardisten – und deutet auf mich.

Dann baut er sich vor dem jungen Gesox auf. Der Schüler ist wie gelähmt vor Angst, trägt immer noch seinen staubigen Arbeitskittel und kuscht sichtlich vor der gelb gesäumten Amtstoga des Präfekten.

»Du steckst richtig in der Gülle!«, stößt Tholius hervor und packt Gesox grob am Kragen seiner Toga. »Warum hast du den Bildhauer erstochen?«

Der Schüler beteuert vergeblich seine Unschuld. Präfekt Tholius schnaubt nur verächtlich und schleudert ihn dann in die Arme zweier wartender Gardisten. Es sind sehr große Gardisten.

»Schafft ihn weg! Wenn er fliehen will, tötet ihn! Und was Euch betrifft, Thraxas …« Er dreht sich zu mir um. »Wagt es ja nicht, Euch noch einmal gegen das Gesetz zu stellen. Wenn ich auch nur das Gerücht höre, dass Ihr in diesen Fall verwickelt seid, werde ich über Euch kommen wie ein Böser Bann.«

Er wendet sich zum Gehen, bleibt an der zerstörten Tür jedoch noch einmal kurz stehen.

»Ihr könnt natürlich gern einen Antrag auf Entschädigung an die örtlichen Behörden stellen«, meint er und lacht hämisch. Ein solcher Antrag würde zur Bewilligung natürlich auf dem Schreibtisch des Präfekten landen.

Da er nicht nur seinen Verdächtigen dingfest gemacht hat, sondern mir auch noch übel eins auswischen konnte, ist Präfekt Tholius so wohlgemut wie ein Elf im Baum und zieht zufrieden lächelnd von dannen. Die Gardisten trotten hinter ihm her und zerren dabei den jungen Gesox mit sich. Ich sehe noch, wie er die Treppe hinuntergeschleppt und in einen geschlossenen Karren der Gardisten gestoßen wird, wobei er unaufhörlich seine Unschuld beteuert.

Ich schließe das, was von meiner Tür noch übrig ist, trinke mein Bier aus und begebe mich nach unten zu Makri.

»Ich gehe arbeiten«, sage ich. »Hab einen Fall.«

»Seit wann das denn?«

»Seit Präfekt Tholius meine Tür eingetreten und einen Klienten von mir ins Gefängnis verfrachtet hat. Ich wollte zwar nicht arbeiten, aber jetzt bin ich wütender als ein angestochener Drache. Entsprechend werde ich Himmel, Erde und die drei Monde in Bewegung setzen, um Tholius zu demonstrieren, dass er mich so nicht behandeln kann. Ich ziehe los und ermittle. Bis später.«

Ich marschiere den Quintessenzweg lang, mein Schwert an der Hüfte und Wut im Bauch. Als ich noch Hoher Ermittler war, haben die Höflinge mich mit Respekt behandelt. Ich bin zwar seit damals ziemlich weit die soziale Leiter hinuntergepoltert, aber ich will verdammt sein, wenn ich mich von einem so armseligen Tyrannen wie Präfekt Tholius als Fußabtreter benutzen lasse.

Es ist heißer als in der orgkischen Hölle hier draußen, und der Gestank vom Fischmarkt hängt erstickend in der Luft. Ich muss Bergen von Schutt ausweichen, als ich an Neubauten vorüberkomme, die dort errichtet werden, wo die alten Gebäude den Unruhen zum Opfer fielen. An ihrer Stelle baut ein Unternehmer neue Mietskasernen auf beiden Seiten der schmalen Straße. Es ist zwar verboten, in Turai höher als vier Stockwerke zu bauen, aber vermutlich wird er sich den Teufel um irgendwelche Vorschriften scheren. Das bedeutet mehr Gewinn für die Erbauer und die Vermieter in den Elendsvierteln. Und für Tholius. Die Präfekten beaufsichtigen nämlich die Gebäude in ihrer Gegend, und Tholius kassiert ein hübsches Sümmchen dafür, dass er an der richtigen Stelle die Augen zudrückt. Das sind die Vorteile seiner Stellung. Die meisten Präfekten haben dieselbe Augenkrankheit. Und denselben Augenheiler. Und die Prätoren sind auch keinen Deut besser. Korruption ist eine weit verbreitete Seuche in unserer Stadt, die auch vor der Oberschicht nicht Halt macht. Die Bauunternehmer wiederum stecken mit der Bruderschaft unter einer Decke. Das ist die kriminelle Vereinigung, die den Süden der Stadt regiert. Außerdem haben sie auch kaum eine Wahl. Man kann hier nicht viel auf die Beine stellen, ohne dass die Bruderschaft die Hand aufhält.

In ZwölfSeen gibt es zwei Wachstationen der Zivilgarde. Eine ist in der Nähe und wird von Präfekt Tholius selbst befehligt. Die andere ist unten am Hafen. Ihr steht Hauptmann Rallig vor. Ich kenne ihn ganz gut, aber er verbietet seinen Leuten strikt, mir Informationen zuzustecken. Allerdings habe ich einen Kontakt in der Hauptwache. Das ist Gardist Inkorruptox, der sich nicht zu schade ist, mir ab und zu einen Brosamen Informationen zukommen zu lassen. Vor einigen Jahren habe ich einmal seinen Vater aus einer höchst prekären Lage befreit. Aber ich kann nicht riskieren, dem Präfekten so bald wieder unter die Augen zu kommen, auch wenn Tholius nicht allzu viel Zeit dort verbringt. Meistens erholt er sich in einem Puff oder in einer Kaschemme in Kushni und verprasst dort die Gurans, die er unter der Hand kassiert hat. Aber er könnte jetzt trotzdem noch in der Wachstation sein und den armen Gesox verhören.

Mir wird jede Entscheidung abgenommen, als Gardist Inkorruptox aus der Station tritt und sein Gesicht bei meinem Anblick zu einer unglaublichen Grimasse verzieht. Das sollte wohl eine Warnung sein. Ich ziehe mich rasch hinter die nächste Ecke zurück. Als ich um die Hauswand spähe, sehe ich Tholius und zwei Gardisten, die Gesox in Handschellen in einen geschlossenen Wagen schieben. Sie fahren los, und Inkorruptox bildet so etwas wie die berittene Eskorte. Meine offiziellen Nachforschungen werden wohl noch warten müssen. Was mich im nächsten Schritt also zu den inoffiziellen Ermittlungen führt. Ich gehe weiter und achte nicht auf die Bettler. Es gibt zu viele von ihnen, um etwas anderes zu tun, als sie zu ignorieren.

Am Ende des Quintessenzwegs biege ich in den Ruhepfad ein, eine elende, schmutzige kleine Gasse, die von Prostituierten und Drogensüchtigen bevölkert wird. Die Prostituierten schenken mir keine Beachtung. Die Drogensüchtigen strecken mir bettelnd die Hand hin. Seit Boah, eine mächtige Droge, vor einigen Jahren die Stadt überschwemmt hat, lungern immer mehr Drogensüchtige auf den Straßen herum und machen ZwölfSeen nach Einbruch der Dunkelheit zu einem wirklich gefährlichen Viertel. Eigentlich auch zu jeder anderen Zeit.

Ein Stück weiter auf dem Ruhepfad liegt die »Mehrjungfrau«.

Der Ruf dieser Kaschemme ist so mies, das niemand, der auch nur einen Funken Verstand, eine einigermaßen ordentliche Erziehung oder so etwas wie Würde besitzt, sich dem Laden auch nur auf eine Meile nähern würde. Ich lande in letzter Zeit ziemlich oft hier. Kerk, einer meiner Informanten, hält sich dort gewöhnlich auf. Er liegt über einen Tisch gebeugt oder auf dem Boden, wenn das Boah ihn wieder einmal überwältigt hat. Kerk handelt mit Boah, um seine Sucht zu finanzieren, und er gabelt dabei viel nützliche Informationen auf, die er verkauft, ebenfalls, um seine Sucht zu befriedigen.

Ich finde ihn vor der Kaschemme auf der warmen Erde. Neben ihm liegt eine leere Bierflasche, und um ihn herum schwebt der unverwechselbare Geruch von verbranntem Boah in der Luft.

Mit einem kräftigen Tritt wecke ich ihn auf. Er starrt mich mit seinen großen Augen an – Augen, die vermuten lassen, dass irgendwann irgendwie Elfenblut in den Stammbaum seiner Familie gelangt ist. Das ist auch gar nicht so abwegig. Die Elfen, die unsere Stadt besuchen, sind romantischen Liaisons mit den Prostituierten, die hier arbeiten, keineswegs abgeneigt. Die Südlichen Inseln der Elfen sind zwar das Paradies auf Erden, nur an Prostituierten herrscht dort ein gewisser Mangel. Ich vermute, dass die jungen Elfen einfach irgendwie ihre Bedürfnisse befriedigen müssen.

»Was willst du?«, murmelt Kerk.

»Weißt du etwas über Rodinaax?«

Er streckt automatisch seine Hand aus. Ich lasse eine kleine Münze in seine Handfläche fallen, einen Zehntel-Guran.

»Ein Bildhauer. Er ist gestern Nacht ermordet worden.«

»Weißt du noch mehr?«

»Er ist von seinem Schüler umgebracht worden. So sagt man.«

Seinem Blick entnehme ich, dass er noch etwas weiß. Also trenne ich mich von einer weiteren Münze.

»Der Schüler hatte ein Verhältnis mit seiner Frau.«

»Ist das ein Gerücht oder eine verbürgte Tatsache?«

»Ein Gerücht. Aber ein sehr hartnäckiges.«

Die Sonne brennt unbarmherzig vom Himmel. In dem engen Ruhepfad ist sie beinah unerträglich. Ich bin durch Wüsten marschiert, die erheblich kühler waren. Mehr weiß Kerk nicht, aber er verspricht, die Ohren aufzuhalten. Ich gebe ihm noch eine Münze, und er rappelt sich hoch. Denn jetzt hat er genug Geld zusammen, um sich ein bisschen Boah zu kaufen.

Ich drehe mich um und gehe weg. Das war zwar nicht viel Neues von Kerk, aber trotzdem interessant. Es macht die Dinge immer etwas interessanter, wenn der Schüler mit der Frau des Meisters schläft. Bedauerlicherweise erhöht das auch die Wahrscheinlichkeit, dass Gesox ihn getötet hat, was ich eigentlich nicht wahrhaben möchte. Auch wenn ich keinen echten Grund dafür habe, ihn für unschuldig zu halten, abgesehen von einem vagen Gefühl, dass er nicht gelogen hat. Und meiner intensiven Abneigung gegen Präfekt Tholius.

Flugratten, kleine schwarze Vögel, die die Stadt verseuchen, hocken träge in der Hitze auf den Hausmauern der Gasse. Sie erheben sich kreischend in die Luft, als sie von einem Stein aufgeschreckt werden, den ein Jugendlicher mit einem gelben Kopftuch nach ihnen wirft. Es weist ihn als ein Mitglied der Kuul-Tiens aus, unserer örtlichen Jugendbande. Er hebt den nächsten Stein auf.

»Wirf den auch nur annährend in meine Richtung, Junge, und ich ramme ihn dir den Schlund hinunter und lasse deine Gedärme mit einem Zauber verrotten.«

Er weicht zurück. Als Detektiv bin ich natürlich bei den Kuul-Tiens nicht sonderlich beliebt, aber sie hüten sich davor, sich mit mir anzulegen. Wenn ich an einem so heißen Tag an einem Fall arbeiten muss, sollte man mich lieber weder reizen noch verarschen.

Er lächelt spöttisch, als ich an ihm vorbeigehe, und ich grinse ebenso abfällig zurück. Kinder. Früher einmal haben sie Früchte vom Markt gestohlen, bis Boah die Stadt überschwemmte. Jetzt rauben sie Leute mit vorgehaltenem Messer aus, um sich Geld für Drogen zu beschaffen. Turai fährt zur Hölle, und zwar rasend schnell. Wenn sich die Bevölkerung nicht zuvor durch Unruhen, Diebstahl, Mord oder Drogenmissbrauch auslöscht, wird irgendwann König Lamachus von Nioj aus dem hohen Norden herunterkommen und uns einfach von der Landkarte radieren. Er wartet nur auf einen Vorwand, und es ist ihm eigentlich egal, wie gut der ist.

Da ich immerhin minimale Fortschritte gemacht habe, beschließe ich, in der *Rächenden Axt* vorbeizuschauen, bevor ich versuche, Spuren in Rodinaax' Atelier zu finden. Ich habe einen ganzen Tag Ermittlungen vor mir und brauche dringend ein Bierchen und vielleicht auch einen Happen zu essen. Außerdem sollte ich vielleicht ein paar Zaubersprüche in meinem Buch nachschlagen. Ich gebe gern zu, dass ich kein großer Zauberer mehr bin. Es ist mir sogar zu anstrengend, den ziemlich weit verbreiteten persönlichen Schutzzauber mit mir herumzuschleppen, aber ein paar Tricks habe ich schon noch im Ärmel. Es hat mich enorm verärgert, dass Präfekt Tholius in der Lage war, einfach in meine Zimmerflucht einzudringen und Gesox vor meiner Nase zu verhaften. Das ist sehr schlecht für meinen Ruf, wenn ich mir meine Klienten einfach so abnehmen lasse.

Ich bin so sehr damit beschäftigt, dem Müll auf der Straße auszuweichen, dass ich einige Sekunden brauche, bis ich die Gestalt sehe, die mich grüßt, als ich die Kaschemme betrete. Ich bin an ziemlich viele merkwürdige Erscheinungen auf den Straßen von Turai gewöhnt. An singende Pilger, an ungeschlachte Barbaren aus den Nordlanden, an die seltenen, grün gekleideten Elfen. Hier bei uns zu Hause ist selbst Makri ein exotischer Anblick mit ihrer rotbraunen Haut und ihren prallen Brüsten, die aus dem winzigen Ketten-Oberteil herausquellen. Außerdem hat sie sich gerade einen Ring durch die Nase ziehen lassen, was auch in dieser Stadt noch ein recht seltener Anblick ist. Außerdem ist es einer, den ich sehr missbillige. Cimdy und Bertax haben ihr den Schmuck verpasst. Die beiden sind Straßenmusiker und Gaukler, und dazu noch ein sehr auffälliges Pärchen. Ihr Haar ist grell gefärbt, und ihre Kleidung ist noch bunter. Außerdem hängt ihr Gesicht voll mit Piercings. Aber all das hat mich nicht auf den Anblick der jungen Frau vorbereitet, die mit nackten Füßen vor mir steht. In Anbetracht des Zustandes unserer Straßen ist das ein unglaublicher Leichtsinn. Sie trägt dazu ein langes, fließendes Kleid, in das die Symbole der Sternzeichen eingefärbt sind, und sie hat eine Girlande aus Blumen in ihr Haar geflochten.

Ich sehe sie verständnislos an, als sie vor mir steht. Mir will einfach kein Grund einfallen, der erklären würde, warum sie keine Schuhe trägt.

»He, Thraxas«, begrüßt mich Makri, die mit einem Tablett vor der Tür auftaucht. »Das ist Dandelion. Sie möchte dich unbedingt engagieren.«

Noch bevor ich dazu komme, einzuwenden, dass doch niemand wirklich Dandelion heißen kann, hat sie schon meine Hand gepackt, starrt mir tief in die Augen und behauptet, sie wäre »echt davon überzeugt«, dass sie mit mir den richtigen Mann gefunden habe.

»Ich spüre sofort, dass du eine mitfühlende Seele hast.«

Irgendwo im Hintergrund höre ich Makri hämisch kichern.

»Ihr wollt mich engagieren?«

»Ja. Im Auftrag der Delfine.«

»Im Auftrag der Delfine?«

»Ja. Der Delfine, die in der Bucht leben.«

»Diejenigen, die mit den Menschen sprechen können«, wirft Makri ein.

Ich knurre. Man sagt, dass diese Delfine sprechen können. Mir persönlich fällt es sehr schwer, das zu glauben.

»Sie singen auch wirklich wunderschön«, setzt Dandelion fröhlich noch einen drauf.

Ich muss mich zusammenreißen, um meinen Ärger im Zaum zu halten.

»Ich bin ziemlich beschäftigt. Habe ich in dieser rührenden Geschichte über unsere wild lebenden Mit-Tiere irgendwie die Pointe verpasst?«

»Aber ja doch. Die Delfine sind echt in einer schrecklichen Notlage. Jemand hat ihren Heilstein gestohlen. Sie möchten dich engagieren, damit du ihn zurückbringst.«

»Ihren Heilstein?«

»Das ist richtig. Er ist echt sehr wertvoll für sie. Er ist vom Himmel gefallen.«

Dandelion lächelt mich lieb an. Ich gebe den kurzen Kampf gegen meine Aggression auf.

»Würdet Ihr bitte aus dem Weg gehen? Ich bin ein viel beschäftigter Mann, und ich arbeite gerade an einem Fall. Einem echten Fall. Ein Mord. Ich habe keine Zeit, hier herumzustehen und einem verrückten Mädchen mit Blumen im Haar zuzuhören, wie sie von Delfinen und Steinen schwafelt, die vom Himmel gefallen sind. Und wenn Ihr mich jetzt bitte entschuldigen würdet.«

Ich stürme an ihr vorbei. Das heißt, ich will es. Aber Dandelion stellt sich mir mit einem Satz in den Weg.

»Aber du musst ihnen helfen!«

»Sucht Euch einen anderen Detektiv!«

»Die Delfine wollen dich. Sie sind sich einig, dass du auf einer sehr innigen Ebene mit ihnen harmonierst.«

Ich muss mich zusammenreißen, damit ich ihr keinen Schwinger verpasse. Makri findet die ganze Angelegenheit echt amüsant, wie ich aus dem Augenwinkel bemerke. Na klasse. Soll sie doch hingehen und den Delfinen helfen! Ich habe in einem Mordfall zu ermitteln! Ich stampfe die Treppe hoch und nehme mir nicht einmal die Zeit, ein Bierchen vom Tresen zu holen. Ich brauche etwas Stärkeres und stelle mein Zimmer bei der Suche nach einem Fläschchen Kleeh auf den Kopf. Dieser Schnaps wird in den Bergen vor der Stadt gebrannt. Nach dem erfolgreichen Abschluss meines letzten Falls habe ich mir eine Sorte gekauft, die ich mir normalerweise nicht leisten kann. Aber der Schnaps brennt mir immer noch in der Kehle, als ich ihn herunterkippe. Ich schüttle den Kopf und nehme noch einen Schluck. Redende Delfine, also echt! Ich habe schon genug Probleme mit Orgks, Elfen und Menschen. Sollen die verdammten Fische doch auf sich selbst aufpassen.

3. KAPITEL

Nach diesem kurzen Intermezzo mit der albernen Dandelion und ihrem Geplapper über sprechende Delfine und Heilsteine kehre ich in die wirkliche Welt zurück und mache mich auf den Weg zu Rodinaax' Atelier. Ich bin in dieser drückenden Hitze schon genug zu Fuß gegangen, also halte ich einen Mietlandauer an und verlasse ZwölfSeen in der kleinen einspännigen Kutsche. Wir fahren nach Norden, nach Pashish. Pashish ist ein ruhigerer Stadtteil als ZwölfSeen. Hier wohnen die zwar armen, aber ehrbaren Arbeiter und ihre Familien, also das Herz der Stadt. Zwar herrschen auch hier eher kärgliche Verhältnisse, aber die Straßen sind ein wenig breiter und nicht so verdreckt wie die am Hafen. Mein Freund Astral Trippelmond wohnt hier in der Nähe. Vielleicht kann ich ja später noch einmal bei ihm vorbeisehen.

Während der Fahrt denke ich über zwei Dinge nach. Erstens: Wer hat Rodinaax getötet? Und zweitens: Wer wird mich dafür bezahlen, das herauszufinden? Nachdem sich die erste Erregung über Tholius' Eindringen in meine Gemächer ein wenig abgekühlt hat, wird mir rasch klar, dass ich mich gerade in einen Fall stürze, ohne vorher ein Honorar vereinbart oder auch nur eine Anzahlung empfangen zu haben. Das sieht mir ganz und gar nicht ähnlich. Ich mache das hier schließlich nicht zum Vergnügen. Es ist mein Broterwerb. Praktisch gesehen habe ich nicht einmal einen Klienten. Gesox ist verhaftet worden, bevor er dazu gekommen ist, mich zu engagieren. Dabei schießt mir der beunruhigende Gedanke durch den Kopf, dass er möglicherweise so gut wie gar kein Geld hat, weil er schließlich Schüler ist. Er hat vielleicht sein ganzes mageres Entgelt für Geschenke an die Frau des Bildhauers auf den Kopf gehauen.

Ich muss einfach das Beste hoffen. Doch nur weil ich im Moment gerade nicht so dringend Geld brauche, heißt das noch lange nicht, dass ich plötzlich zum Wohltäter geworden bin. So wie ich im Augenblick lebe, bin ich wahrscheinlich recht schnell wieder arm. Vermutlich sogar unmittelbar nach dem nächsten Wagenrennen.

Der Landauer muss an einer Ecke anhalten, um eine Gruppe singender Pilger vorbeizulassen, die dem Schrein des Sankt Quaxinius drüben im Westen der Stadt einen Besuch abstatten wollen. Ich beuge mich aus der Kutsche und lasse mir von einem fliegenden Händler ein Nachrichtenpapyrus reichen. *Der Berühmte Und Wahrheitsgetreue Chronist* ist immer begierig darauf, reißerische Ereignisse zu berichten, und der Tod eines Bildhauers ist eine große Geschichte. Zwar sind in Turai Morde an der Tagesordnung, aber Rodinaax ist so bekannt, dass sich aus seinem gewaltsamen Tod eine deftige Schlagzeile machen lässt. In der Stadt arbeiten viele verschiedene Künstler. Sie werden von dem immer noch sagenhaften Wohlstand unser dekadenten Oberklasse angezogen. Aber keiner von ihnen ist so berühmt wie Rodinaax.

Das Nachrichtenpapyrus weiß zu berichten, dass die Statue, an der er zuletzt gearbeitet hat, eine lebensgroße Plastik von Sankt Quaxinius zu Pferde, zum Teil von der Wahren Kirche in Nioj finanziert worden ist. Der Verfasser des Artikels beschreibt den Mord zunächst ohne allzu große Ausschmückungen und klärt zudem darüber auf, dass die Statue verschwunden sei. Das kann doch nur ein Druckfehler sein. Wir haben zwar eine Menge gerissener Verbrecher in Turai, aber ich kann mir trotzdem nicht vorstellen, dass es einem von ihnen gelingen könnte, sich mit einer lebensgroßen Bronzestatue eines Heiligen auf einem Pferd davonzuschleichen. Gott allein weiß, was allein so ein Heiliger wiegen muss. Das Verhältnis zu den Niojanern ist auch ohne diese Panne schon gespannt genug. Nioj ist ein fundamentalistisches Reich. Sein König ist der oberste Kleriker und dem Vernehmen nach ein glühender Fanatiker. Also wird Nioj das Verschwinden der Statue mal wieder reichlich Munition geben, seinen Ärger an Turai abzureagieren.

Rodinaax' Haus liegt am anderen Ende von Pashish, in einer Gegend, wo es allmählich etwas gemütlicher wird. Die Straßen sind sauber und die Bürgersteige in einem ordentlichen Zustand. Ich steige einen Block vorher aus, bezahle den Kutscher und gehe zu Fuß weiter. Das Haus und das Atelier werden von zwei Zivilgardisten bewacht. Obwohl ich ihnen klarzumachen versuche, dass ich beruflich hier bin, starren sie mich nur mit steinernen Mienen an und verweigern mir den Zutritt.

»Das hat uns gerade noch gefehlt«, ertönt plötzlich hinter mir eine Stimme. »Thraxas, der seinen fetten Rüssel in die Angelegenheiten der Wache steckt.«

Ich drehe mich um. »Sieh da, Hauptmann Rallig. Wie schön, dass Ihr die Ermittlungen leitet.«

»Dieses Vergnügen ist alles andere als auf beiden Seiten. Was willst du hier?«

Hauptmann Rallig und ich kennen uns schon sehr, sehr lange. Wir haben in den Orgk-Kriegen Seite an Seite gefochten. Zusammen mit Gurdh haben wir einige haarsträubende Abenteuer erlebt, die ich immer gerne während meiner Saufgelage in der *Rächenden Axt* zum Besten gebe. Nach dem Krieg wurde ich Hoher Ermittler im Palast, und Hauptmann Rallig hat ebenfalls eine Weile dort gedient, bis er bei Vizekonsul Rhizinius in Ungnade fiel und wieder Dienst auf der Straße schieben musste. Seine Wachstation am Hafen liegt mitten in einer der härtesten Ecken in der Stadt, was einiges heißen will. Rallig stört es jedoch nicht, dass es hier hart zugeht. Er ist kein Mann, der vor seinen Pflichten zurückschreckt. Aber er ist der festen Überzeugung, dass ein Mann mit seiner Erfahrung mittlerweile längst hätte befördert werden müssen.

Obwohl wir uns also ziemlich nahe gestanden haben und

außerdem beide von Rhizinius aus dem Palast geekelt worden sind, haben wir uns in den letzten Jahren ein wenig voneinander entfremdet. Ich bin mittlerweile freischaffend als Detektiv tätig, und Rallig ist Zivilgardist. Diese beiden Spezies waren sich noch nie sonderlich grün. Der Hauptmann tut mir gelegentlich mal einen Gefallen, und er weiß auch, dass ich kein Narr bin. Aber auch wenn er den Fall übernommen hat, ist das noch keine Garantie dafür, dass ich Ermittlungsinterna von ihm erfahre.

»Und? Wie ist es so in der Zivilgarde?«

»Besser, als auf einer Strafgaleere zu rudern. Andererseits, solange du nicht an Bord bist, vielleicht auch nicht.«

Ich erzähle ihm, wie gut er aussieht, was auch stimmt. Ihm steht sein Alter erheblich besser als mir. Sein Haar hängt zu einem langen Zopf gebunden über seinem Rücken, wie bei mir auch, aber seines ist blond und glänzt. Sein Schnurrbart auch. Mein Haar dagegen zeigt bereits erste Spuren von Grau. Ich kann mir gut vorstellen, dass die Damenwelt nach wie vor verrückt nach ihm ist.

Der Hauptmann wischt mein Kompliment einfach zur Seite. »Arbeitest du an dem Fall, oder schnüffelst du nur einfach so aus Spaß darin herum?«

»Ich verdiene nur meinen Lebensunterhalt, Hauptmann. Gesox hat mich engagiert, bevor Tholius ihn abgeführt hat.«

»Der Schüler? Er hat dich engagiert? Womit denn?«

»Er hat meine übliche Vorauszahlung geleistet«, lüge ich.

Er durchschaut mich und schnaubt verächtlich. Angeblich sei allgemein bekannt, dass Gesox nicht einen müden Heller auf der Naht habe, und schon gar nicht genug für eine Vorauszahlung in Höhe von dreißig Gurans, um einen Detektiv zu engagieren.

»Also hat er wirklich eine Affäre mit Rodinaax' Frau gehabt?«

Der Hauptmann zuckt mit den Schultern. »Das wird behauptet. Nach Auskunft des Personals scheint Lolitia jedenfalls von jemand anderem als ihrem Ehemann beglückt worden zu sein.«

»Wo ist er jetzt?«

»Gesox? Im Gefängnis. Und du wirst ihn ganz sicher nicht zu sehen bekommen. Tholius hat ihn ins tiefste Verlies gesteckt und wird den Ruhm einer schnellen Verhaftung nicht dadurch aufs Spiel setzen, dass er deine Einmischung duldet. Die Situation ist wirklich bedenklich, Thraxas. Die Wahre Kirche in Turai hat lange gebraucht, bis sie die niojanische Kirche überreden konnte, sich an der Finanzierung der Statue zu beteiligen. Sie wollten sogar einige niojanische Kleriker zur Eröffnungszeremonie einladen. Vermutlich, um so das zwischenstaatliche Verhältnis zu verbessern. Und jetzt ist der Bildhauer hin und die Statue futsch. Das wird König Lamachus ganz und gar nicht gefallen.«

»Wo ist die Ehefrau? Ich muss mit ihr sprechen.«

»Das kannst du nicht.«

Diese Antwort bringt mich in Fahrt. »Was sitzt Euch auf der Leber, Hauptmann? Seit wann ist es einem Detektiv verboten, mit einer Zeugin zu sprechen?«

»Niemand verbietet hier niemandem nichts. Du kannst ganz einfach deshalb nicht mit ihr sprechen, weil sie verschwunden ist. Anscheinend ist sie stiften gegangen, bevor wir eingetroffen sind.«

Laut Auskunft des Hauptmanns hat Lolitia, gleich nachdem Rodinaax' Leichnam gefunden wurde, einen Dienstboten zur Garde geschickt. Doch als die Garde auftauchte, war sie abgetaucht.

»Niemand hat sie weggehen sehen. Lolitia ist mitten in der allgemeinen Verwirrung entkommen. Also haben wir jetzt einen toten Bildhauer, eine verschwundene Ehefrau und eine abhanden gekommene Statue.«

»Die Statue ist wirklich weg? Wie konnte sie jemand bewegen?«

Der Hauptmann zuckt mit den Schultern. »Keine Ahnung.

Aber sie ist wirklich verschwunden. Die ganzen zwei Tonnen.«

»Tholius hat Gesox mithilfe eines Zauberers bis zu mir verfolgt. Und der Zauberer soll nicht in der Lage sein, eine Statue zu finden?«

»Anscheinend nicht. Und bevor du fragst: Nein, man hat keinerlei Spuren von Zauberei am Tatort gefunden. Unsere Männer haben alles abgesucht, ohne auch nur einen Hauch von Magie zu finden. Es bleibt einfach ein Rätsel, wie die Statue verschwinden konnte. Die Dienstboten schwören, dass Rodinaax noch am Morgen an der Statue gearbeitet hat. Und seine Frau hat den Leichnam unmittelbar nach der Tat gefunden, also blieb eigentlich keine Zeit für die Statue, sich aus dem Staub zu machen. Und trotzdem hat sie es fertig gebracht.«

»Warum ist Tholius so fest davon überzeugt, dass Gesox der Täter ist?«

»Gesox' Messer steckte im Rücken des Toten.«

»Ach ja? Das bedeutet doch nichts. Jeder hätte das Messer benutzen können.«

»Vielleicht. Wir werden bald erfahren, was unsere Zauberer bei der Untersuchung des Messers herausfinden. Aber ich vermute sehr stark, dass sie Gesox' Aura darauf entdecken. Also, ich habe zu tun. Wenn du nichts dagegen hast, würde ich jetzt gern mit meiner Arbeit weitermachen.«

»Ich muss mich drinnen umsehen.«

»Geh zum Teufel!«

Hauptmann Rallig war einst Verbindungsoffizier zwischen dem Justizdomizil, das die Zivilgarde kontrolliert, und der Palastwache. Es war ein sehr netter, gemütlicher Posten, und er hatte ihn sich nach den vielen Jahren Dienst unter den Verbrechern auf Turais Straßen sicher auch redlich verdient. Jetzt hat er wieder Streifendienst, und es gefällt ihm augenscheinlich überhaupt nicht. Jedenfalls hat er selten wirklich gute Laune.

»Heraus mit der Sprache! Was ist los? Ich habe das Recht hineinzugehen.«

»Was los ist? Präfekt Tholius ist los. Er steht mir auf den Zehen und will, dass dieser Fall so schnell wie möglich abgeschlossen wird, damit wir Nioj und die Wahre Kirche glücklich machen. Dabei sitzt mir schon Konsul Kahlius wegen der gestohlenen Lieferung Gold für die Königliche Schatzkammer im Nacken. Ganz zu schweigen von den Myriaden anderer Dinge, von Pilgern, die am Schrein ausgeraubt werden, bis hin zu acht Morden in zwei Tagen in Kushni. Genügt dir das?«

Ich stoße mitfühlend ein paar unbestimmte Laute aus, versäume jedoch nicht, deutlich darauf hinzuweisen, dass ich als offizieller Vertreter von Gesox das Recht habe, den Tatort zu untersuchen. Der Hauptmann denkt eine Weile darüber nach. Es passt ihm zwar überhaupt nicht in den Kram, dass ich das Haus durchstöbere, aber er ist kein Mann, der das Gesetz missachtet, das muss man ihm lassen.

»Na gut, dann sieh dich um. Sollte Tholius auftauchen und dich in den Knast werfen, komm bloß nicht auf die Idee, dich bei mir auszuheulen.«

Doch gerade, als wir das Haus betreten wollen, ertönt von den vielen Türmen, die in der ganzen Stadt verstreut sind, der Aufruf für das Nachmittagsgebet. Wir müssen uns hinknien und die Köpfe bis auf den Boden senken. Es gibt in Turai keine Möglichkeit, dieser Leibesübung zu entkommen. Dreimal am Tag wird offiziell gebetet, und jeder, der nicht auf Stirn und Knien angetroffen wird, kriegt ein mächtiges Problem mit den Behörden. Also knie ich mich hin und bete neben Hauptmann Rallig und den beiden Zivilgardisten. Das ist irgendwie komisch, obwohl ich in Ausübung meines Berufes schon oft neben noch viel merkwürdigeren Gebetskumpanen auf dem Boden gekauert bin. Einmal war ich sogar mitten in einem erbitterten Kampf mit einem Gegner, als uns der Ruf unterbrach. Ich musste mich neben ihn knien und beten, und als wir wieder aufgestanden sind, habe ich ihn umgebracht. Immerhin konnte er seinem Schöpfer frisch geläutert gegenübertreten.

Die Hitze ist überwältigend, und ich muss mich zusammenreißen, um nicht einzunicken. Als endlich der Ruf für das Ende des Gebetes erschallt, rappele ich mich müde auf die Füße.

»Du wist langsam, Thraxas«, stellt Hauptmann Rallig fest. »Es wird Zeit, dass du von der Straße herunterkommst. Versuch's doch mal als Kaschemmenwirt.«

»Ich würde mich pleite saufen.«

Wir betreten das Haus, und ich konzentriere mich vollkommen auf die Untersuchung des Tatorts. Rallig folgt mir überallhin und sorgt dafür, dass ich nichts tue, was ich nicht tun sollte.

Rodinaax' Haus ist ein eher durchschnittliches Gebäude, vielleicht ein bisschen größer als andere, aber nichts Besonderes. Wenn nicht die großartigen Statuen wären, die jeden Raum, den Garten und den Innenhof schmücken, könnte es auch die Behausung eines ganz normalen wohlhabenden Geschäftsmannes sein. Die Statuen jedoch sind wunderschön. Selbst ein unerfahrenes Auge wie das meine erkennt auf den ersten Blick, dass sie von höherer Qualität sind als die meisten Statuen, die man in unseren Stadttempeln oder Bibliotheken findet.

Rodinaax' großes Atelier ist in einem Anbau an der Rückseite des Hauses. Aber am Tatort findet sich nur wenig mehr als ein dunkler Blutfleck, wo der Leichnam gelegen hat, und ein großer leerer Platz, wo sich eigentlich die Statue befinden sollte. Ich konzentriere mich, um vielleicht doch eine schwache Spur von Zauberei zu entdecken, finde jedoch nichts. Ich bin fest davon überzeugt, dass hier in den letzten Tagen keinerlei Magie angewendet worden ist. Laut Hauptmann Rallig sei die Statue gestern ganz bestimmt noch da gewesen. Ein Pontifex der Wahren Kirche sei dafür Augenzeuge. Man habe ihn vorbeigeschickt, damit er sich persönlich davon überzeuge, welche Forschritte der Künstler mache.

Die Statue war aus Bronze. Rodinaax hatte sie zuerst aus Gips vorgefertigt, sie dann zu einem Bronzeschmied geschickt, der sie für ihn gegossen und in sechs Stücken wieder zurückgeschickt hat. Danach hat der Bildhauer die Stücke zusammengefügt, die Übergänge sauber glatt gefeilt, letzte Hand an Kleinigkeiten angelegt, und siehe da: Fertig war die Bronzestatue. Solche Statuen sind zwar innen hohl, aber Rodinaax' Arbeit muss wenigstens zwei Tonnen gewogen haben, mit Heiligem, Pferd und Sockel.

Und jetzt ist sie weg. Futsch. Niemand hat irgendetwas gesehen. Man brauchte mindestens sechs Männer mit Hebewerkzeug und einem besonders verstärkten Pferdefuhrwerk, um die komplette fertig gestellte Statue nach draußen zu bewegen. Ich untersuche die Winden, die am Ende des Ateliers hängen. Sie sind dafür da, die schweren Kunstwerke zu heben. Das ist sicherlich ein ziemlich umständlicher Prozess und auf keinen Fall etwas, das man huschhusch mal eben so nebenbei erledigt. Aber jemand hat sie bewegt, und niemand hat es bemerkt. Die Garde hat alle Nachbarn und die Passanten, die sie ausfindig machen konnten, befragt, aber keinem von ihnen ist etwas aufgefallen. Ein Bettler sitzt jeden Tag am Ende der Straße, und er schwört, dass am Tag des Mordes kein Karren das Grundstück verlassen habe.

»Sie kann doch nicht einfach so verschwunden sein.«

Hauptmann Rallig setzt mich trocken darüber in Kenntnis, dass er sich diesen Sachverhalt zusammengereimt habe.

»Und der Alte Hasius Brillantinius sagt, dass keine Zauberei im Spiel war? Das ist sehr merkwürdig.«

In dem Atelier stehen noch andere Statuen herum. An einigen wird noch gearbeitet, andere sind vollendet. Es sind sehr schöne Statuen, und ich glaube, dass sie für einen Sammler sehr wertvoll sein müssten. Sie sind alle kleiner als die verschwundene Statue, und bei einigen handelt es sich um Büsten, die ein Mann allein tragen könnte. Also warum hat der Dieb ausgerechnet diese große Statue mitgenommen? Er kann sie unmöglich verkaufen, nicht einmal hier in Turai, Heimat des skrupellosen Handels.

Vor dem Atelier befindet sich ein Beet mit roten Blumen, in dem die kleine Plastik einer ruhenden Waldnymphe liegt. Die Blumen haben die sommerliche Hitze gut überstanden, aber jetzt fangen sie an zu welken. Überall auf dem Weg liegen Blüten und bilden einen großen roten Flecken. Mit einem gelben Tupfer in der Mitte. Ich bücke mich, um das näher zu untersuchen. Zwischen den roten Blüten befinden sich einige gelbe Blütenblätter. Ich werfe einen kurzen Blick auf das Blumenbeet. Von einer gelben Blume ist nichts zu sehen. Merkwürdig. Vielleicht waren es nur ein paar Blüten, und die Blätter sind alle abgefallen? Vielleicht auch nicht. Ich hebe die gelben Blätter auf und verstaue sie in dem kleinen Beutel, den ich für solche Fälle an meinem Gürtel trage.

Dann sehe ich mich noch ein bisschen um, kann aber keine weiteren Erkenntnisse gewinnen. Hauptmann Rallig versichert mir, dass er keinerlei Hinweise auf den Aufenthaltsort von Rodinaax' Ehefrau hat. Wenn er etwas weiß, behält er es für sich. Die drei Bediensteten von Rodinaax hat er bis zum Verhör eingesperrt. Es sieht nicht so aus, als könnte ich sie in absehbarer Zeit selbst befragen. Es wird Zeit, den Hut zu nehmen.

Ich muss eigentlich schnellstens zu Gesox, aber da ich ganz in der Nähe von Astral Trippelmonds Haus bin, beschließe ich, ihm einen Besuch abzustatten. Astral ist ein Zauberer, und zwar ein guter, und er kann mir vielleicht helfen.

Während ich durch die Straßen gehe, beschleicht mich das Gefühl, dass mir jemand folgt. Das merke ich immer, weil ich einen Instinkt dafür besitze. Der entspringt der Sensibilität, die ich als junger Zauberlehrling entwickelt habe. Sie hat mir gute Dienste geleistet, als ich mich als Söldner durchgeschlagen habe. Und ich habe dieses unbehagliche Gefühl noch, als ich vor Astrals Haus ankomme. Ich läute seine Glocke und lasse dabei unauffällig den Blick durch die nähere Umgebung schweifen. Aber es ist niemand zu sehen.

Ein Diener lässt mich ein. Das Haus ist erheblich kleiner,

als man es bei einem so mächtigen Zauberer wie Astral Trippelmond erwarten würde. Wir sind offenbar beide auf der sozialen Leiter ein ganzes Stück nach unten gerutscht. Astral hat sich vor einigen Jahren in eine unschöne Klemme manövriert und kann von Glück reden, dass er überhaupt noch in der Stadt sein darf. Er arbeitete als der offizielle Zauberer des Stadion Superbius. Seine Verantwortung war es unter anderem, dafür zu sorgen, dass es bei allen Kämpfen und Wagenrennen redlich zuging und sie nicht von irgendwelchem Hokuspokus beeinflusst wurden.

Die Bürger von Turai sind in diesem Punkt sehr empfindlich. Niemand will einen Haufen Gurans auf einen Wagen setzen und dann feststellen müssen, dass jemand den Gäulen die Seuche angehext hat. Infolgedessen hat der Stadionzauberer eine sehr wichtige Aufgabe. Nach einer Reihe von höchst merkwürdigen Ergebnissen wurde gemunkelt, dass Astral Bestechungsgelder annehme und dafür die Augen zudrücke, wenn andere Zauberer ihre Finger ins Spiel brächten. Er lief ernsthaft Gefahr, eine lange Gefängnisstrafe zu kassieren oder sogar vom aufgebrachten Mob gelyncht zu werden, bis ich ein wenig herumstocherte und seinen Namen rein wusch. Na ja, rein gewaschen ist vielleicht nicht ganz der richtige Ausdruck, denn schließlich war er so schuldig wie die Katze mit Rahm am Bart. Sagen wir, ich habe das Wasser so sehr mit Schlamm getrübt, dass vor Gericht keine schlüssigen Beweise vorgebracht werden konnten. Dadurch entging Astral dem Ausschluss aus der Zauberergilde, aber man machte ihm unmissverständlich klar, dass es besser wäre, wenn er von seinem Posten zurückträte. Der Skandal zwang ihn sogar dazu, seine prächtige Villa in Thamlin aufzugeben, und es verschlug ihn nach Pashish, wo er nunmehr im Dienst der Armen arbeitet.

Ich frage ihn oft um Rat. Er mag vielleicht eine korrupte Ader haben, aber in allem, was Zauberei angeht, ist er unschlagbar. Außerdem ist er sehr großzügig, was Essen und Trinken angeht, und normalerweise freut er sich auch, mich zu sehen. Von seinen alten Kumpeln aus der Zaubererinnung kommt ihm zurzeit keiner näher als eine Meile, was bedeutet, dass es ihm ein wenig an geistreicher Konversation mangelt.

Als ich hereinkomme, höre ich, wie er einem Bediensteten befiehlt, Wein und Früchte zu holen. Sein kleiner Salon ist mit Büchern, Tränken und den anderem magischen Krimskrams voll gestopft, und er muss mehrere Rollen Papier wegschieben, um Platz für die Karaffe zu schaffen.

»Wie geht es denn so?«, erkundige ich mich.

»Besser, als auf einer Sklavengaleere zu rudern, aber nicht viel besser. Wenn ich noch ein Horoskop für die Frau des Fischhändlers nebenan machen muss, dann vergifte ich das nächste Mal seinen Fang, das schwöre ich Euch. Es macht mich wirklich depressiv, Thraxas. Die Frau hat vierzehn Kinder, und sie will alle Details über die Zukunft jedes einzelnen ihrer Blagen wissen. Wie soll ich verdammt noch mal wissen, ob ihre siebte Tochter einen guten Ehemann findet?«

Er seufzt und schenkt uns Wein ein. Wir plaudern eine Weile über Stadtpolitik, spekulieren, ob sich die Dinge verbessern, jetzt, da Zitzerius Vizekonsul geworden ist, und ob ein Krieg mit Nioj oder Mattesh wahrscheinlich ist.

»Habt Ihr das von Rodinaax gehört?«

Hat er. »Er war ein ausgezeichneter Bildhauer. Als ich von seinem Tod erfuhr, habe ich sofort die Sternkonstellationen überprüft, um etwas über den Mörder herauszufinden, aber die Monde stehen leider sehr ungünstig.«

Mächtige Zauberer wie Astral Trippelmond können manchmal in der Zeit zurückblicken. Zum Glück für die Verbrecher in Turai ist das jedoch eine sehr schwierige Aufgabe, und sie ist vollkommen unmöglich zu bewältigen, wenn sich die drei Monde in den falschen Phasen befinden, verglichen mit ihrer aktuellen Position am Himmel. Gelegentlich gelang es den Zauberern im Justizdomizil, bei schwierigen Rechtsfällen spektakuläre Treffer zu landen, wenn sie durch die Zeit zurücklinsen und exakt feststellen konnten, wer wann wo warum wem was wie getan hat. Aber das kommt sehr selten vor. Meistens müssen die Zivilgardisten durch die Straße latschen und den Leuten Fragen stellen. So wie ich das jetzt mache.

Ich bringe Astral Trippelmond auf den neuesten Stand, soweit ich die Fakten in dem Fall kenne, und frage ihn nach der Statue. »Habt Ihr eine Vorstellung, wie sie bewegt worden sein könnte?«

Er streicht sich über den Bart. Bärte sind zwar in Turai ein wenig außer Mode, aber in der Zaubererinnung sind sie nach wie vor sehr beliebt, ebenso wie in einigen anderen Gilden, zum Beispiel in denen der Gelehrten und Geschichtenerzähler.

»Kein Anzeichen von Magie?«

»Keines. Die Gardisten haben nichts gefunden, und ich kann beschwören, dass dort niemand in letzter Zeit einen Bann gesprochen hat. Ich bin zwar nur knapp über den Status eines Zauberlehrlings hinausgekommen, aber in meiner Arbeit entwickelt man allmählich einen sechsten Sinn für so etwas.«

»Ein guter Zauberer ist vielleicht trotzdem in der Lage, seine Spuren zu verbergen, Thraxas. Welcher Gardistenzauberer hat denn den Tatort überprüft?«

»Der Alte Hasius Brillantinius.«

»Was denn, der Alte höchstpersönlich? Dann muss es ziemlich wichtig sein, wenn die Garde ihn dafür aus dem Justizdomizil holt. Tja, das ändert die Sachlage natürlich. Kein Zauberer könnte alle Spuren seiner Aura oder seiner Zaubersprüche vor dem Alten Hasius verstecken. Brillantinius mag zwar ein schrulliger Kerl sein, aber von Magie versteht er etwas. Die Statue muss mit Körperkraft hinausgetragen worden sein.«

»Das ist unmöglich. Dafür war keine Zeit. Am Morgen war sie noch da. Das können einige Leute unabhängig voneinander beschwören. Und Rodinaax' Atelier liegt an der Hauptstraße von Pashish. Man hätte sie unmöglich mit einem Karren wegschaffen können, ohne dass es jemand gesehen hätte. Außerdem hätte es sechs Männer und einer Stunde Arbeit bedurft, um die Statue zu verladen. Das erfordert eine größere Operation. Aber niemand hat etwas gesehen. Die Statue ist einfach nur verschwunden. Ich weiß, dass der Alte Hasius Brillantinius die ganze Stadt danach absucht, aber er kann nichts finden.«

Astral stimmt mir zu, dass die ganze Angelegenheit sehr merkwürdig ist, aber mit irgendwelchen Lösungsvorschlägen kann er auch nicht aufwarten. »Warum interessiert es Euch eigentlich so brennend, was mit der Statue passiert ist, Thraxas? Ich meine, da Ihr doch nur Gesox vor einer Mordanklage bewahren wollt?«

»Ein guter Punkt, Astral. Vielleicht spielt diese Statue ja überhaupt keine Rolle. Aber der Präfekt hat Gesox eingesperrt, und somit ist es sehr schwierig, irgendeine Spur aufzunehmen. Ich vermute, dass ich mit hoher Wahrscheinlichkeit herausfinden werde, was hinter der ganzen Sache steckt, sobald ich erst einmal die Statue gefunden habe. Und wenn die Zauberer der Zivilgarde einen Blick auf die Aura werfen können, dürfte das auch einige interessante Ergebnisse nach sich ziehen.«

Astral verspricht mir, dass er selber die Stadt absuchen und mich informieren wird, wenn er auf etwas stößt.

Bevor ich gehe, frage ich ihn, ob er vielleicht einen Vorschlag hat, wie sich eine Wiederholung des morgendlichen Debakels vermeiden ließe, als Tholius einfach in meine Wohnung spaziert kam und Gesox einkassiert hat.

»Wie wäre es mit einem Unsichtbarkeitszauber?«, schlägt er vor. »Das macht Euren Klienten für die Büttel unsichtbar.«

»Ich fürchte, das liegt weit außerhalb meiner Möglichkeiten. Den Zauber würde ich niemals zustande bekommen. Meine magischen Kräfte reichen zurzeit für den Schlafzauber, mit dem ich meine Gegner flachlege.«

»Hmm.«

Er nimmt sein Handbuch von einem Regal und überfliegt die Inhaltsangabe. »Wie wäre es hiermit? Vorübergehende Verstörung. Ein einfaches kleines Abrakadabra. Das macht alle, die Euer Zimmer durchsuchen wollen, ziemlich konfus. Natürlich ist der Bann nicht narrensicher, wenn Ihr zum Beispiel auf einen besonders einfältigen oder aber willensstarken Mann trefft, aber es sollte für eine genügend große Ablenkung sorgen, wenn Ihr jemanden vor neugierigen Zivilgardisten verstecken wollt.«

Das klingt, als könnte es funktionieren. Ich danke ihm, trinke meinen Wein aus und verabschiede mich. Nach der kühlen Atmosphäre in Astrals Haus trifft mich die Hitze auf der abendlichen Straße wie ein Hammerschlag. Außerdem werde ich auf meinem Heimweg wieder verfolgt. Ich unternehme nichts, um meinen Schatten abzuschütteln. Stattdessen versuche ich, seine Identität aufzudecken, aber der Übeltäter ist sehr trickreich, und ich schaffe es nicht, auch nur ein winziges Zipfelchen von ihm zu Gesicht zu bekommen.

In der *Rächenden Axt* hat Makri inzwischen ihre Schicht beendet und will gerade in ihr Zimmer verschwinden, um dort Mathematik zu büffeln. Das gehört zu ihren Kursen auf der Innungshochschule. Makri möchte unbedingt die Kaiserliche Universität besuchen. Das ist freilich unmöglich, weil auf der Kaiserlichen Universität keine Frauen zugelassen sind. Sie nimmt nur Senatorensöhnchen oder die Sprösslinge unserer wohlhabendsten Kaufleute auf. Eine Frau, in deren Adern darüber hinaus noch Orgk-Blut fließt, hat so gut wie gar keine Chance – was Makri jedoch keineswegs abschreckt.

»Die Innungshochschule wollte mich zuerst auch nicht aufnehmen«, meint sie. »Und sieh nur, wie gut ich vorankomme.«

»Sicher. Letzte Woche hast du dich gleich mit acht Kommilitonen geprügelt.«

»Sie haben mich wegen meiner Ohren beleidigt.«

Makris Ohren sind aufgrund ihres ungewöhnlichen Stammbaums ziemlich spitz. Allerdings ist ihr Haar so lang und dicht, dass man sie gewöhnlich nicht sieht.

»Ach ja? Ich habe schon unzählige Male Witze über deine Ohren gemacht.«

»Du bist ein versoffener Trottel, der es nicht besser weiß«, kontert Makri. »Studenten dagegen sollten höflicher sein. Außerdem war es gar keine richtige Prügelei. Die meisten sind davongelaufen. Und ich habe direkt danach die Philosophieprüfung bestanden.«

Mir fällt auf, dass Makri einige Thazis-Rollen zwischen ihre Papiere geschmuggelt hat. Gurdh lagert sie unter dem Tresen. Ich lasse mir eine von ihr geben, während wir nach oben gehen.

»Du solltest lieber aufpassen, dass Gurdh dich nicht dabei erwischt, wie du sein Thazis stiehlst.«

»Er sollte mich lieber besser bezahlen. Warum willst du eigentlich den Delfinen nicht helfen?«

»Den Delfinen helfen? Du meinst, ich soll für Dandelion arbeiten? Du machst wohl Witze. Ich bin Detektiv und arbeite gerade an einem Mordfall. Deshalb habe ich keine Zeit, im Auftrag einer sozialen Randfigur mit Blumen im Haar herumzulatschen und ein paar angeblich sprechenden Delfinen zu lauschen, die irgendwas über ihren verschwundenen Heilstein keckern. Die Frau hat sie doch offensichtlich nicht mehr alle!«

Makri lacht. »Ich mochte sie.«

»Das liegt daran, dass du immer genau die Leute magst, die mich in Wallung bringen.«

»Zum Beispiel?«

»Zum Beispiel Marihana, die Meuchelmörderin. Die Frau hat mich fast umgebracht, und jetzt gehst du mit ihr auf irgendwelche Kränzchen.«

Damit lege ich den Finger auf die Quelle einer leichten Trübung im Verhältnis zwischen Makri und mir. Makri engagiert sich für die Vereinigung der Frauenzimmer. Diese Gruppierung hat es sich auf die Fahnen geschrieben, die Rechte der Frauen in Turai zu stärken. Die, das muss auch ich zugeben, in der Tat ein wenig eingeschränkt sind. Zum einen können Frauen nicht Mitglieder in Innungen, Zünften oder Gilden werden. Bis auf einige wenige hoch spezialisierte Ausnahmen, wie zum Beispiel in der Zaubererinnung oder in der Genossenschaft der Meuchelmörder. Außerdem können sie auch nicht dem Ehrenwerten Verein der Kaufmannschaft beitreten. Das legt ihnen einen mächtigen Felsbrocken in den Weg, was ihre beruflichen Möglichkeiten angeht. Sie haben auch kein Stimmrecht und dürfen nicht im Senat sitzen. Zudem ist ihnen der Zutritt in die luxuriöseren Badehäuser und Ertüchtigungsstätten der Oberstadt nicht gestattet. All diese Probleme haben mir, wie ich ebenfalls zugeben muss, so lange keine schlaflosen Nächte bereitet, bis Makri sich bei den Frauenzimmern engagierte und anfing, ständig deswegen zu nerven.

Trotzdem empfinde ich so etwas wie wohlwollendes Verständnis für ihre Ansicht und ihr Engagement. Schließlich kostet mich das nichts. Solange ich einen oder zwei Gurans besteuere, wenn Makri mit dem Klingelbeutel umgeht, lässt sie mich ungeschoren. Aber der Zulauf zur Vereinigung der Frauenzimmer ist, wie ich kürzlich zu meinem Leidwesen feststellen musste, Besorgnis erregend angewachsen. Es würde die Einwohner von Turai sicherlich ziemlich überraschen, wenn sie erführen, dass sich unter dem Dach dieses Vereins nicht nur solch »staatstragende« Damen wie Marzipixa, die Bäckerin, und Homöopixa, die Kräuterheilerin, tummeln. Diese Gruppierung genießt zudem die wenn auch verdeckte Unterstützung von Prinzessin Du-Lackal, der Nummer drei in der Thronfolge. Der König wäre wohl kaum amüsiert, wenn er das herausfände. Und die Wahre Kirche schon gar nicht. Für den Klerus ist die Vereinigung der Frauenzimmer nichts als Gotteslästerung.

Lisutaris, die Herrin des Himmels, eine sehr mächtige Zauberin – vorausgesetzt, man stöpselt sie kurz von ihrer Wasserpfeife ab –, ist ebenfalls eine Förderin der Frauenzimmer. Und am merkwürdigsten ist, dass Marihana, ebenfalls eine Nummer drei, allerdings in der Hierarchie der Meuchelmördergenossenschaft, auch mit von der Partie ist. Der Gedanke, dass Makri an konspirativen Treffen mit all diesen Leuten teilnimmt, lässt mich befürchten, dass möglicherweise einige Bürger dieser Stadt, die eigentlich nichts von meinen Geschäften wissen sollten, doch über Umwege ein paar Dinge in Erfahrung bringen, die sie überhaupt nichts angehen. Natürlich würde Makri niemals wissentlich meine Geheimnisse verraten, aber sie ist erst seit etwas über einem Jahr in Turai und noch relativ unverdorben durch die Mechanismen der Zivilisation. Sie lässt sich manchmal auf dem Markt übers Ohr hauen. Und sie findet es nach wie vor umständlich, Besteck zu benutzen. Außerdem kann ich sie immer noch anlügen. Und komme damit vor allem durch.

Makri geht in ihr Zimmer, um zu lernen.

Ich gehe in meins.

Um zu schlafen.

4. KAPITEL

Am nächsten Tag wache ich so früh auf, dass ich beinahe am Morgengebet teilnehmen muss. Das ist mir schon seit Jahren nicht mehr passiert. Trotz meines Frühstarts endet der Morgen in völliger Frustration. Ich nehme eine Mietdroschke zum Gefängnis, aber ich werde immer noch nicht zu Gesox vorgelassen. Alle Gefangenen haben das unverletzbare Recht, ihre Vertreter sehen zu können, in diesem Fall also mich. Aber in Turai werden juristische Feinheiten längst nicht immer beachtet. Ich werde am Gefängnistor mit der groben Auskunft abgespeist, dass Gesox heute niemanden empfängt. Als ich lautstark und lang anhaltend protestiere, fordert mich ein Büttel auf, einen Beweis vorzulegen, dass mich Gesox tatsächlich engagiert hat, in seinem Fall zu ermitteln.

»Präfekt Tholius hat ihn weggeschleppt, bevor er mir eine Vollmacht ausstellen konnte.«

Oje, das war die falsche Antwort. Die bringt mich keinen Zentimeter weiter. Offenbar wollen die Behörden den Fall wirklich so schnell wie möglich in trockene Tücher bringen, ohne dass sich dabei jemand die Mühe macht, eine vernünftige Verteidigung auf die Beine zu stellen. Gesox' Prozess ist für nächste Woche anberaumt, und wenn sich seine Lage nicht sehr bald sehr nachhaltig verbessert, wird er sicher vom Galgen baumeln. Rodinaax war ein allseits hoch geschätzter Mitbürger, und die Öffentlichkeit dürstet nach dem Blut des Mörders.

Ich verwünsche meinen doch eher spärlichen Einfluss bei den Bütteln und Bonzen in dieser Stadt. Ich habe zwar jede Menge Kontakte zur Unterwelt, aber als man mich ohne viel Federlesens aus dem Palast befördert hatte, wurde mir auch gleichzeitig eine Menge nützlicher Türen vor der Nase zugeschlagen.

Mir fällt ein, das möglicherweise Zitzerius, unser frisch gebackener Vizekonsul, eine Lanze für mich brechen würde, nach den guten Diensten, die ich ihm kürzlich erwiesen habe. Aber Zitzerius befindet sich in offizieller Mission in Mattesh, also stecke ich im Augenblick mit meinen Ermittlungen fest.

Wenn ich schon nicht zu Gesox kann, sollte ich auf jeden Fall Rodinaax' Ehefrau aufsuchen, aber auch hier verlaufen alle meine Bemühungen im Sande. Niemand hat sie weggehen sehen, und keiner weiß, wohin sie gegangen sein könnte. Sie hat nur einen Verwandten in der Stadt, einen Bruder. Der arbeitet in einem Lagerhaus im Hafen. Er kann mir auch nicht weiterhelfen und scheint außerdem auch nicht die geringste Lust dazu zu haben. Offenbar sind die beiden nicht besonders gut miteinander ausgekommen.

»Hatte sie eine Affäre mit dem Schüler?«, hake ich nach.

»Wahrscheinlich«, erwidert er und bedeutet mir unmissverständlich, dass ich mich allmählich vom Acker machen soll. Ich ignoriere seinen Wunsch und trödle noch ein bisschen in der Gegend herum. Aber das Einzige, was ich in Erfahrung bringen kann, ist, dass wir heutzutage eine Menge Weizen auf Schiffen importieren.

Interessant finde ich nur, dass Rodinaax' Frau Lolitia aus einer Hafenarbeiter-Familie stammt. Es bedeutet, dass sie weit über ihrem Stand geheiratet hat. Rodinaax war zwar kein Aristokrat, aber als erfolgreicher Bildhauer und Künstler rangierte er doch einige gesellschaftliche Stufen über dem gemeinen Malocher. Für solche Art Rangunterschiede hat so ziemlich jeder in Turai eine feine Nase.

Ich besuche die Wachstation, als Tholius gerade nicht da ist. Der Gardist Inkorruptox weiß aber auch nicht, wo Lolitia ist. Er glaubt außerdem nicht daran, dass die Zivilgarde irgendwelche handfesten Spuren hat.

»Es kann doch für eine Frau ohne Familie nicht so einfach sein, sich hier in der Stadt zu verstecken«, sinniere ich. »Wohin kann sie sich wenden? Die Diener behaupten, dass sie kein Geld mitgenommen hat. Und warum ist sie überhaupt verschwunden?«

»Vielleicht hat ja sie Rodinaax umgebracht, weil sie mit dem Schüler durchbrennen wollte«, mutmaßt Inkorruptox.

»Wenn das so ist, dann war es aber ziemlich dämlich, sein Messer zu benutzen und ihn damit an den Galgen zu liefern.«

Ich denke über Lolitia und Gesox nach. Wenn sie wirklich eine Affäre hatten, dann kommt es mir reichlich komisch vor, dass sie sich aus dem Staub gemacht und ihn im Stich gelassen haben soll.

Inkorruptox verrät mir, dass er sie kannte, als sie noch am Hafen gelebt hat. Er erinnert sich daran, dass sie eine sehr schöne junge Frau war.

»Es hat niemanden überrascht, dass sie einen wohlhabenden Bildhauer geheiratet hat. Hätte sie noch ein bisschen länger gewartet, hätte sie sicher eine noch bessere Partie machen können.«

Inkorruptox ist beschäftigt. Tholius macht ihm und seinen Leuten die Hölle heiß, weil Senator Lohdius, der die oppositionelle Partei der Populären anführt, die neueste Welle von Verbrechen instrumentalisiert, um die regierenden Traditionalisten lächerlich zu machen.

»Häuser von ausländischen Botschaftern werden ausgeraubt!«, dröhnt er im Senat. »Dem König wird sein Gold gestohlen! Ehrliche Bürger werden auf der Straße brutal ermordet! Boah verbreitet sich wie eine Seuche in der Stadt! Und was unternehmen unsere Regierungsvertreter angesichts dieser Krise?«

Damit war die Rede längst noch nicht am Ende. Der *Chronist* gibt sie wortwörtlich wieder, und natürlich bereitet sie jedem Bonzen von Konsul Kahlius an abwärts Kopfschmerzen. Senator Lohdius' Populäre Partei musste zwar bei der letzten Wahl vor einigen Wochen eine leichte Schlappe einstecken, aber er hat immer noch viel Einfluss in der Stadt. Und er kann eine Menge Probleme machen, wenn es ihm gelingt, den Mob aufzustacheln. Also schiebt die Zivilgarde Überstunden bei dem Versuch, ein paar der besonders skandalösen Verbrechen aufzuklären.

Ich verlasse Inkorruptox, der mürrisch einen Stapel Zeugenaussagen durchblättert, die zu einem Mord im Hafenviertel gemacht wurden. Dabei ging es um Boah. Und laut der Aussagen hat keiner der Zeugen irgendetwas gesehen. Eine um sich greifende Sehschwäche, die immer dann eintritt, wenn mächtige Boah-Banden ihre Meinungsverschiedenheiten mit Gewalt austragen.

Wenn ich etwas hätte, das Lolitia gehört, ließe sich vielleicht ein Zauber spinnen, mit dem ich sie aufspüren könnte, aber ich habe nichts. Ich gehe zum Haus des Bildhauers zurück, aber es ist verschlossen und streng bewacht. Ich kann flehen und betteln, so viel ich will, sie lassen mich nicht mehr hinein. Jetzt verwünsche ich mich für meine Dummheit, dass ich nichts mitgenommen habe, als ich die Chance dazu hatte. Aber die Zauberer der Garde dürften in dieser Richtung auch keine Fortschritte machen, weil die Monde erst in mehreren Monaten wieder in die richtige Konstellation treten. Nur leider hat Gesox nicht mehrere Monate Zeit.

Darüber beschwere ich mich bei Astral Trippelmond.

»Jedes Mal, wenn ich jemanden schnell finden muss, stehen die Monde irgendwie ungünstig zueinander. Die Zauberei ist ziemliche Scharlatanerie, wenn es darum geht, Verbrechen zu lösen.«

»Nicht immer. Ich habe Euch in der Vergangenheit schon einige schöne Lösungen präsentiert.«

Das muss ich zugeben. Außerdem ist es auch ganz gut, dass man mit Zauberei nicht alle Verbrechen in der Stadt lösen kann. Sonst wäre ich bald arbeitslos.

Astral sucht ganz Turai nach der Statue ab – vergeblich. Das scheint noch einmal zu bestätigen, dass sie mittlerweile weit weg ist, aber es bleibt ein Geheimnis, wie das geschehen konnte. In der *Rächenden Axt* heule ich mich über meine mangelnden Fortschritte bei Makri aus.

Das einzige Berichtenswerte ist, dass man mich verfolgt.

»Du wirst verfolgt? Von wem?«

»Das weiß ich nicht. Ich habe bisher nicht mal ein Härchen von ihnen gesehen. Aber ich fühle es.«

»Hast du es schon mit Kuriya probiert?«

Ich schüttele den Kopf. Kuriya ist eine dunkle, geheimnisvolle Flüssigkeit, die manchmal mit einem Bild als Antwort auf eine Frage aufwartet, vorausgesetzt, der Fragende kann richtig mit ihr umgehen. Ich kann aus dieser schwarzen Brühe gelegentlich ganz passable Resultate hervorzaubern, obwohl mich das zurzeit vollkommen auslaugt. Es funktioniert jedoch nicht immer, und die Flüssigkeit, die von einem Monopolisten aus dem Weiten Westen importiert wird, ist sündhaft teuer. Was bedeutet, dass ich nur einen Versuch habe. Und ich würde mir lieber Informationen über Gesox verschaffen als darüber, wer mich verfolgt. Den kann ich mir immer noch persönlich zur Brust nehmen, wenn er erst mal sein Gesicht gezeigt hat.

Ich trinke mein Mittagsbierchen. Leider kann ich weder mit Gesox reden noch irgendwelche Zeugen finden, die wissen, was geschehen ist. Meine Gedanken kehren zu Rodinaax' Frau Lolitia zurück. Vielleicht gibt mir das Kuriya ja einen Hinweis auf ihren Aufenthaltsort. Das wäre einen Versuch wert.

Es dauert ziemlich lange, bis ich mich in den erforderlichen Bewusstseinszustand versetzt habe. Im Idealfall sollte ein Zauberer in einer friedlichen, ruhigen Umgebung arbeiten, aber in ZwölfSeen gibt es generell nur sehr wenig Ruhe. Die Fischverkäufer, Boah-Händler und Huren wetteifern lautstark in dem Bemühen, ihre Waren feilzubieten. Streunende Hunde knurren sich an und kämpfen miteinander, Kinder spielen kreischend im Dreck, und Frauen feilschen lautstark mit den Gemüsehändlern. Abgesehen von diesem Lärm hört man überall das Hämmern und Sägen der Bauarbeiter. Kurz gesagt: Es ist alles andere als einfach, sich in Trance zu versetzen. Ich gebe mein Bestes.

Vor mir steht ein Becken mit der kostbaren schwarzen Brühe. Der einzige Händler, der sie aus dem Weiten Westen importiert, behauptet, es handle sich dabei um Drachenblut. Das stimmt nicht. Drachenblut habe ich mehr als genug gesehen. Aber das benutzt der Kerl als triftigen Grund für den lächerlich überhöhten Preis, den er fordert. Woher die Brühe auch stammt, sie vermag es, auf den suchenden Verstand eines erfahrenen Zauberers zu reagieren. Und sogar auf meinen, obwohl ich kaum ein echter Magier bin.

Ich habe die Vorhänge zugezogen, und das einzige Licht in meinem Zimmer stammt von einer großen roten Kerze. Die glänzende schwarze Flüssigkeit schimmert in ihrem sanften Schein. Ich konzentriere mich auf die Flamme und denke an Rodinaax' Frau und ihren möglichen Aufenthaltsort.

Eine Weile passiert gar nichts. Das dauert so lange, dass man schon glauben könnte, es wird auch nichts mehr passieren. Ich verharre in meiner Trance. Die Zeit verstreicht. Es wird immer kälter, und ich höre den Lärm von draußen nicht mehr. Schließlich formt sich ein Bildnis: Ein Haus, ein großes Haus, eine weiße Villa auf einem bewaldeten Hügel.

Ich strenge mich an, weil ich mehr sehen will, doch da wird meine Konzentration durch ein beinah unmerklich nagendes Unbehagen gestört. Ich weiß nicht, was es ist, und ignoriere es zunächst. Aber es geht nicht weg. Ich versuche mich weiter auf das Bild zu konzentrieren, doch es verblasst bereits. Tief in Trance bemerke ich, dass noch jemand in meinem Zimmer ist. Angst durchzuckt mich wie ein Pfeil, die schreckliche Furcht, hilflos einem Feind ausgesetzt zu sein. Mit einem angsterfüllten Schrei tauche ich aus der Trance auf, springe verwirrt und desorientiert auf die Füße und drehe mich wie verrückt im Kreis. Wer ist da? Mein Blick verschwimmt einen Moment, bevor er sich auf zwei Gestalten fokussiert, die sich kaum einen Meter von der Stelle entfernt befinden, an der ich gekniet habe. Der eine durchwühlt gerade die Papiere auf meinem Schreibtisch, während der andere offenbar Schmiere steht. Sie tragen beide rote Roben. Und haben beide ihre Schädel kahl geschoren. Einbrecher-Mönche?

»Wer zum Teufel seid ihr?«, brülle ich sie an.

Sie wenden sich um und flüchten zur Tür. Ich springe hinter ihnen her, packe die Schultern desjenigen, der mir am nächsten steht, und wirble ihn herum.

»Was ist hier los?«

Er weicht zurück. Da ich immer noch unter den Nachwirkungen dieser plötzlichen Unterbrechung meiner Trance leide, habe ich noch weniger Geduld als sonst. Ich schicke meine berüchtigte Gerade auf den Weg, die den Mönch eigentlich durch die Wand schmettern sollte. Aber er blockt den Schlag ab. Ich bin überrascht und starte einen neuen Versuch. Er wehrt ihn erneut ab, und zwar beinah automatisch, ohne sichtbare Mühe. Als ich einen dritten mächtigen Hieb gegen sein Gesicht loslasse, berührt das Mönchlein kurz meinen Arm, und ich stehe plötzlich dumm da und starre in die andere Richtung. Wie zum Teufel hat er das fertig gekriegt? Im nächsten Moment bekomme ich einen Schlag zwischen die Schulterblätter. Ich segle durch den Raum, lande an der Wand und schlage schwer auf dem Boden auf.

Makri stürmt herein. Ich liege verwirrt und benommen auf dem Boden. Sie läuft rasch zur Außentür, aber anscheinend ist niemand mehr zu sehen. Die beiden Angreifer sind ebenso geheimnisvoll verschwunden, wie sie aufgetaucht sind.

»Wer war *das* denn?«, erkundigt sich Makri, während sie mir auf die Füße hilft.

»Nur zwei Kampfmönche, die sich ein bisschen in der großen Stadt amüsieren wollten«, keuche ich und sinke auf die Couch. Die Suche im Kuriya hat mich ohnehin schon erschöpft. Und sich dann auch noch mit zwei Kampfmönchen herumbalgen zu müssen ist einfach zu viel.

»Was sind Kampfmönche?«

»Mönche, die auch Kämpfer sind. Sie verbringen ihr halbes Leben mit Gebeten und Meditation, und in der anderen Hälfte lernen sie, wie man kämpft. Entschuldige mich, Makri, ich muss mich hinlegen.«

Mir schwimmt alles vor den Augen. Der Schlag hat mich fertig gemacht. Ich bleibe liegen, bis ich wieder sehen kann. Makri bringt mir ein Bier, und ich kehre allmählich in die wirkliche Welt zurück.

»Verdammt sollen sie sein! Dabei habe ich gerade ein Bild heraufbeschwören können, als sie hereingekommen sind.«

Ich versuche mich daran zu erinnern, wie das Haus in dem Kuriya-Becken ausgesehen hat. »Es war eine Villa auf einem bewaldeten Hügel. Das könnte jedes beliebige der vielen Häuser am Rand der reichen Vorstadt Thamlin sein, dort wo das Land zum Palast hin sacht ansteigt. Es könnte aber auch ganz woanders liegen, womöglich sogar in einer anderen Stadt.

Nein, so weit kann Lolitia nicht gekommen sein. Wenn sie sich im Hafen eingeschifft hätte, wäre die Zivilgarde informiert worden. Und ich mag auch nicht glauben, dass sie auf einem Pferd davongaloppiert ist. Rallig hat mir erzählt, dass er alle gründlich überprüft hat, die sich an diesem Tag Pferde ausgeliehen haben. Und er hat auch die Händlerkarawanen gefilzt, die die Stadt verlassen haben.«

Makri fragt sich, warum die Gardisten so intensiv in diesem Fall ermitteln. »Sie machen sich eine Menge Mühe, findest du nicht? Für einen ganz stinknormalen Mord?«

»Vielleicht. Aber Senator Lohdius hält ja gerade flammende Reden darüber, dass die Stadt allmählich vor die Hunde geht, also legt sich die Zivilgarde mächtig ins Zeug, weil sie beweisen wollen, dass sie nicht einfach nur Steuergelder verschwenden, was er behauptet. Der arme Inkorruptox hatte sich schon auf eine Woche Urlaub gefreut. Stattdessen steckt er jetzt bis zum Hals in Zeugenaussagen und hat genauso schlechte Laune wie eine niojanische Nutte. Die Zivilgarde muss den Fall Rodinaax rasch lösen, um ihre Kompetenz zu beweisen. Sie vermuten wohl, dass sie bereits einen mächtigen Vorsprung haben, weil sie so schnell jemanden verhaften konnten. Sie werden es nicht riskieren, den Prozess gegen Rodinaax' vermeintlichen Mörder zu vermasseln.«

Ich sollte nach Thamlin gehen und versuchen, diese Villa zu finden. Warum mussten mir diese Mönche alles vermasseln?

Gurdh klopft und steckt seinen Kopf durch die Tür.

»Makri«, sagt er. »Du solltest arbeiten. Und Thraxas ... Da unten wartet jemand auf dich, der dich sprechen will.«

»Wer denn?«

»Ich glaube, ihr Name ist Dandelion.«

»Sag ihr, dass ich ausgegangen bin«, erwidere ich und stehe hastig auf. »Eine wichtige Ermittlung. Und hör auf, mich so anzusehen, Makri. Ich werde nicht nach diesem vom Himmel gefallenen Heilstein der Delfine suchen. Das ist mein letztes Wort. Wenn du so besorgt darum bist, dann klemm dir Dandelion unter den Arm und nimm sie zu einem dieser Kränzchen deiner Vereinigung der Frauenzimmer mit. Die werden ihr schon den Kopf zurechtrücken.«

Ich packe mein Schwert, stecke etwas Geld ein, weil ich mir in Marzipixas Bäckerei einen Laib Brot kaufen will, und gehe hinaus.

Kaum trete ich auf die Straße, spüre ich wieder, dass ich verfolgt werde. Ich runzle die Stirn. Allmählich reicht es mir. Ich springe in eine Mietdroschke und weise den Fahrer an, mich rasch nach Thamlin zu bringen. Er tut sein Bestes, aber bei all den Straßenarbeiten, den Schlaglöchern und dem Verkehr auf dem Markt kommen wir nur sehr langsam voran. So kann ich meine Verfolger nicht abschütteln. Jetzt bedauere ich es, dass ich mich nicht früher um sie gekümmert habe.

Das reinliche Thamlin bildet einen krassen Gegensatz zu dem Dreck von ZwölfSeen. In dem Villenviertel sind die Straßen sauber und mit grüngelben Fliesen gepflastert. Die luxuriösen Anwesen stehen inmitten schattiger Gärten, umgeben von weißen Mauern, und werden von der Sicherheitsgilde bewacht. Zivilgardisten patrouillieren auf den Straßen und halten sie von Abfall frei und bei der Gelegenheit auch gleich von Abschaum aller Art. Niemand stört die Ruhe. Selbst die Flugratten, die kleinen schwarzen Vögel, welche die Stadt verpesten, sehen hier besser genährt aus. Jeder, den es hierher verschlägt, um ein bisschen zu betteln, wird schnell weggejagt, damit er den Seelenfrieden unserer Aristokraten nicht stört.

Ich habe auch mal hier gewohnt. Jetzt bin ich in der Gegend in etwa so willkommen wie ein Orgk auf einer Elfenhochzeit.

Da ich keine Ahnung habe, wo ich meine Suche beginnen soll, lasse ich die Mietdroschke in der Wahre-Schönheit-Chaussee anhalten. Dort wohnen die meisten Zauberer. Dann marschiere ich den sanften Hang hinauf, der bis an das Waldgebiet reicht, das wiederum an das Gelände des Kaiserlichen Palastes angrenzt. Die Häuser hier ähneln alle der Villa, die ich in dem Kuriya-Becken gesehen habe. Ich bemühe mich, mich an irgendwelche Besonderheiten zu erinnern, aber mir fällt einfach nichts ein. Es war einfach nur irgendeine luxuriöse Villa, deren Bewohner faul im Schatten herumliegen, Wein aus ihrem eigenen Anbau schlürfen und sich dazu Fische aus ihren Zuchtteichen auf der Zunge zergehen lassen. Ich runzle die Stirn. Das wird eine schöne Ermittlung!

Vor einer der kleineren Villen, die etwas von der Straße entfernt liegen, bemerke ich einen Gardisten. Niemand sonst ist zu sehen. Nicht einmal Bedienstete, die den Rasen trimmen oder die Blumenbeete pflegen. Dann wird mir klar, dass dies hier wahrscheinlich das Haus von Thalius Scheelauge ist, dem kürzlich ermordeten Zauberer.

Dieser Mord hat mit meinem Fall nichts zu tun. Ich sollte mich also tunlichst fern halten. Ich schlendere dennoch hinüber, um mal einen Blick zu riskieren. Der Gardist ist alles andere als achtsam. Er sieht nicht einmal, wie ich mich über die Mauer wuchte und auf der anderen Seite in den Garten hinunterplumpsen lasse. Warum, verdammt, mache ich das?

Wahrscheinlich lösen ermordete Zauberer bei mir eine unbezwingbare Neugier aus.

Der Garten ist ausgezeichnet in Schuss und menschenleer. Vermutlich sind die Bediensteten des Zauberers alle noch in Gewahrsam und beantworten bohrende Fragen – was sie zum Beispiel über das Giftmischen wissen. Ich marschiere schnell zwischen einigen hohen Bäumen hindurch, bis ich einen kleinen Zierteich auf der Rückseite des Hauses erreiche. Im Gegensatz zu einigen unserer wohlhabenderen Mitbürger hat Thalius den Teich offenbar nicht mit Fischen bestückt. Dabei ist ein gut ausgestatteter Fischteich ein kaum zu überbietendes und unverzichtbares Statussymbol in Turai. Keine Dame eines aristokratischen Clans könnte ein Mitglied der königlichen Familie zu Tisch bitten, ohne nicht zumindest einen Hauptgang aus eigener Zucht auftischen zu können. Es verschlingt jede Menge Gurans, diese schuppigen Viecher bei Laune und bei Gewicht zu halten.

Ich bin mittlerweile fast schon an der Hintertür. Sie ist gelb gestrichen, und zwei kleine Statuen von Sankt Quaxinius dienen als Torwächter. In Turai gilt Gelb gemeinhin als Glück bringende Farbe, in der man seine Hintertür streichen sollte. Die Vordertür sollte möglichst weiß sein. Natürlich richtet sich so ziemlich jeder, der was auf sich hält, nach dieser Vorgabe. Abergläubisch? Aber nein! Nur, warum sollte man das Schicksal herausfordern?

Ich will gerade die Tür öffnen, als aus dem Haus Geräusche dringen. Es erscheint mir ratsam, sofort hinter einem ausladenden Busch in Deckung zu gehen. Ein anderes Geräusch hinter mir treibt mich noch tiefer ins Unterholz. Hier bin ich mittendrin und beobachte die Geschehnisse mit wachsendem Interesse, fast schon Verblüffung. Erst fliegt die Hintertür auf, und drei glatzköpfige und rot gewandete Mönche stürmen heraus. Sie bewegen sich plötzlich sehr leise, gleiten wachsam durch das Portal, vergewissern sich, dass keiner sie beobachtet, und schleichen sich dann zum anderen Ende des Grundstücks. Aber sie sind nicht unbeobachtet. Denn plötzlich tauchen aus dem Dickicht hinter mir vier andere Mönche auf. Haare haben sie genauso wenig wie die anderen, aber sie tragen gelb. Ohne langes Vorspiel stürzen sie sich auf die erste Gruppe.

Die friedliche Stille ist schlagartig beim Teufel, als der Kampf beginnt. Und es ist ein außerordentlich sportlicher Kampf. Viele Leute schwärmen von den überlegenen Fähigkeiten der Kampfmönche, aber bis heute habe ich eine solche Demonstration noch nie selbst miterleben dürfen. Ich sehe erstaunt zu, wie sie Tritte in Kopfhöhe austeilen und wie Treffer den Gegner ein beträchtliches Stück über den Rasen purzeln lassen. Dann springen die Geschlagenen athletisch und scheinbar unbeeindruckt wieder auf die Füße und stürzen sich erneut ins Getümmel. Die meisten Schläge werden von kurzen, schrillen Schreien begleitet, sodass die ganze Nachbarschaft mithören kann, was hier los ist.

Prompt taucht auch nach bemerkenswert kurzer Zeit der Zivilgardist von der Vordertür auf. Als er sieht, dass hier sieben Kampfmönche zugange sind, beschließt er weise, sich als Nicht-Mönch lieber herauszuhalten. Stattdessen ruft er mit seiner Pfeife Verstärkung herbei.

Als die Mönche den Pfiff hören, beenden sie ihre Zwistigkeiten sofort. Stattdessen werfen sie sich gegenseitig hasserfüllte Blicke zu. Dann helfen die Unversehrten den Verletzten hoch und machen sich schleunigst in entgegengesetzte Richtungen davon. Erneut zeigen sie ihre bemerkenswerten athletischen Fertigkeiten, als sie wie Hupfdohlen über Mauern und andere Hindernisse springen, die zwischen ihnen und der Freiheit liegen.

Jeden Moment müssen noch mehr Zivilgardisten auftauchen. Ich habe gerade noch Zeit zu flüchten. Ich sollte so weit von hier weglaufen, wie mich meine Füße tragen. Meinem Charakter entsprechend begebe ich mich folgerichtig zur Hintertür und ins Haus hinein. Manchmal sind meine Füße ziemliche Narren. Meine überwältigende Neugier, andere sagen Vorwitzigkeit, hat mich in Schwierigkeiten gebracht, schon seit ich laufen konnte.

Wenigstens ist es hier kühl, eine wahre Erleichterung nach der glühenden Hitze draußen. Ich nehme einen Krug in der Küche und lasse mir etwas Wasser über den Nacken laufen. Dann gehe ich weiter. Im ersten Zimmer, einem großen, hellen, ruhigen Raum mit pastellfarbenen Gobelins an den Wänden, treffe ich eine junge Frau. Sie hat ein Messer in der Hand und stellt sich mir mutig entgegen. Sie versucht einen kräftigen Hieb gegen meinen kaum zu verfehlenden Bauch zu führen, stolpert jedoch über eine leere Kleehflasche vor ihren Füßen und sackt zu einem betrunkenen Häufchen Elend auf dem Boden zusammen.

Eine weitere unerwartete Entwicklung. Ich runzle die Stirn. Thalius war nicht verheiratet, da bin ich sicher. Aber sie trägt eine Toga, die der Herrin des Hauses angemessen wäre. Sie muss Thalius' Tochter sein.

Sie hebt den Kopf und erkundigt sich undeutlich, was ich hier mache.

»Ich stelle Nachforschungen über den Tod von Thalius an.« Noch eine Lüge.

»Ihr seid kein Gardist.« Sie rappelt sich unsicher auf. »Macht nichts. Die Gardisten werden sowieso nicht rausfinden, wer meinen Vater getötet hat. Gardisten sind so nützlich wie Eunuchen in einem Puff.«

Es überrascht mich etwas, solche Ausdrücke von einer so wohlerzogenen jungen Dame zu hören. Sie schnappt sich noch eine Flasche Kleeh von dem Regal hinter ihr. Eigentlich hat sie schon mehr als genug, aber ich bin kein Drogenberater, also mische ich mich nicht ein. Außerdem glaube ich Geräusche von draußen zu hören. Anscheinend sind noch mehr Zivilgardisten eingetroffen.

»Die Gardisten werden jeden Moment hier hereinkommen. Ich bin ein Detektiv. Ich helfe Euch, wenn Ihr mir helft.«

Das klingt einigermaßen aufrichtig. Vielleicht meine ich es sogar ehrlich. Irgendwie tut sie mir Leid, so betrunken und dann auch noch frisch verwaist.

»Was wollt Ihr wissen?«

»Wer hat Euren Vater getötet?«

»Sein Boah-Händler, denke ich doch.«

Jetzt bin ich platt. Dabei überrascht mich nicht die Erkenntnis, dass Thalius Boah genommen hat, das ist mittlerweile eine Standard-Droge, und Zauberer scheinen ihr besonders zugetan zu sein. Aber in dem Papyrus-Bericht über den Mord wurden Drogen mit keinem Wort erwähnt.

»Ich dachte, er wäre von einem Bediensteten vergiftet worden.«

Sie kichert trunken. Es klingt ziemlich albern. »Das sagen alle. Sie wollten wohl nicht, dass der Palast schon wieder von einem Drogenskandal erschüttert wird. Es gab schon zu viele. Mein Vater ist nicht vergiftet worden. Ein Armbrustbolzen hat ihn erledigt. Er konnte anscheinend seinen Boah-Händler nicht mehr bezahlen.«

Wir hören Schritte, als die Zivilgarde das Haus betritt.

»Engagiert mich, um den Mörder zu finden«, dränge ich sie. Aber es ist schon zu spät. Sie fällt genau in dem Moment sehr dekorativ zu Boden, als die Zivilgardisten den Raum betreten. An ihrer Spitze marschiert Präfekt Calvinius höchstpersönlich. Er ist der oberste Gardist in Thamlin.

Präfekt Calvinius kennt mich sehr gut. Und er kann mich genauso wenig leiden wie Präfekt Tholius. Vielleicht sogar noch weniger. Ein Blick auf die ausgestreckte Schnapsleiche zu meinen Füßen genügt ihm. Mit markiger Stimme befiehlt er meine Verhaftung. Sekunden später werde ich auf einen Karren geladen und ins Gefängnis verfrachtet.

Es ist zwar nicht gerade neu für mich, im Zuge meiner Ermittlungen dem Gefängnis ab und an einen Besuch abzustatten. Aber mir wird rasch klar, dass ich diesmal einfahre, ohne dass ich überhaupt in der Sache ermittelt habe. Jetzt frage ich mich, ob es mir trotz meines fortgeschrittenen Alters vielleicht immer noch möglich ist, meine obsessive Neugier etwas zu zügeln.

5. KAPITEL

Das Schlimmste am Gefängnis ist die Hitze. Und der Gestank. Und dass man kein Bier kriegt. Außerdem ist die Gesellschaft immer mies. Kurz: Gegen das Gefängnis kann man eine ganze Menge sagen.

Ich sitze in einer kleinen Zelle mit einem Mitgefangenen, der kein Wort sagt und griesgrämig wie eine niojanische Nutte auf seiner Koje liegt. Es ist beinahe eine Erleichterung, als zum Gebet gerufen wird. Wenigstens habe ich dann für kurze Zeit etwas zu tun.

Meine Bitte an die Gardisten um juristische Vertretung, auf die ich ein unveräußerliches Recht habe, wird wie gewöhnlich ignoriert. Ich habe sowieso keinen eigenen Advokaten, obwohl ich mir bei meinem Beruf besser einen halten sollte. Aber da ich ein Voll-Bürger von Turai bin, müssen die Behörden mir einen öffentlichen Prokurator stellen. Was sie nicht tun. Es ist schon fast Abend, als mir zum ersten Mal ein Vertreter der Behörden seine Aufmerksamkeit schenkt. Zwei Gardisten stoßen meine Tür auf und schleppen mich durch einen Korridor in einen Verhörraum, in dem Vizepräfekt Phrasius mit steinernem Gesicht hinter seinem Schreibtisch hockt.

Phrasius zu sehen hebt meine Laune etwas. Er mag mich zwar nicht mehr, als der Präfekt es tut, aber er ist nicht ganz so blöd. Er ist jünger als sein Vorgesetzter Calvinius und der Bildung ganzer Sätze mächtig. Was man auch erwarten kann. Man wird in Turai weder befördert noch in offizielle Ämter gewählt, wenn der Name nicht auf dem aristokratischen »ius« endet. Ein Name wie »Thraxas« brandmarkt einen als zu niedrig Geborener. Es gibt zwar keinerlei rechtliche Gründe, aus denen ein Mann aus den niederen Ständen nicht in ein hohes Amt gewählt werden könnte, aber die Aristokraten haben den Senat fest im Griff, dass so gut wie jeder einfache Mann bei dem Versuch, Karriere zu machen, einfach scheitern muss.

»Also, Thraxas. Wollt Ihr uns verraten, was Ihr in Thalius' Haus gemacht habt?«

»Wollt Ihr mir nicht lieber zuerst mal verraten, wo mein Rechtsbeistand ist?«

Phrasius sieht die Wachen an. »Er möchte wissen, wo sich sein Rechtsbeistand aufhält. Hat jemand seinen Rechtsbeistand gesehen?«

Die Gardisten schütteln eifrig die Köpfe, was die Troddeln an ihren Schultern hübsch vor- und zurückschwingen lässt.

»Scheint so, als hätte ihn niemand gesehen.«

»Ich habe ein Recht auf einen Rechtsbeistand.«

»Ihr habt das Recht, von Rechtsbeiständen zu schweigen und anzufangen, Fragen zu beantworten. Was habt Ihr in Thalius' Haus gemacht? Und warum habt Ihr seine Tochter Bibendis angegriffen?«

Ich beuge mich vor und fixiere ihn mit meinem Blick.

»Phrasius, muss man in dieser Stadt eigentlich so dumm sein wie ein Orgk, um ein offizielles Amt bekleiden zu dürfen? Glaubt Ihr wirklich, dass Ihr mich einschüchtern könnt? Fahrt zum Orgkus! Bringt mir meinen Rechtsbeistand, dann rede ich vielleicht. Vielleicht auch nicht. Kommt auf meine Tagesform an. Bis dahin bringt mich besser zurück in meine Zelle. Wenn Ihr mich gesetzeswidrig hier festhalten wollt, dann tut das nur. Ich freue mich schon auf den fetten Schadensersatz, wenn ich Euch erst durch die Instanzen gezerrt habe.«

So sollte man nicht mit dem Vizepräfekten sprechen, wenn man gern aus dem Gefängnis entlassen werden möchte, aber ich will verdammt sein, bevor ich jemals vor der Knute dieser Leute kusche. Ich werde in meine Zelle zurückgebracht. Mein Mitgefangener liegt immer noch auf seiner Koje und wirkt kein bisschen fröhlicher. Später besteche ich einen Gardisten, damit er mir die heutige Ausgabe des *Berühmten Und Wahrheitsgetreuen Chronisten* bringt. In dem Käsepapyrus steht nicht viel, es sei denn, man interessiert sich für den neuesten Skandal zwischen irgendeiner Senatorengattin und irgendeinem Armeehauptmann. Tue ich aber nicht. Der Herausgeber widmet eine Menge Papyrus dem Hohn und Spott über die Unfähigkeit der Zivilgarde, die nicht in der Lage ist, eine Zwei-Tonnen-Statue zu finden. Die Statue von Sankt Quaxinius sollte eigentlich nächsten Monat in einer wichtigen religiösen Zeremonie geweiht werden, an der Delegationen vieler anderer Stadtstaaten teilnehmen wollten. Der Papyrus legt ausführlich dar, dass es vollkommen ausgeschlossen ist, dass sich eine solch große Statue nicht finden ließe, und deutet nachdrücklich an, dass hier auf jeden Fall Bestechung im Spiel sein muss. Das ist durchaus nahe liegend, obwohl ich bei der Suche auch nicht mehr Erfolg habe als die Zivilgarde, und mich besticht niemand.

ZwölfSeen wird auf der Rückseite kurz erwähnt. Der Brand in einer unserer Kaschemmen, im *Keilerschädel*, ist anscheinend eine kurze Notiz wert, und darunter wird noch bemerkt, dass der Wirt, Panschax, in den Flammen umgekommen sei.

Der *Keilerschädel* war eine verdammt lausige Kneipe, die hauptsächlich von Boah-Händlern und exotischen Tänzerinnen aufgesucht wurde. Ich werde sie nicht vermissen, und Panschax mochte ich auch nicht besonders. Die Kaschemme gehörte der Bruderschaft, und Panschax gehörte ihr an. Was überhaupt die ganze Affäre ziemlich interessant macht. Denn die Bruderschaft mag es gar nicht, wenn ihre einträchtigen Etablissements abgefackelt werden. Das ist schlecht fürs Geschäft.

Ich bin es gewohnt, einzusitzen. Das ist mir schon oft genug passiert, und deshalb stört es mich nicht besonders. Es ist nur sehr frustrierend, dass ich jetzt im Fall von Gesox nicht weiterkomme, denn die Zeit läuft mir davon. Die Garde-Zauberer haben schon bei ihren ersten ganz einfachen magischen Tests Gesox' Aura überall auf der Tatwaffe gefunden. Und zwar nur seine Aura, keine andere. Das genügt, um die Zivilgarde und womöglich auch die Geschworenen restlos davon zu überzeugen, dass der Schüler den Meister getötet hat. Die Stadtgerichte können ein Kapitalverbrechen in fünf Tagen verhandeln, wenn sie die Neigung dazu verspüren. Wenn ich nicht herausfinde, wer Rodinaax tatsächlich getötet hat, dann könnte Gesox in weniger als einer Woche am Galgen baumeln. Und selbst wenn ich jetzt freikäme, wäre ich ja noch nicht einmal den kleinsten Schritt weiter. Ich kann diese weiße Villa, die ich im Kuriya-Becken gesehen habe, nicht identifizieren. Und selbst wenn ich es könnte, gibt es trotzdem keine Garantie dafür, dass Rodinaax' Ehefrau sich dort aufhält. Diesmal scheine ich eine Niete gezogen zu haben.

Ich befasse mich mit den Ereignissen im Haus des Zauberers Thalius. Ich habe zwar mit dem Fall eigentlich nichts zu tun, aber dennoch finde ich die zeitliche Verkettung dieser Ereignisse irgendwie merkwürdig. Und warum wird behauptet, dass der Zauberer von einem Bediensteten vergiftet wurde, wenn seine Tochter sagt, dass sein Boah-Händler ihn wegen angeblicher Drogenschulden umgelegt hat? Außerdem: Ist er tatsächlich durch einen Armbrustbolzen ums Leben gekommen? Das ist eine sehr ungewöhnliche Waffe in Turai, und zudem ist ihr Besitz ein drastischer Verstoß gegen das Gesetz, Trotzdem bin ich kürzlich erst einer sehr gefährlichen Mörderin mit einer Armbrust über den Weg gelaufen, Sarin die Gnadenlose, die sich ebenfalls im Boah-Handel versucht hat. Ob sie wieder nach Turai zurückgekehrt ist? Ich wäre sehr daran interessiert, ihr noch einmal zu begegnen. Auf ihren Kopf ist eine Belohnung ausgesetzt, und ich bin für ein kleines Zubrot immer zu haben.

Noch interessanter, jedenfalls meinen letzten Erfahrungen nach, scheint mir das Auftauchen der Mönche zu sein. Was machen die hier? Haben sie etwas mit dem Boah-Handel zu tun? Das wäre keine allzu große Überraschung. Praktisch jeder in dieser Stadt verdient am Boah mit, seit die Droge das Leben so vieler Menschen bestimmt. Aber es könnte auch etwas vollkommen anderes hinter der Sache stecken. Vielleicht besaß Thalius ja irgendein religiöses Artefakt, das sie wollten? Doch Thalius war ein zweitklassiger Magier und sicher nicht im Besitz von irgendetwas sehr Bedeutendem. Vielleicht haben sie ja nur hereingeschaut, um sich ihre Horoskope erstellen zu lassen.

Ich denke darüber nach, was das für zwei verfeindete Mönchsorden sein könnten und warum sie miteinander kämpften. Es ist schon ein sehr merkwürdiger Zufall, dass ich an einem Tag zwei seltsame Mönche dabei erwische, wie sie meine Zimmerflucht durchwühlen, und kaum drehe ich mich um, treffe ich auf einen Haufen Mönche, die sich gegenseitig auf den makellos gepflegten Rasenflächen von Thamlin die Kutte ausklopfen. In was ich da wohl wieder geraten bin? Ich finde keine Erklärung, die zu den Fakten passen würde. Außerdem weiß ich so gut wie nichts über diese Kampfmönchsorden. Andererseits: Wer könnte das schon von sich behaupten?

Ich verbringe die Nacht im Verlies. Am nächsten Tag wird es hier unten heißer als im Orgkus. Das Essen ist für Lebewesen mit Geschmacksknospen und Magenschleimhäuten völlig ungenießbar, und ich habe ein höllisches Bedürfnis nach einem Bier. Ich will gerade meine Wut an der Zellentür auslassen, als sie aufschwingt und Thalius' Töchterchen meine Zelle betritt.

Sie ist heute etwas sicherer auf ihren Beinen, aber ich merke, dass sie immer noch sehr betrunken ist. Nun bin ich sicher der Falsche, sie deswegen zu verdammen. Wenn man sich nicht mal besaufen darf, wenn einem der Vater vor der Nase umgebracht wird, wann dann?

»Thraxas. Man hat mir gesagt, dass Ihr tatsächlich ein Detektiv seid. Ich dachte, Ihr wärt nur einer von diesen Gaunern.«

Ihren Worten entnehme ich, dass sie von ihrer Sauftour aufgewacht ist und feststellen musste, dass ihr trautes Heim von einem Gebetskreis rot gekleideter Mönche auf den Kopf gestellt wurde. Natürlich hat sie das leicht verstört. Sie entschuldigt sich dafür, dass sie mich umbringen wollte, und ich verzeihe ihr mit einer großmütigen Handbewegung.

»Es würde jeden beunruhigen, wenn er mitbekommt, wie sein Heim von Mönchen durchwühlt wird. Glaubt mir, ich weiß, wovon ich rede.«

Sie kommt rasch zur Sache. Die Zivilgarde kommt im Mordfall an ihrem Vater nicht weiter, und sie würde nun gerne mich engagieren.

Ich werfe einen kurzen Blick auf meinen Zellennachbarn. Der scheint zwar zu schlafen, aber ich möchte nichts in seiner Gegenwart besprechen. Vizepräfekt Phrasius ist ein schlaues Bürschchen, und ihm ist durchaus zuzutrauen, dass er einen seiner eigenen Leute mit mir in eine Zelle sperrt, um mich auszuspionieren.

»Ich nehme den Auftrag an, aber hier können wir nicht darüber reden. Ihr müsst mich zuerst aus der Zelle herausholen.«

Sie holt einen kleinen Flakon aus ihrer Tasche und nimmt einen kräftigen Schluck. Sie ist eine hübsche junge Frau, mit einer dichten, dunklen Mähne und hinreißenden grünen Augen. Sie ist so hübsch, dass ich ihr ein Kompliment machen würde, wenn ich nicht zu alt, viel zu fett und entschieden zu abgeneigt wäre, jungen Frauen Komplimente zu machen.

»Kann ich Euch denn hier herausbekommen?«

»Sicher. Erzählt dem Vizepräfekt einfach, dass ich mich aufgrund Eurer Einladung in Eurem Haus aufgehalten habe. Mehr als einen schlichten Hausfriedensbruch haben sie nicht gegen mich in der Hand.«

Es funktioniert wie geschmiert. Vizepräfekt Phrasius lässt mich zwar ein wenig schmoren, während er sich mit Calvinius berät. Es gefällt ihnen zwar überhaupt nicht, mich wieder auf die Straße zu lassen, aber da Bibendis behauptet, sie habe mich eingeladen, können sie nichts dagegen tun. Ich habe mich keines anderen Vergehens schuldig gemacht. Schließlich begleitet uns ein Garde-Zauberer zum Vordereingang, wo er sein »Sesam Öffne Dich« murmelt und damit das Tor öffnet. Ich trete in das glühende Sonnenlicht hinaus.

»Ich brauche ein Bier.«

»Ich auch«, sagt Bibendis. Wir kehren in eine Taverne am Rand von Thamlin ein. Es ist ein eleganteres Etablissement als die Kaschemmen, in denen ich gewöhnlich verkehre. Der Wirt schaut mich auch entsprechend misstrauisch an, aber die Gegenwart der ganz offenkundig blaublütigen Bibendis beruhigt ihn. Jedenfalls so lange, bis sie sich ein Glas Kleeh nach dem anderen auf eine Art hinter die Binde kippt, die für eine vornehme Dame ganz und gar nicht schicklich ist. Schließlich muss ich sie in eine Mietdroschke verfrachten, und wir fahren nach Süden.

Als wir in den Quintessenzweg einbiegen, kommen wir an den immer noch qualmenden Ruinen des *Keilerschädels* vorbei. Kein einziger Pfeiler steht mehr. Wer auch immer die Kaschemme abgefackelt hat, war verdammt gründlich. Allerdings ist es nicht gerade besonders schwierig, die baufälligen hölzernen Gebäude von ZwölfSeen an einem heißen Sommertag in Brand zu setzen. Feuer ist in dieser Stadt eine ständige Gefahr. Dass sich der Brand nicht zur Feuersbrunst ausgewachsen hat, lag vermutlich daran, dass neben der Kaschemme bereits Lücken für Neubauten gewesen waren.

Donax, der örtliche Unterhäuptling der Bruderschaft, und Juhnkar, ein hoher Bonze des Gaststättengewerbes, stehen neben den Ruinen. Ihre grimmigen Mienen lassen darauf schließen, dass sie nicht gerade ihren nächsten gemeinsamen Sommerausflug besprechen. Ich möchte nicht in der Haut des Feuerteufels stecken, wenn sie ihn erwischen.

Bibendis schläft schon halb, als wir die *Rächende Axt* erreichen. Sie schafft es nur mit Mühe die Außentreppe hinauf.

Kaum hat sie mein Zimmer betreten, klappt sie auch schon auf dem Sofa zusammen und schläft tief und fest. Ich betrachte sie verärgert. Sie hätte wenigstens lange genug wach bleiben können, um mir meinen Vorschuss zu zahlen.

In meinem Schlafzimmer steht ein großer Wasserkrug. Ich gehe hin, weil ich mich etwas erfrischen will. Aber im Krug ist kein Wasser, dafür aber liegt eine junge Hure in meinem Bett. Ich erkenne an den roten Bändern in ihrem Haar, dass sie eine Hure ist. Und ich habe sie noch nie zuvor gesehen.

Ich suche nach Makri. Sie kommt mir auf halbem Weg entgegen, weil sie mich gesucht hat, und so treffen wir uns an meiner Tür. Sie sieht Bibendis, die ausgestreckt auf meiner Couch liegt.

»Endlich hast du eine Freundin gefunden, die genauso viel trinkt wie du.«

»Sehr amüsant. Was zum Teufel macht das Weib in meinem Bett?«

»In deinem Bett? Oh. O ja. Das wird wohl Matahari sein, denke ich. Sie ist eine Hure.«

»Ich weiß selbst, dass sie eine Hure ist. Die Bänder sind kaum zu übersehen, sie trägt ja nichts anderes. Soll das eine Überraschung sein? Ich habe heute nicht Geburtstag!«

Makri tritt verlegen von einem Fuß auf den anderen. »Ich hatte dich noch nicht zurückerwartet. Ich dachte, du würdest länger im Gefängnis einsitzen ...«

Das reicht. Ich explodiere. »Du bist ja eine tolle Freundin, Makri! Andere Leute würden vielleicht etwas unternehmen, zum Beispiel einen Advokaten engagieren, um mich aus dem Gefängnis zu holen! Aber nicht du, o nein! Du überlässt stattdessen mein Schlafzimmer irgendwelchen Huren und hoffst, dass ich eine Weile nicht zurückkomme. Schaff auf der Stelle das Weib aus meinem Bett!«

»Das geht nicht«, jammert Makri. Sie scheint tatsächlich bestürzt. »Alle sind hinter ihr her!«

»Alle? Wer sind ›alle‹?«

»Die Bruderschaft. Und das Gaststättengewerbe. Und die Garde.«

Ein fürchterlicher Verdacht regt sich im vordersten Winkel meines weitläufigen Verstandes. »Du meinst, sie … sie hat … hat sie …?«

Makri nickt. »Sie hat den *Keilerschädel* niedergebrannt. Aber sie wollte den Wirt gar nicht umbringen, sondern ihm nur eine Lektion erteilen.«

»Na, die dürfte er sich für den Rest seines Lebens gemerkt haben. Schön, also, wir machen Fortschritte. Ich weiß jetzt, wer sie ist. Aber warum sie hier ist, ist mir weiterhin schleierhaft.«

»Sie ist erst vor kurzem hier aufgetaucht. Vollkommen panisch. Sie hat mich gesucht. Wir kennen uns von … von einem Kränzchen.«

Ich sehe Makri entsetzt an. »Du kanntest sie schon? Und sie ist unten in die Bar gekommen? Sie ist einfach hereinmarschiert, nachdem sie den *Keilerschädel* abgefackelt hat, knappe hundert Meter die Straße runter? Und du hast sie hierher gebracht? Warum hast du nicht gleich ein Schild rausgehängt mit der Aufschrift: *Gesuchte Mörderin und Brandstifterin versteckt sich in Thraxas' Wohnung*? Wirf sie auf der Stelle hinaus!«

»Aber hier ist sie sicher.«

»Sie ist alles andere als sicher! Die Bruderschaft hat ihre Augen überall! Gott weiß, wie viele Menschen allein gesehen haben, dass sie hereingekommen ist. Und selbst wenn es keiner gesehen hat, wird die Bruderschaft einen Zauberer engagieren. Zehn zu eins, dass Donax schon einen auf ihre Spur angesetzt hat.«

Makri war bislang nicht klar, dass der *Keilerschädel* der Bruderschaft gehörte. Aber ihr ist klar, dass dies die ganze Sache erheblich gefährlicher macht. Womit ich nicht sagen will, man könnte es auf die leichte Schulter nehmen, wenn man auf dem schwarzen Papyrus der Zivilgarde und des Gaststättengewerbes steht. Wie die meisten Zünfte verfügt auch das Gaststättengewerbe über jede Menge heimlicher und einflussreicher Beziehungen.

»Was können wir denn tun, um ihr zu helfen?«

»Du kannst tun, was du willst, Makri. Ich tue gar nichts. Schaff sie einfach hier raus. Und zwar schnellstens.«

»Aber der Wirt hat sie angegriffen!«

»Sie hat mein Mitgefühl. Das Leben als exotische Tänzerin muss wirklich schwer sein. Also: Schaffst du sie hinaus, oder soll ich sie selbst rauswerfen?«

Gurdh trommelt gegen die Tür und steckt im selben Moment seinen Kopf rein. »Thraxas, da unten sind Gardisten. Sie wollen mit dir reden! Soll ich sie hinhalten?«

Ich nicke. Er verschwindet.

Im selben Moment hämmert jemand wütend an meiner Außentür.

»Thraxas!« Ich wünschte, ich würde diese Stimme nicht sofort erkennen. »Ich bin's, Donax. Ich will mit dir reden!«

Na fein. Die Zivilgarde wartet unten, und der örtliche Bruderschaftsunterhäuptling lungert vor meiner Bürotür herum. Ich werfe Makri einen viel sagenden Blick zu, den sie mit einem Schulterzucken quittiert. Dann zieht sie ein langes Messer aus ihrem Stiefel.

»Du hast nicht zufällig irgendwo eine Axt herumliegen?«

Eins muss ich ihr lassen, sie ist allzeit bereit, ihrem Schöpfer entgegenzutreten. Ich persönlich brauche etwas mehr innere Vorbereitung.

»Halt ihn auf!«, sage ich und suche in meinem Beutel nach dem Verwirrungszauberspruch, den ich mir von Astral Trippelmond geborgt habe.

Es ist nicht einfach, einen Spruch zum ersten Mal zu spinnen. Es braucht Zeit, Bedachtsamkeit und Vorbereitung. Da jedoch unten nur Gurdh die Garde aufhält und Makri versucht, Donax in ein kompliziertes Gespräch zu verwickeln, bei dem sie so tut, als wäre sie nicht der Landessprache mächtig, bleibt für Gründlichkeit keine Zeit. Ich zerre die Rolle heraus, flitze in mein Schlafzimmer und singe ihn über der schlafenden Gestalt von Matahari. Nichts passiert, nicht mal das übliche Abkühlen der Luft, wenn Magie ausgeübt wird. Also habe ich keine Ahnung, ob der Spruch funktioniert oder nicht. Als ich wieder in mein Büro zurückkomme, stampft Präfekt Tholius mit sechs Gardisten im Schlepptau durch die Eingangstür. Gleichzeitig hetzt auf der Außentreppe ein höchst verärgerter Donax sechs seiner Schläger auf Makri.

Donax ist der neue Bruderschaftsunterhäuptling von ZwölfSeen. Er war die Nummer zwei hinter Corleonaxas und hat den Unterhäuptlingsrang geerbt, als Corleonaxas vor einigen Wochen vom Freundeskreis umgebracht wurde. Der Freundeskreis ist die mit der Bruderschaft rivalisierende kriminelle Organisation in Turai, und sie kontrollieren den Norden der Stadt. Donax ist sehr darauf bedacht, seine Autorität zu wahren, und er ist absolut nicht erfreut, wenn man ihn warten lässt.

»Was hat sich Thraxas denn da für eine Gespielin angelacht? Die spricht ja nicht mal unsere Sprache!«, erkundigt er sich. Makri runzelt die Stirn. Es gefällt ihr gar nicht, unter der Rubrik Gespielin geführt zu werden.

»Das ist seine orgkische Freundin«, erwidert Conax. Conax ist ein Handlanger der Bruderschaft, Donax' Mann fürs Grobe – dumm, aggressiv und feindselig. Donax, der auch nicht gerade ein Engel ist, sieht sich misstrauisch in meinem Büro um.

Präfekt Tholius weiß jetzt nicht mehr, wie er weiter vorgehen soll. Als Präfekt von ZwölfSeen sollte er hier theoretisch das Sagen haben, aber er weiß, dass er in Wirklichkeit Donax nicht herumschubsen kann. Und da er weder den Bruderschaftsunterhäuptling beleidigen noch seine Unterlegenheit ihm gegenüber zugeben will, steckt er in einem unschönen Dilemma. Was man ihm auch sehr deutlich anmerkt.

Donax dagegen wirkt alles andere als perplex. Er ist ein gefährlicher Kerl, und genauso sieht er auch aus. Er ist groß, muskulös und lächelt nie. Er dürfte etwa so um die vierzig sein, und sein schwarzes Haar ist zu einem langen, straffen Zopf geflochten, der ihm über den Rücken hängt. Er trägt ein einfaches braunes Wams, und goldene Kreolen baumeln an seinem Ohr. Im Gegensatz zu vielen anderen Bandenhäuptlingen legt er keinen Wert auf Protz, und er trägt außer den Ohrringen keinerlei Schmuck. Sein Schwert steckt in einer schlichten schwarzen Scheide. Er ist innerhalb der Bruderschaft von ganz unten nach ganz oben aufgestiegen, und das gelingt nur jemandem, der sehr gerissen und sehr rücksichtslos ist.

»Wir suchen ein Weib namens Matahari.«

»Nie von ihr gehört. Kennst du jemanden, der Matahari heißt, Makri?«

Makri schüttelt den Kopf. Sie hat ihr Messer noch in der Hand. Sie ist wütender als ein mürrischer Magier, weil Conax sie einen Orgk genannt hat. Es bedarf nicht mehr viel, und sie stürzt sich in einen Kampf mit allen – Gardisten und Gaunern. Und falls die jetzt Matahari finden und sie mitnehmen wollen, wird es zweifellos genau dazu kommen.

Donax gibt ein Zeichen, und seine Gefolgsleute fangen mit der Durchsuchung an. Der Bruderschaftsunterhäuptling begrüßt Präfekt Tholius ohne sichtbares Zeichen von Respekt und erkundigt sich beiläufig, was den Präfekten denn wohl hierher führen könnte.

»Wir suchen ebenfalls diese Frau namens Matahari. Sie wird des Mordes und der Brandstiftung beschuldigt.«

Donax knurrt. »Wenn wir mit ihr fertig sind, dürfte für einen Prozess nicht mehr genug von ihr übrig sein.«

»Wer ist das denn?« Tholius deutet auf Bibendis, die immer noch friedlich auf meiner Couch schlummert.

»Eine Klientin.«

»Schlafen Eure Klientinnen immer hier?«

»Nein. Nicht immer. Nur wenn sie müde sind.«

Die Brüder der Bruderschaft betreten mein Schlafzimmer. Zwei Zivilgardisten folgen ihnen. Mein Herz hämmert schmerzhaft in meiner Brust, und ich verwünsche Makri im Stillen. Wenn sie schon einer Mörderin und Brandstifterin hier Unterschlupf gewährte, musste es dann ausgerechnet eine sein, die so vielen einflussreichen Leuten gleichzeitig auf die Zehen getreten ist? Wenn ich in die Mühle zwischen Bruderschaft und Zivilgarde gerate, bin ich in dieser Stadt erledigt. Es könnte kaum schlimmer sein, wenn ich den König zu einem Duell auf Leben und Tod herausgefordert hätte. Ich schwitze, als säße ich im Dampfbad.

Aber ich verberge meine Nervosität. Ich habe genauso wenig Lust, vor diesen Leuten einen Kotau zu machen, wie Makri. Die Bruderschaft mag ja stärker sein als ich, aber ich werde ihre Schläger deshalb trotzdem niemals mit Respekt behandeln. Ich schnappe mir eine Flasche Kleeh vom Regal und nehme einen tiefen Schluck. Dann biete ich Makri auch einen an, als wäre alles in schönster Ordnung.

Donax beobachtet mich scharf. »Du trinkst zu viel, Fettsack«, stellt er fest.

»Nein, wirklich? Was du nicht sagst.«

Die Spürhunde kehren von ihrer Mission aus dem Schlafzimmer zurück. Einer der Brüder will etwas sagen, aber er scheint plötzlich vergessen zu haben, wie das funktioniert. Sein Mitbruder springt ihm zu Hilfe.

»Da drin Herr keiner ist.«

»Was soll das denn heißen: ›Da drin Herr keiner ist‹?«, faucht Donax ihn an.

Der Mann schüttelt heftig den Kopf. »Ich meinte, da ist keiner drin, Herr.«

Einer der Zivilgardisten nickt zustimmend. »Jo.«

»Durchsucht den Rest der Kaschemme«, befiehlt Donax. Präfekt Tholius beeilt sich, seinen Leuten wortwörtlich dasselbe zu befehlen.

Was sagt man dazu? Der Verstörungszauber funktioniert.

Kein Fremder, der mein Zimmer betritt, kann Matahari finden.

Donax baut sich vor mir auf. Er ist erheblich größer als ich. Und hat verdammt schlechte Haut. »Wenn du die Nutte versteckst, bekommst du mächtigen Ärger, Thraxas. Sie hat eine unserer Tavernen niedergebrannt und einen meiner Leute umgebracht. Die Bruderschaft duldet so etwas nicht.«

»Aber du duldest, dass einer deiner Leute eine junge Frau angreift«, sagt Makri und baut sich seinerseits vor Donax auf. Der zuckt wenig beeindruckt mit den Schultern.

»Das gehört zur Stellenbeschreibung.«

»Wirklich? Ich arbeite auch in einer Bar. Schick doch mal ein paar von deinen Leuten zu mir rüber, und sag ihnen, sie sollen mich anfassen.« Makri kneift die Augen zu Schlitzen zusammen. Sie hat immer noch ihr Messer in der Hand. Donax scheint überrascht, dass er von einer jungen Frau zur Rede gestellt wird, aber er ist trotzdem kein bisschen beunruhigt.

»Ich habe von dir gehört. Du musst Makri sein. Eine Mensch-Elfen-Orgk-Mischung. Hast du wirklich spitze Ohren unter dieser Mähne?«

»Warum siehst du nicht einfach nach?«, schlägt Makri ihm vor. Wenn er es versucht, wird sie ihm sicher den Bauch aufschlitzen.

Donax grinst. »Wie ich höre, bist du eine sehr gute Kämpferin. Führst eine ausgezeichnete Klinge. Aber setz dir keine Flausen in den Kopf, die deiner Stellung nicht entsprechen. Du verschwendest hier dein Talent, weißt du das? Arbeite für mich. Du würdest viel mehr Geld verdienen. Vielleicht sogar genug, dass du die Universität bezahlen kannst.«

Conax lacht wiehernd bei der Vorstellung, dass Makri auf die Universität gehen könnte, aber ich bin gar nicht sicher, dass Donax seinen Vorschlag nicht wirklich ernst gemeint hat.

Makri jedenfalls ist etwas bestürzt, dass Donax so viel von

ihr weiß. Sie antwortet nicht, hält das Messer weiter in der Hand und konzentriert sich nach wie vor auf ihre Gegner.

»Ein Zauberer hat die Spur der Hure bis zu dieser Kaschemme verfolgt, Thraxas.«

»Vielleicht hat er sich geirrt. Die Bruderschaft stützt sich doch nicht so oft auf Magie, richtig?«

»Wir benutzen sie, wenn es nötig ist. Also, wo ist sie?«

»Ich habe sie noch nie gesehen.«

Das Gesicht des Unterhäuptlings verzerrt sich vor Wut. Nachdem die Durchsuchung der Kaschemme nichts Greifbares bringt, liegt einen Augenblick eine gewisse Anspannung in der Luft. Donax starrt uns an, als überlegte er, ob er seinen Schlägern befehlen soll, uns auf der Stelle anzugreifen. Er entscheidet sich dagegen.

Doch bevor er geht, informiert er uns darüber, dass wir unter Beobachtung stehen. Sollte er herausbekommen, dass wir Matahari Schutz gewährt haben, wird er uns umbringen lassen. Donax' Stimme ist bei dieser Drohung vollkommen ruhig und sachlich.

»Zweifellos wird Präfekt Tholius mich wie jeden anderen Bürger mit dem ganzen Gewicht des Gesetzes vor einer solchen Drohung beschützen«, erwidere ich.

Präfekt Tholius verabschiedet sich ohne ein weiteres Wort.

Nachdem alle weg sind, dankt Makri mir dafür, dass ich ihr geholfen habe, und entschuldigt sich, dass sie mir derartige Schwierigkeiten gemacht hat. Ich winke ab. Ich bin zu müde, um wütend zu sein.

»Außerdem tut es ganz gut, der Bruderschaft eins auszuwischen. Es ärgert mich, dass sie herumstolzieren, als wären sie hier die Nummer Eins.«

»Sind sie das denn nicht?«

»Schon, aber es ärgert mich trotzdem.«

Bibendis hat während all dieser Ereignisse friedlich weitergeschlummert und macht auch jetzt keinerlei Anstalten aufzuwachen. Ich erkläre Makri kurz, wer sie ist, und denke dann laut darüber nach, was wir mit Matahari machen sollen. Wir können sie jetzt natürlich nicht wegschaffen, aber wenn sie hier bleibt, ist das auch höchst unsicher für sie. Mein Verstörungszauber wird keinen Magier lange täuschen können, selbst wenn es stimmt, dass sich die Bruderschaft eher auf Einschüchterung und Gewalt als auf Magie verlässt und sich selten der Dienste eines wirklich erstklassigen Magiers versichert.

»Warum hast du sie überhaupt in mein Bett gelegt, Makri? Wäre es ihr in deinem Zimmer nicht weit gemütlicher gewesen?«

Bevor Makri antworten kann, geht die Tür auf, und Dandelion platzt herein.

»Hast du ihn schon überredet?«, fragt sie.

»Dazu hatte ich noch keine Gelegenheit«, erklärt Makri. »Thraxas, ich, ehm ... ich habe Dandelion versprochen, dass sie eine Weile bleiben kann.«

Ich stöhne. Dandelion vergeudet keine Zeit und fängt augenblicklich an, von ihren Delfinen zu faseln, aber ich bin schon auf der Treppe.

»Ein Bier, Gurdh, und zwar schnell!«

»Ärger mit der Bruderschaft?«, erkundigt sich der Barbar, als er meinen mitgenommenen Zustand bemerkt.

»Mit der Bruderschaft komme ich schon zurecht«, erwidere ich. »Es ist eher die Schwesternschaft, die mir zu schaffen macht.«

6. KAPITEL

Ich muss Astral Trippelmond dringend eine Nachricht zukommen lassen. Hoffentlich findet er einen Weg, den Verstörungszauber zu verstärken, damit wir Matahari versteckt halten können, bis wir ihretwegen eine Entscheidung getroffen haben. Leider kann ich ihn nicht persönlich befragen. Wenn ich einfach hier herausspaziere und einen befreundeten Zauberer um Rat frage, würde das verraten, dass ich etwas im Schilde führe. Dasselbe gilt für Makri, und bei ihr kommt noch erschwerend hinzu, dass sie ihre Nachmittagsstunden in Rhetorik nicht versäumen will. Gurdh und Tanrose können die Kaschemme nicht unbeaufsichtigt lassen, und Cimdy und Bertax sind auf der Straße und machen Musik. Womit sich die Anzahl der Leute erschöpft hat, denen ich traue.

»Dandelion könnte doch gehen«, schlägt Makri vor.

Ich lasse einige Beschimpfungen über Dandelion vom Stapel und weise darauf hin, dass eine Frau, die mit nackten Füßen und Blumen im Haar in Turai herumspaziert, mir in etwa genauso nützlich erscheint wie ein einbeiniger Gladiator. »Meine Güte, sie erstellt Horoskope für Delfine!«

»Aber die Bruderschaft würde sie nicht verdächtigen.«

Das ist wahr. Also schicken wir Dandelion mit der Nachricht an Trippelmond los.

»Weißt du, Makri, vor zwei Tagen war ich noch glücklich und zufrieden und vollkommen sorglos. Wie konnte es nur so schnell so weit kommen?«

»Vielleicht, weil du verärgert warst, dass Präfekt Tholius deinen Klienten Gesox aus deiner Zimmerflucht gezerrt hat?«

Genau. Wie dumm von mir! Ich brauchte nichts zu tun. Ich hatte nicht mal einen Auftrag, etwas zu tun. Und jetzt suche ich im Heuhaufen nach einer zwei Tonnen schweren Statue und taste dabei gleichzeitig im Trüben nach der verschwundenen Gattin eines ermordeten Bildhauers. Was mich zu dem Fall Thalius Scheelauge und seiner trunksüchtigen Tochter führt, was wiederum nur ganz allein meine Schuld war.

»Aber für Matahari kann ich gar nichts. Diese Sache hast du mir eingebrockt. Übrigens, was hat ihr der Vermieter eigentlich genau angetan?«

Makri will nicht ins Detail gehen, aber sie scheint es für angemessen zu halten, dass Matahari die Kaschemme niedergebrannt und dabei auch noch den Wirt eingeäschert hat. Ansonsten hofft sie nur, dass sie Matahari vor der drohenden unmittelbaren Gefahr bewahren kann. Danach könnten sich mächtigere Frauen aus der Vereinigung der Frauenzimmer um sie kümmern. Vielleicht sammeln sie sogar genug Geld für sie, dass sie Turai verlassen und irgendwo anders von vorn anfangen kann.

Bibendis wacht auf, als Makri gerade losgeht. Sie trägt den weiten Mantel, zu dem man sie an der Innungshochschule verdonnert hat. Ihr Ketten-Dress lenkt, wie sich herausgestellt hat, nicht nur die jungen Studenten, sondern auch die alten Professoren viel zu sehr ab, und selbst ihr Männerwams zeigt, augenscheinlich, zu viel von ihren Beinen.

»Was haben diese Leute bloß?«, beklagt sich Makri. »Wenn es das nicht ist, regen sie sich über was anderes auf. Jetzt muss ich ganz hinten in der letzten Reihe sitzen, eingehüllt wie eine Mumie, und das nur, weil sich die anderen angeblich sonst nicht auf die Vorlesung konzentrieren können.«

Bibendis hat Durst. Ich gebe ihr Wasser. Wenn sie sich zu Tode saufen will, dann ist das ihre Angelegenheit, aber sie muss jetzt so lange nüchtern bleiben, bis sie mir genug Einzelheiten über den Tod ihres Vaters verraten hat. Sie würgt das Wasser mit einem auffallenden Mangel an Begeisterung herunter.

»Woher habt Ihr das?«, sagt sie plötzlich, springt auf und deutet auf Makris Umhängetäschchen.

»Ich habe es einem Mann abgenommen, den ich umgebracht habe«, erwidert Makri.

»Die gehörte meinem Vater«, erklärt Bibendis. »Sein Name ist darauf eingestickt.«

Ich mustere die Tasche. Tatsächlich, Thalius Scheelauges Name ist in winzigen Buchstaben in einer dieser geheimen magischen Sprachen darauf gestickt, die normalerweise für Zaubersprüche benutzt wird. Ich hätte ihn schon früher entziffern müssen, auch wenn die Schrift sehr klein ist und sich geschickt in den Rest der Stickerei einfügt.

Bibendis ist richtig aufgeregt. Ich selbst bin milde verwirrt. Welche Verbindung bestand zwischen dem Mann, der in die *Rächende Axt* spaziert kam und mich umbringen wollte, und Thalius Scheelauge?

Ich bitte Makri, die Tasche dazulassen, und sie tut mir den Gefallen. Matahari schläft immer noch in meinem Zimmer. Ich lasse sie noch ruhen, aber wenn es Abend wird, muss sie in Makris Zimmer umziehen. Ich gebe mein Bett für niemanden auf. Und ich teile es auch mit keinem. Und keiner.

»Gut, Bibendis, erzähl mir alles, was du von dem Tod deines Vaters weißt.«

Bibendis berichtet, dass Thalius immer in Geldschwierigkeiten steckte. Er war ein kleines Licht im Kaiserlichen Palast, und die Fähigkeiten der anderen Zauberer übertrafen die seinen bei weitem. Selbst sein Geschäft, Horoskope für den niederen Adel zu erstellen, war rückläufig. Es ist sehr teuer, in Thamlin zu leben, und der Unterhalt seiner Villa in der Wahre-Schönheit-Chaussee trieb ihn bald in die Schuldenfalle.

»Er wusste nicht mehr, wohin. Also nahm er Boah.«

Das Boah ließ ihn seine Probleme vergessen, und die logische Konsequenz war, dass sie sich massiv verschlimmerten. Er bekam noch weniger Arbeit, und die Kosten stiegen. Er traute sich nicht einmal mehr in den Palast, es sei denn im Boah-Rausch, und in diesem Zustand konnte er natürlich keine Horoskope erstellen.

»Nach einer Weile kontrollierte Boah sein ganzes Leben.«

Vermutlich hat Bibendis auch zu dieser Zeit mit dem Trinken angefangen. Als die Nachbarn über Thalius zu reden begannen, konnte sie der Welt nur noch gegenübertreten, wenn sie sich vorher gegen sie wappnete.

Obwohl Thalius so heruntergekommen war, wurde ihm der Zutritt zum Palast nicht verwehrt. Das legt nahe, dass er etwas hineinschmuggelte, das irgendeine wichtige Person unbedingt haben wollte. Prinz Frisen-Lackal war bereits wegen seiner Neigung zu Boah in Schwierigkeiten geraten.

»Glaubt Ihr, dass Euer Vater getötet wurde, weil er seinen Händler nicht bezahlen konnte?«

»Wahrscheinlich. So etwas passiert doch dauernd, oder nicht?«

Sie behauptet, dass sie nicht wisse, wer der Händler gewesen sei. Weil Thalius durch einen Armbrustbolzen getötet wurde, frage ich sie über Sarin die Gnadenlose aus, aber der Name sagt Bibendis nichts. Genauso wenig wie meine Beschreibung der Mörderin. Bibendis war in den letzten Monaten so sehr dem Alkohol verfallen, dass sie kaum wahrgenommen hat, was um sie herum vorgegangen ist.

Sie betrachtet traurig die kleine Umhängetasche. »Er mochte sie. Und hat sie niemals aus den Augen gelassen. Ihr habt nicht zufällig ein bisschen Wein?«

Ich schüttle den Kopf. An Wein konnte ich nie Geschmack finden. Ich reiche ihr eine Flasche Bier, und die leistet offenbar genauso gute Dienste.

»Es ist doch sehr ungewöhnlich, dass ein Zauberer wegen Boah-Schulden getötet wird. Es ist zwar nicht ausgeschlossen, aber eigentlich will ein Händler vor allem Geld. Es muss doch genug Wertsachen in Eurem Haus geben, die Euer Vater hätte verkaufen können. Es sei denn, es wäre keine kleine Summe gewesen, die nur durch seinen eigenen Boah-Konsum zusammengekommen ist. Vielleicht waren seine Schulden ja sehr hoch. Hat er vielleicht selbst damit gehandelt?«

Der Gedanke, dass ihr Vater tatsächlich ein Boah-Händler gewesen sein könnte, lässt Bibendis die Tränen in die Augen treten. Sie räumt jedoch die Möglichkeit ein.

Ich denke darüber nach. Sollte Thalius weitaus stärker im Boah-Handel mitgemischt haben, als seine Tochter ahnte, könnte das erklären, warum die Zivilgarde die Fakten in diesem Fall zu vertuschen sucht. Die Drogenskandale sind in letzter Zeit zu sehr in die Nähe des Palastes gerückt und haben vor allem die Person Prinz Frisen-Lackals gestreift. Die Behörden wollen jedes weitere Aufsehen unbedingt vermeiden. Konsul Kahlius musste die Verfehlungen des Prinzen bereits vor der Öffentlichkeit verbergen. Die politische Lage in Turai ist im Augenblick sehr heikel, und Senator Lohdius, der Führer der monarchiefeindlichen Populären Partei, ist schnell bei der Hand, wenn er einen Skandal anprangern kann, der seinen Zielen nützt.

Prinz Frisen-Lackal giert derweil weiter nach Boah, und ich hege keinerlei Zweifel, dass er nicht der Einzige ist, der sich in dem Dunstkreis der Droge tummelt. Falls Thalius Scheelauge diese Höflinge beliefert haben sollte, würde das erklären, warum er nicht aus dem Palast geworfen wurde, und auch, warum er genug Schulden angehäuft haben könnte, um deswegen sein Leben zu verlieren. Wenn man eine große Lieferung Boah annimmt und vergisst, sie zu bezahlen, ist das eine ziemlich tollkühne Dummheit. Trotzdem passiert so etwas recht häufig und hat auch immer dieselben endgültigen Folgen.

Während ich überlege, wie Thalius wohl das Boah in den Palast geschmuggelt haben könnte, schießt mir plötzlich ein merkwürdiger Gedanke durch den Kopf. Warum war der Magier so vernarrt in diese kleine Umhängebörse? An dem Ding ist nichts Besonderes. Sicher, selbst der letzte Krimskrams kann einen sentimentalen Wert besitzen, aber ich kann mich eigentlich an niemanden erinnern, der besonders an seinem Geldbeutel hing. Eher an dessen Inhalt.

Also inspiziere ich den Beutel näher. Er ist klein und wird

mit zwei Zugkordeln am oberen Ende verschlossen. Es ist eine typische Geldbörse, in die ein paar Gurans passen. Viel mehr Platz ist da nicht. Hm. Ich murmele ein Wort in der alten Zauberersprache, ein ganz gewöhnliches Zauberwort, das einen Befehl an Dinge auslöst, sich zu öffnen. Ich spüre, dass die Luft sich einen Hauch abkühlt. Dann ziehe ich an den Kordeln, und die Börse geht auf. Und geht auf. Und hört gar nicht mehr auf aufzugehen. Bis sie eine schier unglaubliche Größe erreicht.

Bibendis schnappt erstaunt nach Luft, als ich die kleine Öffnung der Börse immer weiter auseinander ziehe, bis sie so breit ist wie meine ausgestreckten Arme.

»Was ist das denn?«, fragt sie. Was sie sieht, kommt ihr so unmöglich vor, dass es sie vollkommen verwirrt.

»Der Magische Raum«, erwidere ich. »Oder vielmehr Öffnung im Magischen Raum. Es ist eine andere Dimension, was auch immer das heißen mag. Das hier ist jedenfalls kein übliches Geldtäschchen. Es ist ein verzauberter Beutel.«

Ich spähe in das große Loch, das ich geöffnet habe. Mein Gesicht wird ganz kalt, als es die Schnittstelle zwischen der normalen Welt und dem Magischen Raum überquert. Drinnen ist alles in einen roten Schimmer getaucht, und es dauert eine Weile, bis sich meine Augen daran gewöhnt haben.

Alles, was in den Magischen Raum gebracht wird, ganz gleich, aus welchen Gründen und mit welchen Absichten, verliert sein Gewicht und sein Volumen. Was für einen Zauberer eine sehr angenehme Möglichkeit böte, um, zum Beispiel, einen großen Sack Boah in einen bestimmten Palast zu schmuggeln. Meine Augen haben sich allmählich an das merkwürdige Licht gewöhnt. Ich greife mit meinem ganzen Arm in die Börse. Jeder, der mich jetzt beobachtet, müsste glauben, dass mein Arm in dünner Luft verschwindet. Ich erwarte, dass meine Finger auf den pudrigen Staub des Boah stoßen. Doch stattdessen landen sie auf etwas Hartem, Kaltem und Metallenem. Ich ziehe die Hand heraus und stecke den Kopf hinein.

Direkt vor meinen Augen befindet sich ein anderer Kopf. Ein bronzener Kopf. Der auf einem gewaltigen Körper thront. Der wiederum auf einem entsprechend großen Ross sitzt.

Ich ziehe meinen Kopf aus dem Magischen Raum hinaus und blicke auf die Börse in meiner Hand. Selbst für einen Menschen, der den Umgang mit Magie gewöhnt ist, kommt mir die Erkenntnis merkwürdig vor, dass ich in diesem Moment eine zwei Tonnen schwere Statue von Sankt Quaxinius auf der Handfläche meiner rechten Hand balanciere.

»Na, das erklärt so einiges«, knurre ich.

Ich bin höchst zufrieden mit mir. Die Zivilgarde sucht die ganze Stadt nach dieser Statue ab. Zauberer aus dem Justizdomizil verpulvern jede Menge magischer Energie, um danach zu forschen. Und ich habe sie gefunden. Was, wie ich annehmen möchte, bedeutet, dass ich eine recht ansehnliche Belohnung für mich beanspruchen kann. Gut gemacht, Thraxas. Du hast nicht nur die Statue gefunden, sondern sorgst auch dafür, dass eine wichtige religiöse Zeremonie wie geplant über die Bühne gehen kann, und verhinderst damit gleichzeitig einen sehr peinlichen Zusammenbruch der Beziehungen zwischen Turai und Nioj. Vielleicht verleiht man dir ja sogar einen hübschen bunten Orden, hm?

Und was noch wichtiger ist: Ich habe wahrscheinlich sogar Rodinaax' Mörder gefunden. Wenn die beiden Männer, die in der *Rächenden Axt* erschienen sind, diese Statue bei sich hatten, dann stehen die Wetten hundert zu eins, dass sie den Bildhauer vorher getötet haben, um sie zu bekommen. Leider kann ich sie nicht mehr fragen, aber mit etwas Hilfe von den Zauberern des Justizdomizils ist das auch nicht unbedingt nötig. Wenn sie in Rodinaax' Atelier waren, ist es sehr wahrscheinlich, dass zum Beispiel ein bisschen Staub an ihren Kleidern hängen geblieben ist. Ein guter Zauberer wird das herausfinden und sie mit dem Verbrechen in Beziehung bringen können. Ich muss einfach nur die Leichen magisch untersuchen lassen.

Also verschwende ich lieber keine Zeit. Die Kadaver sind zweifellos von der Städtischen Müllabfuhr eingesammelt worden, nachdem wir sie an die Straße gestellt haben. Ich habe die Zivilgarde zwar über die Geschehnisse informiert, aber wegen ein paar überführter Halunken macht sich die Garde nicht die Hände schmutzig. Die Toten sind sicher ins Leichenschauhaus von ZwölfSeen gekarrt worden, damit sie dort verbrannt oder beerdigt werden. Glücklicherweise gibt es seit den Unruhen einen ziemlichen Leichenstau. Bettler, die auf den Straßen gestorben sind, müssen jetzt bis zu zwei Wochen anstehen, bevor sie mit der Einäscherung dran sind.

Hauptmann Rallig hockt in seiner Wachstation. Als ich ihm sage, dass ich vermutlich Rodinaax' Mörder gefunden habe, bombardiert er mich mit einem Haufen Fragen, von denen ich die meisten lieber nicht beantworten möchte.

»Also soll ich einfach so deine Behauptung schlucken, dass die beiden Gauner, die dich in der *Rächenden Axt* angegriffen haben, vorher Rodinaax getötet hatten?«, knurrt er misstrauisch. »Wie hast du das herausgefunden?«

»Ich kann meine Quellen nicht enthüllen, Hauptmann. Das wisst Ihr doch. Außerdem dürfte das auch keine Rolle spielen, wenn Eure Zauberer erst die Leichen untersucht und festgestellt haben, dass sie Rodinaax' Mörder waren. Die rasche Lösung des Falles wird Euch gut aussehen lassen. Und Gesox ist endlich vom Mordvorwurf rein gewaschen.«

Der Hauptmann meint, das würde er erst dann glauben, wenn er es sähe. Wir gehen den kurzen Weg zum Leichenschauhaus zu Fuß. Der Hauptmann schickt den Wärter los, damit der das »Gästebuch« überprüft.

»Ich glaube immer noch, dass der Schüler es getan hat.«

»Der arme kleine Kerl? Also ehrlich, Hauptmann, sieht Gesox aus, als wäre er ein Mörder?«

Nach einer Weile kommt der Wärter zurück. »Wir haben die fraglichen Leichen gestern eingeäschert.«

Mir klappen meine sämtlichen Kinne hinunter. »Gestern?

Was meint Ihr mit gestern? Die Wartezeit beträgt zwei Wochen!«

»Nicht mehr. Präfekt Tholius hat uns mit Mitteln für mehr Heizer bedacht. Wir haben den Rückstand aufgearbeitet. Der Konsul hielt es wohl für allmählich an der Zeit, dass wir die Stadt nach den Unruhen wieder auf Vordermann bringen.«

Ich wende mich entrüstet an den Hauptmann. »Aber *sie* haben es getan!«

Rallig hebt eine Augenbraue. »Und jetzt sind sie Asche und Rauch. Wie überaus passend, Thraxas. Sieh mal, ich weiß ja, dass du alles versuchen musst, um die Unschuld deines Klienten zu beweisen, aber ich habe zu tun. Für solche Sperenzchen fehlt mir einfach die Zeit. Und solltest du noch einen Kampf mit einem anderen Schläger ausfechten, und sollte der sich dann ebenfalls wundersamerweise als Rodinaax' Mörder entpuppen, verschon mich bitte damit!«

Der Hauptmann glaubt offenbar, dass ich mir die ganze Sache ausgedacht habe. Wahrscheinlich vermutet er, dass ich mich sogar zuerst vergewissert habe, ob die beiden schon verbrannt worden sind, bevor ich mit meiner Theorie zu ihm gekommen bin.

»Du warst ein guter Soldat, Thraxas. Aber als Detektiv bist du so nützlich wie ein Eunuch in einem Bordell.«

Er geht und lässt mich frustriert stehen. Ich verwünsche mein Pech, dass der Konsul ausgerechnet jetzt auf die Idee gekommen ist, den Leichenhallen der Stadt mehr Geld zu spendieren. Wenn diese beiden tatsächlich Rodinaax ermordet haben sollten, dann sind jetzt alle Spuren in Rauch aufgegangen. Ich trotte zur *Rächenden Axt* zurück. Was soll ich tun?

Ich habe zwar immer noch die Statue, aber die nutzt mir jetzt nicht mehr viel. Allerhöchstwahrscheinlich waren auf ihr zunächst eindeutige Hinweise auf den Mörder von Rodinaax zu sehen. Denn während des Transportes haben der Mörder und seine Komplizen mit Sicherheit ihre Auren darauf zurückgelassen. Ein Zauberer hätte das sofort feststellen können. Aber jetzt nicht mehr. Im Magischen Raum wird jede Aura unwiderruflich ausgelöscht. Soweit ich mich aus meiner Lehrzeit erinnere, bleiben physische Objekte im Magischen Raum zwar unversehrt, aber jede Form von Magie verschwindet in ihnen unwiederbringlich. Einschließlich der Reste irgendwelcher Auren. Auch wenn mein Fund spektakulär sein mag, hat er mich keinen Schritt weiter bei der Befreiung von Gesox gebracht. Und da mein Hauptverdächtiger durch den Schornstein geflüchtet ist, weiß ich auch nicht mehr, wie ich Gesox jetzt noch retten kann.

»Also muss ich wohl weiter herumgraben«, murmele ich, während ich ein Bier bestelle. Und während ich so nachdenke, wird mir plötzlich klar, dass sich die beiden Gauner, wie groß ihr Beitrag an diesen Verbrechen auch immer gewesen sein mag, den Plan bestimmt nicht selbst ausgedacht haben.

Bibendis hockt am Tresen, also stelle ich ihr ein paar Fragen.

»Wo hat Euer Vater diese Börse her?«

Bibendis weiß es nicht. Sie glaubt, dass er sie als junger Mann von seinen Reisen im Weiten Westen mitgebracht hat.

»Es ist ein äußerst seltener Gegenstand. Ihr wisst, dass es in Turai verboten ist, so etwas zu besitzen? Soweit ich weiß, gibt es nur zwei magische Beutel in der Stadt, und beide gehören dem König. Wenn Thalius damit erwischt worden wäre, dann hätte er sein Leben auf einer Strafgaleere beendet.«

Sie sind verboten, weil sie den König nervös machen. Es wäre damit zu einfach, um eine Audienz nachzusuchen und dann plötzlich ein Schwert aus der hohlen Hand zu zaubern. Und außerdem wäre es nicht das erste Mal, dass ein König so umgebracht worden wäre. Trotzdem ging Thalius vermutlich kein großes Risiko ein, als er auf diese Weise Boah in den Palast schmuggelte. Magische Beutel können zwar von Zauberern aufgespürt werden, aber nur unter großen Anstrengungen, und selbst dann nur, wenn sie gezielt danach suchen. Wer würde schon vermuten, dass ein heruntergekommener Hexer wie Thalius einen so seltenen und kostbaren Gegenstand besitzt?

Bibendis leert ihren Humpen und schnappt sich gleich den nächsten.

»Es war wohl so, Bibendis, dass die Person, die Euren Vater umgebracht hat, auch Rodinaax tötete. Ich hatte zwar zwei Verdächtige, aber an die komme ich jetzt nicht mehr heran. Vielleicht war ja noch jemand an dieser Sache beteiligt. Wusste irgendwer, dass er diese Börse besaß?«

Bibendis hat keine Ahnung. Sie weiß sowieso nicht sonderlich viel. Vom Sich-Betrinken versteht sie allerdings eine ganze Menge. Und die *Rächende Axt* ist ihr sehr rasch zur zweiten Heimat geworden. Ich biete ihr an, einen Mietlandauer zu rufen, der sie nach Thamlin zurückbringen könnte. Sie möchte aber lieber noch eine Weile bleiben. Als Zauberertochter aus Thamlin ist sie noch nie zuvor in einer Kaschemme auf der »falschen« Seite der Stadt gewesen. Es gefällt ihr sichtlich.

»Ich habe noch nie Bier getrunken. Zu Hause gab es immer nur Wein.«

Ich überlasse sie ihrem Bierchen und stapfe die Treppe zu meinem Büro hinauf. Kaum bin ich eingetreten, klopft es an der Außentür. Ich erkundige mich, wer da ist. Es sind, wie sich herausstellt, drei Mönche. Im Gegensatz zu ihren Berufskollegen von neulich fragen sie höflich, ob sie eintreten dürfen. Sie tragen gelbe Roben. Ich nehme an, dass es dann in Ordnung geht. Schließlich waren es die Roten, die bei mir eingebrochen sind. Also lasse ich sie herein. Es sind zwei junge Mönche und ein alter, ehrwürdiger. Die jungen bleiben respektvoll stehen, während ich rasch einen Stuhl freiräume, damit ihr Herr sich setzen kann. Trotz seines sichtlich hohen Alters geht er rasch und geschmeidig, und als er sich setzt, hält er sich gerade, als hätte er einen Besenstiel verschluckt.

Er grüßt mich mit einer viel kräftigeren Stimme, als man sie bei einem solch alten Mann erwarten würde. Der Bursche hat offenbar ein sehr gesundes Leben geführt. Vermutlich hat er weder getrunken noch Thazis geraucht.

»Vergebt uns, dass wir ohne jede Voranmeldung bei Euch hereinplatzen. Wir sind nicht oft in der Stadt, und ich dachte, es wäre das Beste, zu sehen, ob wir Euch vielleicht zufällig antreffen.«

Höflichkeit weckt bei mir grundsätzlich Misstrauen. Ich beäuge ihn argwöhnisch. »Wie kann ich Euch helfen?«

»Wir möchten Euch engagieren, eine Statue zu suchen«, sagt mein ehrwürdiges Mönchlein.

Na, was für ein Zufall. Da sitze ich ihm gegenüber und habe ein Zwei-Tonnen-Reiterstandbild in der Tasche. »Dann schießt mal los«, fordere ich ihn auf.

7. KAPITEL

Der alte Mönch heißt Heretius. Der Ehrwürdige Heretius. Die beiden anderen Mönche haben anscheinend keine Namen, jedenfalls werden sie mir nicht vorgestellt. Ich weiß nicht genau, ob ich die beiden Jüngeren nicht zwischen denen gesehen habe, die sich in Thalius Garten geprügelt haben. Mit ihren rasierten Schädeln und den gelben Roben sehen sie alle gleich aus. Ich erwähne den Vorfall jedoch nicht. Sie auch nicht.

Heretius erzählt mir eine interessante Geschichte. Er hat eine sehr sonore Stimme, die mich an die eines freundlichen alten Zauberers erinnert, der mich einmal unterrichtet hat. Er hat mir beigebracht zu schweben. Im Alter von fünfzehn konnte ich mich zehn Zentimeter über den Boden erheben. Hat aber nie lange gedauert. Und außerdem scheine ich diese Kunst sofort verloren zu haben, nachdem ich mit sechzehn mein erstes Bierchen zischte.

»Wir sind Angehörige des Wolkentempels. Wir leben und beten in einem Kloster in den Bergen.«

Ich nicke. In der entlegenen nördlichen Gebirgskette, die an Nioj grenzt, findet man viele isolierte religiöse Orden. Aber es ist schon lange her, seit ich das letzte Mal dort war. Genau genommen war das vor fünfzehn Jahren, während des letzten Krieges mit Nioj. Der Gedanke weckt einige sehr starke Erinnerungen in mir. Damals war Turai stärker, und zwar nicht nur deshalb, weil ich noch in der Armee war. Alle Bürger waren verpflichtet, Militärdienst zu leisten. Damals waren wir noch stolz darauf. Niemand kam in dieser Stadt zu etwas, wenn er nicht zuerst seinem Land gedient hatte. Jetzt kauft sich die halbe Stadt vom Militärdienst frei, und König Reeth-Lackal muss stattdessen Söldner anheuern. Viele unserer Senatoren haben noch nie ein Schwert in der Hand gehabt. Vor ein paar Jahren wäre das noch unerhört gewesen. Und es wird uns irgendwann ins Verderben stürzen.

Ich weiß noch, wie wir eines Tages weit oben in den Hügeln den Vormarsch der niojanischen Invasionstruppen zum Stillstand brachten. Wir vernichteten ihre Legionen und hielten einen Pass. Hauptmann Rallig war damals auch dabei. Er war ein junger Soldat, wie ich. Wir standen in einer Phalanx, die langen Speere in der Hand, und wenn sie zerbrochen waren, trieben wir die Niojaner mit unseren Schwertern zurück. Wir hätten sie ganz zurückgeworfen, wenn nicht einige ihrer Legionen einen anderen Pass erobert hätten und uns in die Flanke gefallen wären. Danach blieb uns nur ein verlustreicher Rückzug und ein verzweifelter Kampf direkt vor unseren Stadtmauern. Und selbst dort hielten wir sie noch auf, trotz der gewaltigen Überlegenheit ihrer Streitmacht. Die niojanische Armee war viermal so groß wie unsere – auch damals schon.

Schließlich wurden wir in die Stadt zurückgetrieben und belagert. An jeder Mauer standen Belagerungstürme und Leitern, und wir kämpften um unser Leben. Unsere Zauberer hatten ihre Zaubersprüche aufgebraucht und griffen zu den Waffen, um den Verteidigern Beistand zu leisten. Die Frauen der Stadt taten es ihnen nach. Selbst die Kinder machten mit, warfen Steine und Schieferstücke von den Mauern auf das Meer der Feinde, das von unten gegen die Wälle brandete. Und dann, gerade, als die Niojaner über die Mauern stürmen wollten, erreichte uns die Nachricht, dass die Orgks vom Westen her angriffen. Sie überrollten die Wüsteneien mit der größten Armee, die unsere Welt bis dato gesehen hatte. Orgks, Halb-Orgks, Trolle, Drachen, Zauberer, namenlose Bestien, kurzum alles, was sie unter der Herrschaft von Bergamotz dem Fürchterlichen hatten sammeln können, stürmte nach Westen. Er war der letzte große Orgk-Kriegsherr, dem es gelang, alle ihre Stämme zu vereinen. Und sie rückten gemeinsam gegen uns vor, um uns vom Antlitz der Erde zu fegen. Infolgedessen endete der Krieg zwischen Turai, der Liga der Stadtstaaten und Nioj recht unvermittelt. Stattdessen schlossen wir ein befristetes Bündnis und versuchten in einem verzweifelten Feldzug, die gewaltige orgkische Armee zurückzuwerfen. Hauptmann Rallig und ich kämpften plötzlich Seite an Seite mit irgendwelchen Niojanern, die noch vor ein paar Tagen mit allem Nachdruck versucht hatten, uns zu massakrieren.

Die Orgk-Kriege dauerten lange und forderten einen hohen Blutzoll. Die Kämpfe wüteten monatelang an unseren Grenzen und vor unseren Städten. Mit der Hilfe der Elfen gelang es uns schließlich, die Orgks zurückzuwerfen, aber um welchen Preis! Die Bevölkerung einiger Stadtstaaten hat sich nie wieder von diesen Verlusten erholt, während andere einstmals schöne, blühende Städte nur noch verlassene Ruinen sind. Seitdem herrscht ein höchst wackliger Friede. Wir haben sogar einen Friedensvertrag mit den Orgks unterschrieben und Botschafter ausgetauscht, aber dieser Zustand wird nicht lange anhalten. Das tut er nie. Orgks und Menschen hassen einander einfach zu sehr. Die Orgks verschwenden im Augenblick ihre Kräfte damit, sich gegenseitig zu dezimieren, aber sobald ein großer Führer auftaucht, der mächtig genug ist, sie zu vereinen, marschieren sie wieder.

Diese Hügelketten sind ein karges Land. Dafür ist es aber kühler als in der Stadt. Vermutlich ein ganz passabler Ort für Meditationen, denke ich. Ich verscheuche diese Kriegserinnerungen aus meinen Gedanken und konzentriere mich auf die Erzählung des Mönchs.

Die meisten religiösen Einrichtungen dort oben sind Ableger der Wahren Kirche, der einen staatlichen Religion in Turai. Aber einige wenige Klöster unterstehen nicht ihrer Autorität. Da Turai in religiösen Fragen freizügiger ist als einige andere Stadtstaaten, ist das normalerweise kein Problem, vorausgesetzt, sie laufen nicht herum, verbreiten Häresien oder sorgen für Unruhe. Wenn das vorkommt, entsendet der König ein Bataillon und treibt die Andersgläubigen aus dem Land. So freizügig sind wir in religiösen Dingen dann doch wieder nicht.

Vom Wolkentempel habe ich noch nie zuvor gehört.

»Wir sind erst vor kurzer Zeit gegründet worden«, erklärt der Mönch. »Bis zum letzten Jahr waren die anderen Mönche und ich Brüder des Sternentempels. Unglücklicherweise gab es dort eine Glaubensspaltung. Ich will nicht in die letzten Einzelheiten gehen, aber die Meinungsverschiedenheiten waren rein theologischer Natur. Mögen diese Fragen für uns auch von größter Wichtigkeit sein, so sind sie letztlich nicht wirklich bedeutsam.«

»Lasst mich ruhig entscheiden, was ich bedeutsam finde.«

»Wie Ihr wollt. Der Disput drehte sich um die Natur der Konsubstanzialität, die wiederum die genaue Art und Weise betrifft, wie sich die Göttlichkeit zur Substanz verhält, aus der die vergängliche Welt gemacht ist.«

»Ah. Verstehe. Ehm, gut, überspringen wir die Einzelheiten. Was ist passiert, nachdem Ihr angefangen habt, Euch zu streiten?«

»Eine große Verbitterung entstand und führte zu einer Abspaltung unter uns. Es bestand sogar die Gefahr eines blutigen Kampfes. Wir sind, wie Ihr vielleicht wisst, sowohl Mönche als auch Krieger. Die Fähigkeit zu kämpfen gehört zu unserer geistigen Ausbildung, und sie diszipliniert uns für die Anforderungen unseres Glaubens und der Opferdienste. Jedenfalls: Um diesen schrecklichen Disput zu einem Ende zu bringen, habe ich zusammen mit einigen anderen den Sternentempel verlassen und unser eigenes Kloster gegründet. Weit weg von unseren ehemaligen Brüdern.«

Heretius war nach Abt Vexial dem Sehenden der zweithöchste Mönch in dem Orden des Sternentempels gewesen. So wie Heretius die Sache schildert, verlief diese Abspaltung relativ glatt, aber ich hege da so meine Zweifel. Selbst wenn ein Abt die Vorstufe eines Heiligen sein mag, mag er es bestimmt trotzdem nicht, wenn plötzlich die Hälfte seiner Mönche verschwindet und jemand anderen zum Obermönch kürt.

Daher hatte ich also meine Zweifel, was die wahre Ursache für dieses Schisma gewesen sein könnte. Meiner Kenntnis der menschlichen Natur zufolge, die, wie ich zugeben muss, hauptsächlich auf dem Studium niederster Exemplare dieser armseligen Gattung beruht, sind scharfzüngige Diskurse über haarfeine Einzelheiten in jeder Organisation hinreichend gute Vorwände für einen saftigen Streit darüber, wer eigentlich das Sagen hat. So wie ich die Sache sehe, hat Heretius Vexial dem Sehenden die Führung des Ordens streitig gemacht. Das Resultat der demokratischen Abstimmung war offenbar zu knapp, um eine Entscheidung herbeizuführen, also ist er einfach gegangen und hat die Hälfte der Mönche mitgenommen.

Ich bin von dieser Geschichte über die streitenden Mönche bereits gelangweilt, als Heretius schließlich doch noch zum interessanten Punkt kommt.

»Während des Kampfes, der stattfand, bevor wir das Kloster verließen, wurde die Statue von Sankt Quaxinius, die auf einem Podest im Hof stand, umgeworfen und zerstört. Das war ein harter Schlag für uns alle. Die Statue war uralt und eine großartige Arbeit. Sie bestand aus Marmor, der aus dem Steinbruch von Juval stammte. Der Besitz einer Statue von Sankt Quaxinius ist für ein Kloster von Kampfmönchen absolut unabdingbar.«

Quaxinius war ein wehrhafter Heiliger, der vor einigen Hundert Jahren in einem Krieg mit den Orgks getötet worden ist. Folglich betrachten die Kampfmönche ihn als eine Quelle der Inspiration für ihre Art der Religionsausübung.

»Wir vom Wolkentempel mussten uns natürlich mit dem Schicksal abfinden, ein neues Kloster ohne eine Heiligenstatue zu gründen. Aber das war uns bekannt, und wir hatten bereits eine neue Statue in Auftrag gebeben. Da aus Juval kein

Marmor mehr importiert wird, bestellten wir eine Bronzestatue bei Rodinaax.«

Ich hebe die Brauen.

»Es hätte zwar noch einige Zeit bis zu ihrer Vollendung gebraucht, aber da Rodinaax jetzt tot ist, sind wir gezwungen, sie irgendwo anders in Auftrag zu geben, was natürlich eine weitere Verzögerung bedeutet. Bildhauer seiner Klasse sind rar, und sie haben meistens mehr als genug zu tun. Für unser eben flügge gewordenes Kloster ist das natürlich ein ernsthafter Rückschlag. Seid Ihr Euch der Dreifach-Mond-Konstellation in drei Monaten gewahr?«

»Das bin ich. Noch weiß ich genug aus meiner Zauberlehrlingszeit, dass ich das wichtigste astrologische Phänomen der Wahren Kirche kenne. Wenn die drei Monde sich etwa alle zehn Jahre in einer Reihe am Firmament auffädeln, ist das ein großes Ereignis. Wir veranstalten ein Fest. Alle singen Hymnen und betrinken sich beim Wagenrennen. Es hat mir immer sehr gefallen. Vor allem Letzteres.«

»Wenn wir keine Statue beim Beginn der Konjunktion aufweisen können, bedeutet das einen ernsthaften Gesichtsverlust.«

»Wie ernsthaft?«

Der Ehrwürdige Heretius dreht seinen jungen Gefährten den Kopf zu und macht eine kurze Bewegung mit den Augen. Die beiden verbeugen sich und ziehen sich zurück. Als wir allein sind, sieht er mich an.

»Sehr ernsthaft. Ohne Statue können wir unser Konjunktionsritual nicht abhalten. Falls Vexial der Sehende seine eigene Statue bis dahin ersetzt hat, könnten die Mönche vom Wolkentempel in eine höchst schwierige Lage geraten.«

»Schlicht gesagt: Keine Statue – keine Mönche – kein Abt?«

Er nickt.

»Aber Vexial und der Sternentempel haben doch auch keine Statue. Haben sie eine neue in Auftrag gegeben?«

»Das glaube ich nicht. Ich nehme stattdessen an, dass sie für den Diebstahl der Statue von Rodinaax verantwortlich sind.«

»Wollt Ihr damit sagen, dass Vexial, ein Abt, stillschweigend die Ermordung von Rodinaax geduldet hat, damit er sich eine Statue unter seinen ehrwürdigen Nagel reißen konnte?«

»Das ist sehr gut möglich. Vexial ist rücksichtslos. Ich glaube zwar nicht, dass seine Mönche vorsätzlich einen Mord planen würden, aber wer weiß, was misslungen sein kann, als sie versucht haben, sich der Statue zu bemächtigen, die für den Schrein bestimmt war? Oder aber er hat andere beauftragt, die diese Aufgabe für ihn ausführten und nicht wussten, was passieren würde. Wie auch immer, mit diesen beiden Dingen, dem Diebstahl und dem Mord, hat Vexial einen verheerenden Schlag gegen mich geführt. Rodinaax' Tod bedeutet für mich, dass unser eigenes Götterbildnis vielleicht nicht rechtzeitig fertig wird und er dagegen ein beeindruckendes neues für sein eigenes Kloster gewinnen kann. Wenn das noch so ist, wenn die Dreifach-Mond-Konstellation eintritt, dann wird sein Tempel über unseren herrschen.«

»Das heißt, Ihr hättet verloren?«

»Genau. Und ich möchte nicht, dass meine Gefolgsleute zu Vexial zurückkehren.«

Ich denke darüber nach, nehme mir ein Bier aus einem Kasten im Regal neben mir, öffne es, trinke es und denke weiter nach.

»Wozu genau wollt Ihr mich engagieren? Wenn ich die Statue finde, kann ich sie Euch nicht aushändigen. Sie ist für den Schrein gemacht worden und gehört der Stadt.«

Das ist dem Ehrwürdigen Heretius natürlich vollkommen klar. Es stört ihn auch gar nicht, wenn sie den Behörden zurückgegeben wird. Er will nur nicht, dass sie Vexial in die Finger fällt. Offenbar ist es nicht schlimm, wenn keiner von beiden eine Statue hat. Natürlich würde es Heretius ganz und gar nicht stören, wenn dabei noch herauskäme, dass Vexial der

Sehende hinter dem Mord steckt. Wenn ich das beweisen könnte, wäre Vexial aus dem Verkehr gezogen, und das würde Heretius kein bisschen bedauern.

»Wenn er nicht dahinter steckt und Ihr die Statue der Stadt zurückgebt, werden unsere beiden Tempel wenigstens an ihren eigenen Verdiensten gemessen werden.«

»Aber wenn niemand die Statue entdeckt und sie auf dem Podest im Sternentempel auftaucht, dann könnten Euch Eure jungen Mönche davonlaufen?«

Er nickt.

»Ihr wisst, dass ich bereits in dem Fall engagiert bin? Ich bin zwar nicht beauftragt worden, die Statue zu beschaffen, aber ich suche nach dem Mörder von Rodinaax.«

»Ist es nicht sehr wahrscheinlich, dass Ihr im Zuge Eurer Ermittlungen in diesem Mordfall auch die Statue findet?«

»Natürlich ist das sehr wahrscheinlich. Ich werde Vexial auch ins Gefängnis bringen, sollte sich herausstellen, dass er die Verantwortung für den Mord an dem Bildhauer trägt.«

Der Ehrwürdige Heretius wirkt keineswegs schockiert von der Aussicht, dass Vexial im Gefängnis landen könnte. Er betont nochmals seine Einschätzung, dass Vexial zu allem fähig sei. Dieser Konsubstanzialitäts-Disput muss recht heftig gewesen sein.

Ich will wissen, ob er eine Ahnung hat, wo die Statue sein könnte. Dass sie in meiner Tasche ist, errät er bestimmt nicht, aber ich bin trotzdem gespannt, wie viel Heretius weiß.

»Nein, aber ich glaube, dass sie den Sternentempel noch nicht erreicht hat.«

»Warum?«

»Ich verfüge über Mittel und Wege, Informationen von dort zu erhalten.«

»Ihr meint, Ihr habt ihm einen Kuckuck im Nest gelassen?«

»Wie bitte?«

»Ihr habt einen Spion im Kloster.«

Das möchte er dann doch lieber nicht beantworten.

»Also, Heretius, Ihr wollt im Grunde, dass ich Vexial daran hindere, diese Statue zu bekommen. Ihr engagiert mich dafür, dass ich sie finde und den Behörden zurückgebe.«

Er nickt. Ich kann keinen Grund finden, sein Geld nicht zu nehmen. Denn ich werde sie den Behörden sowieso zurückgeben, sobald ich keine Verwendung mehr für sie habe.

Ich nehme meine üblichen dreißig Gurans Vorschuss.

Dann frage ich ihn, ob er während seines Aufenthalts in Turai zufällig auf Mönche aus dem Sternentempel gestoßen ist. Das verneint er, der alte Lügner. Immerhin habe ich sie kämpfen sehen.

»Eines noch: Warum nennt man ihn Vexial den Sehenden? Ist er ein Prophet?«

»Nicht wirklich. Aber er sieht sehr weit – und zwar in alle Richtungen. Es gibt nicht viel, von dem er nichts weiß.«

Heretius verabschiedet sich. In der Tür stößt er mit Dandelion zusammen.

»Schicke Kutte«, sagt Dandelion und betrachtet bewundernd die gelbe Robe.

Heretius lächelt gezwungen und geht. Vermutlich hat er es nur seiner eisenharten Ausbildung zum Kampfmönch zu verdanken, dass er nicht unwillkürlich vor Dandelion zurückzuckt. Ich selbst starre mit unverhülltem Widerwillen auf ihre nackten Füße und die bunten Blumen in ihrem Haar.

»Astral Trippelmond lässt dir sagen, dass er dir bestimmt helfen kann«, berichtet sie.

Sie mochte Astral. Vor allem gefielen ihr sein Regenbogenmantel und der bunte Hut, den er zu bestimmten Gelegenheiten trägt.

»Ich weiß allerdings nicht, ob er viel von den Sternen weiß. Er hat mir nicht geglaubt, als ich ihm sagte, dass jeder, der im Zeichen des Drachen geboren worden ist, ein glückliches Jahr haben würde. Ich habe versprochen, ihn noch einmal zu besuchen und ihm davon zu erzählen.«

Armer Astral.

Dandelion fängt wieder an, von den Delfinen zu plappern. Offenbar leiden sie ohne ihren Heilstein wirklich sehr. Sie kann einfach nicht verstehen, warum ich nicht helfen will.

»Sie sind sehr aufgebracht darüber, dass du ihnen nicht helfen willst.«

»Ach was! Und woher weißt du das?«

»Na, sie haben es mir natürlich gesagt.«

Hmpf. Delfine können nicht wirklich sprechen. Es ist nur ein Ammenmärchen. Ich male mir das traurige Bild aus, wie Dandelion am Ufer des Meeres hockt und auf einige verwirrt dreinblickende Delfine einplappert. Die armen Delfine. Ich sage ihr, dass ich zu tun habe, und scheuche sie aus meinem Büro. Ich muss nachdenken.

Ich koste diesen seltenen Moment der Ruhe und des Friedens in vollen Zügen aus, ziehe meine Zauberbücher zurate und trichtere mir den Schlafzauber ins Gedächtnis. Unglücklicherweise ist es eine Eigenart der Magie, dass einem Magier die Zaubersprüche nicht im Gedächtnis bleiben, ganz gleich, wie gut er auch sein mag. Sobald man sie benutzt hat, verschwinden sie aus der Erinnerung, und man muss sie wieder aufs Neue lernen.

Kaum habe ich den Schlafzauber verinnerlicht, fühle ich mich besser. Ich habe nämlich so eine bedrohliche Ahnung, dass ich es über kurz oder lang mit Kampfmönchen zu tun bekomme. Und wie ich sie durch die Luft habe fliegen und nach den Köpfen ihrer Gegner treten sehen, gelüstet es mich keineswegs nach einer direkten Auseinandersetzung. Jeder, dem der Sinn danach steht, nach meinem Kopf zu treten, wird den Schlaf des Gerechten schlafen, noch bevor er auf dem Boden aufschlägt.

Matahari taucht auf. Ich deute an, dass sie in meiner Unterkunft etwa so willkommen ist wie ein Orgk bei einer Elfenhochzeit, und schmeiße sie hinaus.

»Geh, und verkriech dich in Makris Zimmer. Wenn du keinen Platz findest, hock dich auf Dandelions Schultern. Dann kannst du sie gleich fragen, ob dein Horoskop verrät, wie du aus der Stadt fliehen kannst.«

Ich setze mich mit einem frischen Bier in meinen Lieblingssessel und denke nach.

8. KAPITEL

Als ich Makri von Heretius berichte, ist sie beeindruckt. »Das ist doch genau der richtige Fall für dich, Thraxas. Jemand engagiert dich, damit du etwas suchst, das du schon gefunden hast. Ich nehme an, dass du es noch ein bisschen länger hinziehst, damit du mehr Honorar bekommst?«

»Sehr amüsant, Makri. Die Innungshochschule hat Bemerkenswertes bewirkt, jedenfalls was deinen Sarkasmus angeht. Ich habe ihm nicht erzählt, dass ich die Statue habe, weil ich sie noch brauche. Ich versuche nämlich immer noch, Gesox' Unschuld zu beweisen, schon vergessen? Und die Statue ist ein Beweisstück.«

Makri ist noch beeindruckter, als ich ihr die gewaltige Statue in dem kleinen Beutel zeige.

»Ich mag es, wie der Magische Raum aussieht. Alles ist so rot. Können wir hineingehen?«

»Auf keinen Fall. Es ist sehr gefährlich, den Magischen Raum zu betreten. Mein alter Lehrer hat es mir strengstens verboten.«

»Glaubst du, dass Vexial der Sehende Rodinaax erstochen hat?« Makri ist in alle Einzelheiten des Falles eingeweiht.

»Es sieht zumindest so aus, als könnte er dahinter stecken. Was mir ganz recht wäre. Falls ich das beweisen kann, hole ich damit Gesox aus dem Gefängnis und versetze Tholius einen empfindlichen Schlag. Aber all das erklärt trotzdem nicht, was die Statue hier in dem Beutel zu suchen hat. Warum ist sie in der Tasche dieses Zauberers gelandet? Wenn die Schläger, die versucht haben, mich umzubringen, in Vexials Diensten standen, warum haben sie ihm dann die Statue nicht gegeben?«

»Vielleicht konnten sie es einfach nicht erwarten, dich anzugreifen.«

»Möglich. Ich löse so ein Verlangen bei vielen Leuten aus. Aber wie kommen sie an den Beutel mit der Statue?«

»Vielleicht nur durch Zufall?«, vermutet Makri. »Vielleicht haben sie ihn gestohlen oder ihn in einer Kaschemme gekauft. Wer auch immer Thalius Scheelauge den Beutel weggenommen hat, muss nicht unbedingt gewusst haben, was sich darin befunden hat.«

Das ist allerdings möglich. Es wäre zwar ein ziemlich großer Zufall, aber es ist keineswegs ausgeschlossen, dass mein verblichener Widersacher Thalius ausgeraubt und sich dann nach ZwölfSeen begeben hat, um sich dort eine Weile zu verkriechen. Aber so ganz überzeugt bin ich noch nicht. Ich kann mir eher vorstellen, dass Bibendis ziemlich weit danebenliegt, wenn sie glaubt, dass ihr Vater wegen einer nicht bezahlten Boah-Lieferung sterben musste. Vermutlich war dieser Beutel hier der wahre Grund. Und das bedeutet, der Mörder ist eine ziemlich rücksichtslose Person. Denn er hätte nur getötet, um sich ein Mittel zu beschaffen, mit dem man eine Statue aus der Stadt schaffen kann, ohne dass jemand etwas davon merkt.

»Ich habe es hier mit einem brutalen Mörder zu tun, Makri. Er hat einen Zauberer umgebracht und auch noch den besten Bildhauer der Stadt. Weißt du, dass Thalius mit einer Armbrust getötet wurde?«

»Ich dachte, er wäre von einem Diener vergiftet worden.«

»Diese Version haben die Behörden in die Welt gesetzt. Er war in den Boah-Handel verwickelt. Vermutlich hat er das Zeug zu Prinz Frisen-Lackal in den Palast geschafft. Konsul Kahlius wollte sicher dem alten Skandal keine neue Nahrung geben. Es ist erst zwei Monate her, seit der Drogenkonsum des Prinzen beinah an die Öffentlichkeit gelangt ist. Erinnerst du dich noch an eine rücksichtslose Mörderin mit einem Hang zu Armbrüsten?«

»Sicher. Sarin die Gnadenlose.«

Genau. Sarin die Gnadenlose. Ich habe sie vor Jahren aus

der Stadt vertrieben, als sie noch nicht mehr als ein Großmaul war, das seinen Worten keine Taten folgen ließ. Aber kürzlich tauchte Sarin wieder auf und war erheblich gefährlicher. Sie hatte ihre Kampftechnik vier Jahre lang in einem Kloster bei Kampfmönchen verfeinert. Ich weise Makri auf die Verbindung zu den Kampfmönchen hin, und sie stimmt mir zu, dass wir es möglicherweise wieder mit Sarin zu tun haben.

»Bist du nach der letzten Lektion noch sehr scharf darauf, sie wieder zu sehen?«

»Was meinst du mit: ›nach der letzten Lektion‹?«, will ich wissen.

»Hat sie da nicht gewonnen?«

Für diese Unterstellung habe ich nur blanken Hohn übrig: »Gewonnen? Gegen mich? Also bitte, wirklich! Ich habe sie nur davonkommen lassen, weil ich gerade anderweitig beschäftigt war. Ich musste schließlich die ganze Stadt vor der Vernichtung bewahren! Wenn sie es wagen sollte, ihre Nase noch einmal hier zu zeigen, dann werde ich über sie kommen wie ein böser Zauberfluch. Außerdem war es ein sehr geschickter Schachzug, sie zu befreien. Damit erhöht sich die Belohnung, wenn ich sie diesmal endgültig festnagele. Diese kurz geschorene, armbrustschwingende Mörderin wird mir nicht zweimal durch die Lappen gehen!«

Makri zündet sich eine Thazis-Rolle an, inhaliert einige Male tief und reicht sie dann an mich weiter. Ich schenke uns etwas Kleeh ein. Makri tränen die Augen, als sie das scharfe Gesöff herunterkippt.

»Warum trinkst du bloß dieses Zeug?«, will sie wissen. »In den Sklavengruben hätten wir einen Aufstand angezettelt, wenn sie uns so etwas serviert hätten.«

»Das ist erstklassiger Kleeh. Willst du noch ein Glas?«

»Na klar.«

Draußen gibt es einen Aufruhr, als sich ein Steinmetz und ein Architekt in die Haare geraten. Ich höre, dass die Sprecher der Handwerker sich bei ihren Gilden beschwert haben, weil sie nur noch mit drittklassigem Material beliefert werden. Was allerdings keine große Überraschung ist. Der König hat die Staatskasse geöffnet, aus der viele Reparaturen in der Stadt bezahlt werden. Aber wenn erst einmal Prätoren, Präfekten, Angestellte und die Bruderschaft ihren Obolus abgezweigt haben, dürfte wohl kaum noch genug übrig sein, um gute Steine oder gar Marmor zu kaufen.

»Weißt du, Makri, die ganze Sache stinkt zum Himmel. Laut Aussage des Ehrwürdigen Heretius ist die Statue sehr wichtig, sowohl für den Wolkentempel als auch den Sternentempel, weil die jungen Mönche einen Abt ohne eine gute Statue von Sankt Quaxinius etwa genauso Ehrfurcht einflößend finden wie einen Eunuchen in einem Bordell. Aber ich weiß nicht, ob ich das glauben soll. Warum hat Heretius nicht daran gedacht, bevor er diesen Zwist vom Zaun brach und seinen eigenen Tempel gegründet hat?«

»Heretius hat doch gesagt, dass er seine eigene Statue bei Rodinaax bestellt hatte. Vexial könnte Rodinaax umgebracht haben, damit er die Statue nicht beendete oder damit er sie für sich selbst stehlen konnte.«

Das habe ich nicht bedacht. Trotzdem scheinen mir Zweifel angebracht. »Es könnte tatsächlich wahr sein. Aber jedenfalls hat der Ehrwürdige Heretius gelogen, als er behauptete, keine anderen Mönche in der Stadt getroffen zu haben. Wenn er in Wirklichkeit nur hinter der Statue her ist, um sie in seinen Tempel zu holen, und mich dafür benutzt, sie aufzuspüren? Er wäre nicht der erste Verbrecher, der mich als Spürhund einsetzen will, um etwas für ihn zu suchen.«

»Das hast du nun davon, dass du so gut darin bist, Sachen zu finden. Trotzdem, du hast die Statue, also solltest du dir keine allzu großen Sorgen über die Einzelheiten machen. Sorg einfach nur dafür, dass Heretius sie dir nicht stehlen kann. Und was willst du jetzt mit Gesox anfangen? Ich habe gehört, dass sein Verfahren in zwei Tagen beginnt.«

Ich runzle die Stirn. Plötzlich fühle ich die Hitze wieder

und bemerke die trockene, stickige Luft. In dieser verdammten Stadt ist jeder Sommer so. Man glaubt gerade, dass es unmöglich heißer werden kann, und schon klettert die Temperatur um ein paar weitere Grade. Zwei Flugratten lassen sich draußen auf das Fensterbrett fallen. Sie sind zu erschöpft, um noch weiterfliegen zu können. Ich starre sie mürrisch an. Die Viecher gehören nicht gerade zu meinen Lieblingstieren.

»Ich hatte eigentlich gehofft, dass Astral Trippelmond die Aura des Mörders aufspüren könnte, sobald ich die Statue gefunden habe. Aber da sie jetzt im Magischen Raum gewesen ist, wird das nicht funktionieren. Was mich wieder auf die eher profane Tätigkeit zurückwirft, Zeugen zu suchen. Ich muss mit Rodinaax' Frau sprechen. Was sie weiß, liefert zusammen mit Heretius' Aussage vielleicht genügend Beweise gegen Vexial den Sehenden.«

Es ist verwirrend, dass Lolitia bis jetzt noch nicht aufgetaucht ist. In dieser Stadt kann man nicht so einfach verschwinden, außer man ist sehr geschickt darin, seine Spuren zu verwischen. Und das kann ich mir bei ihr nicht vorstellen. Aber wenn sie keine anderen Verwandten hat außer ihrem Bruder und keine Freunde, von denen irgendjemand weiß, wohin will sie sich dann wenden? Pensionen kosten Geld. Außerdem hat sie die Zivilgarde sicher überprüft.

»Ich muss mit ihr sprechen. Vielleicht weiß sie aber auch, wer der Mörder ist, und hat jetzt Angst, sich zu zeigen.«

»Vielleicht weiß sie aber auch, wer der Mörder ist, und der Mörder fand es besser, sie deswegen gleich umzubringen«, spekuliert Makri. Ich muss zugeben, dass dies durchaus im Bereich des Möglichen liegt. Aber das Bild im Kuriya-Becken hat mir eher den Eindruck vermittelt, dass Lolitia noch am Leben ist. Und in einer weißen Villa lebt. Leider gibt es eine ganze Menge weißer Villen in Thamlin.

Wer auch immer Rodinaax ermordet hat, muss die magische Tasche zur Hand gehabt haben, um die Statue darin verschwinden zu lassen. Das macht es so gut wie sicher, dass

Thalius Scheelauge zuerst ermordet wurde. Mir schwindelt. Ich merke, dass ich mich wieder mal in zu viele Fällen auf einmal verstrickt habe – eine schlechte Angewohnheit von mir.

»Also löchere mich jetzt bloß nicht wegen der Delfine. Ich habe nicht mal Zeit genug, um überhaupt an sie zu denken. Und halt mir Matahari vom Hals. Die Bruderschaft verstärkt ihre Suchanstrengungen. Wir sollten lieber hoffen, dass Astral Trippelmond wirklich imstande ist, den Verstörungszauber zu verbessern, und wir sie weiterhin versteckt halten können. Vielleicht gelingt es uns ja, sie in ein oder zwei Tagen an einen sicheren Ort zu bringen.«

Makri hat läuten hören, dass sich das Gaststättengewerbe an höherer Stelle über die Garde beschwert hat, weil die bei der Suche nach dem Mörder des Gastwirtes versagt habe.

»Sie fordern, dass das Justizdomizil einen höherrangigen Zauberer auf den Fall ansetzt.«

»Na klasse. Und wie hast du das erfahren?«

»Bei einem Kränzchen der Vereinigung der Frauenzimmer. Eines unserer Mitglieder arbeitet als Köchin im Justizdomizil.«

Ich knurre. Zwar genießen Wirte keinen übermäßig hohen gesellschaftlichen Stellenwert in Turai, aber ihre Gewerbevertretung verfügt über verblüffend gute Verbindungen. Na ja, so verblüffend ist das wohl auch nicht. Selbst Prätoren und Senatoren heben eben gern mal einen. Und da das Gaststättengewerbe viele ... hm, sagen wir Geschäftsinteressen mit der Bruderschaft und dem Freundeskreis teilt, ist man nicht gerade gut beraten, sich mit dieser Zunft anzulegen. Wenn sich jetzt auch noch die Zivilgarde engagierter mit dem Fall beschäftigt, stecke ich wirklich in der Klemme.

Und dann lauern da ja auch noch die Mönche. Vielleicht sogar Sarin die Gnadenlose. Ein weniger handfester Mann, als ich einer bin, würde sicher in die Knie gehen. Ich dagegen gehe nur nach unten, um mich mit Tanroses Eintopf und einem Bierchen zu stärken. Wenn ich losziehe und Rodinaax' flüchtige Witwe suche, brauche so viel Energie wie möglich.

Makri hat heute ihren freien Abend. Eigentlich will sie den Nachmittag damit verbringen, eine Rede für ihr Rhetorikseminar einzuüben. Und zwar vor Publikum. Ihr Vorhaben löst in der *Rächenden Axt* beträchtliche Heiterkeit aus. Einige herzlose Subjekte, wie ich zum Beispiel, weisen sogar darauf hin, dass Makris Stimme zwar ganz hervorragend dafür geeignet ist, in einer Gladiatorenarena heisere Todesdrohungen auszustoßen, aber weit weniger bis gar nicht für die Kunst der geschliffenen Rede taugt. Makri ignoriert den Spott, entschließt sich aber dennoch, ihre Rezitation zu verschieben und stattdessen mit mir auszugehen. Sie begründet das damit, dass es ihr in letzter Zeit an Bewegung mangele. Und mich vor einer Bande ausgeflippter Kampfmönche zu retten wäre, so sagt sie, genau die richtige Leibesübung.

Ich schnalle mir mein Schwert um und stecke ein Messer in die kleine Scheide, die an der Rückseite meines Gürtels eingearbeitet ist. Makri trägt ihre beiden Schwerter, die mehr oder weniger von ihrem Mantel verhüllt werden, und schiebt sich in jeden Stiefel ein langes Messer. Wie üblich fühlt sie sich ohne ihre Axt etwas nackt, aber es wäre zu auffällig, wenn sie die auch noch mitschleppen würde. Es gibt zwar keinen rechtlichen Grund, aus dem eine Frau nicht mit einer Axt in Turai spazieren gehen dürfte, aber es ist nicht unbedingt ein alltäglicher Anblick. Eine voll bewaffnete Makri, geschmeidig, stark und mit je einer Klinge pro Himmelsrichtung, bietet für die Zivilgarde einen höchst beunruhigenden Anblick. Normalerweise wird sie dann häufig angehalten und spontanen Verhören unterzogen, was ein wenig hinderlich ist, wenn wir gerade an einem Fall arbeiten. Außerdem bekommen wir, wenn Makri bis an die Zähne bewaffnet ist, keinen Zutritt zu den vornehmeren Etablissements.

Makri mault immer noch, während wir uns schon einen Weg durch Schlaglöcher, Fischköpfe und das breite Sortiment an anderem Abfall bahnen, das den Quintessenzweg verschönt.

»Man weiß nie, wann man eine Axt gebrauchen kann. Ich habe einmal in den Gladiatorengruben gegen vier Orgks gekämpft, als mein Schwert zerbrach. Mein anderes Schwert ist kurz danach im Brustkorb des zweiten Orgk stecken geblieben. Ich musste die beiden anderen mit meinem Messer erledigen, und als ich den letzten erstochen habe, ist mir die Klinge auch noch abgebrochen. Ich meine, das war doch Pech, oder? Es hätte sich allerdings auch um Zauberei handeln können, weil ich zu der Zeit schon unangefochtene Meisterin aller Klassen war. Einige Orgk-Lords waren eifersüchtig auf meinen Erfolg und sauer über die Art und Weise, wie ich ihre Gladiatoren reihenweise massakrierte. Und genau in dem Moment, als ich keine Waffe mehr hatte, haben sie diesen gewaltigen Troll in die Arena geworfen. Er hatte einen drei Meter langen Speer dabei und war mit einer Keule bewaffnet, die so groß war wie eine ausgewachsene Frau. Das zeigt es mal wieder.«

»Was zeigt es?«

»Dass man nie ohne seine Axt aus dem Haus gehen soll.«

»Wir müssen es einfach riskieren und hoffen, dass wir am Ende des Quintessenzweges keinem riesigen Troll begegnen. Was ist passiert? Hast du den Troll mit bloßen Händen erledigt?«

»Nein. Dafür sind Trolle zu stark. Ich bin die Wand zur Galerie der Orgk-Lords hochgeklettert. Sein Hauptleibwächter hat sich mir entgegengestellt, also habe ich ihm sein Schwert aus der Hand gewunden, ihn damit erschlagen und bin wieder zurück in die Arena gesprungen. Das ganze Hin und Her hat den Troll völlig überfordert, und so konnte ich ihn in Stücke hacken. Aber mittlerweile war der Orgk-Lord stinkesauer, weil ich seinen Lieblingsleibwächter umgebracht hatte, und hat den Rest seiner Leibgarde in die Arena geschickt. Es waren acht Orgks. Und alle trugen Kettenpanzer. Eine Weile stand die Sache ziemlich auf Messers Schneide. Immerhin haben die acht Kerle mich ziemlich herumgescheucht, und ich hatte nur ein Schwert, um mich zu verteidigen. Aber nachdem ich zwei umgesäbelt hatte, konnte ich ein zweites Schwert erbeuten. Und sobald ich erst wieder in jeder Hand ein Schwert hielt, habe ich sie einfach niedergemäht. Du hättest die Zuschauer sehen sollen. Die waren völlig aus dem Häuschen. Ich habe die längste stehende Ovation bekommen, die jemals einer Gladiatorin gewährt wurde.«

Ich werfe Makri einen kurzen Seitenblick zu. Als sie vor etwa einem Jahr in Turai auftauchte, war eine ihrer bemerkenswertesten Eigenschaften, dass sie nicht lügen konnte. Aber sie hat in letzter Zeit offenbar sehr schnell aufgeholt und viel gelernt, vor allem von mir.

»Ist diese Geschichte wahr? Oder übst du nur deine Rede für dein Rhetorikseminar?«

»Natürlich ist sie wahr. Warum sollte sie nicht wahr sein? Glaubst du etwa, ich könnte keine dreizehn Orgks und einen Troll erledigen? Aber wo du es gerade erwähnst ... Es wäre tatsächlich eine gute Rede.«

»Über welches Thema sollst du denn sprechen?«

»Wie lebe ich friedlich in einer feindlichen Welt.«

»Na, dann wünsche ich dir viel Glück!«

»Das werde ich brauchen. Mein letztes Rhetorik-Examen ist nicht besonders gut gelaufen.«

Wir lassen uns von einem Mietlandauer durch die Stadt kutschieren. Es ist so heiß wie im Orgkus, und es wird einfach nicht kühler, selbst wenn sich der Tag dem Ende zuneigt. Ich dirigiere den Kutscher zu der Mietskaserne, in der Gesox ein kleines Zimmerchen hat. Niemand in dem ganzen Haus scheint etwas über ihn zu wissen. Die Nachbarn haben ihn kaum gesehen und glauben auch nicht, dass er irgendwelche Verwandten hat. Außerdem hoffen sie inständig, dass er gehenkt wird. Schließlich hat er unseren berühmtesten Künstler umgebracht!

Ich durchsuche sein Zimmer, aber vergeblich. Weder finde ich etwas Interessantes, noch stoße ich auf etwas Verbotenes.

Es ist einfach nur eine schäbige kleine Bude für einen Bildhauer-Schüler, der sich nichts Besseres leisten kann. Die Bodendielen sind kahl. Die Wände sind rußig vom Kerzenrauch. Von oben ertönen die schrillen Schreie eines ungezogenen Görs und das hoffnungslose Gekreische einer überforderten Mutter. Es schüttelt mich.

»Lass uns bloß machen, dass wir hier rauskommen!«, sage ich. »Das deprimiert mich.«

Der arme Gesox. Keine Freunde und keine Verwandten. Und dann musste er ganz allein in diesem elenden Zimmerchen hausen. Ich kann nachvollziehen, dass er mit Rodinaax' Frau etwas Abwechslung von seinem trostlosen Dasein genießen wollte.

Wir wenden uns nach Norden. Wir wollen bei Lisutaris, der Herrin des Himmels, vorbeischauen. Lisutaris ist eine mächtige Zauberin, und sie hat nichts mit irgendwelchen Bonzen in Turai zu schaffen. Außerdem bezieht sie ein großes, unabhängiges Einkommen und muss weder im Justizdomizil noch im Palast arbeiten oder etwa Horoskope erstellen oder Glücksamulette für begüterte Bürger basteln. Das ist auch ganz gut so, denn Lisutaris hängt den ganzen Tag an ihrer Thazis-Wasserpfeife und befindet sich permanent in ihrem höchsteigenen Himmel.

Ich habe ihr vor einigen Monaten aus einer Kalamität geholfen, also ist sie vielleicht auch bereit, mir jetzt einen Gefallen zu tun, obwohl ich mich nicht darauf verlasse. Makri ist da weit optimistischer. Sie hat Lisutaris bei einigen Treffen der Vereinigung der Frauenzimmer getroffen, und die Zauberin war durchaus freundlich zu ihr. Ganz im Gegensatz zu einigen anderen vornehmen Damen, wie Makri knurrend ausführte. Selbst die Vereinigung der Frauenzimmer scheint nicht frei von Standesdünkel zu sein, vor allem gegen jemanden, der Orgk-Blut in seinen Adern hat. Einige Senatorengattinnen weigerten sich sogar rundheraus, sich mit Makri im selben Zimmer aufzuhalten.

Unser Mietlandauer stoppt in einer schmalen Straße, weil uns ein Gemüsekarren den Weg versperrt. Unser Kutscher bellt einige herzhafte Beschimpfungen, aber nichts passiert. Der andere Kutscher scheint verschwunden zu sein. Jedenfalls rührt sich der Karren nicht von der Stelle. Wir sehen uns um, während unser Kutscher sich an die schwierige Aufgabe macht, sein Gefährt in der schmalen Gasse zu wenden. Hinter uns stehen fünf Mönche in roten Roben. Sie haben uns durch dieses einfache Manöver in eine Sackgasse gelockt und versperren uns jetzt gelassen den Rückzug. Ein eher zierlicher Mönch mit einem jungenhaften Gesicht steht vor den vier anderen und winkt grüßend. Makri und ich springen aus dem Landauer und treten ihnen entgegen.

»Was wollt Ihr?«

»Die Statue von Sankt Quaxinius«, erwidert der kleine Mönch ruhig. Selbst seine Stimme ist gelassen. Und mir fällt auch auf, dass er im Gegensatz zum Rest der Bevölkerung in dieser Affenhitze überhaupt nicht schwitzt.

»Was habe ich damit zu schaffen?«

»Wir wissen, dass Ihr sie habt.«

Ich merke, wie ich die Geduld verliere. Was bildet sich dieser Knilch eigentlich ein? Er blockiert einfach meine Mietdroschke, während ich in einem wichtigen Auftrag unterwegs bin! Ich empfehle ihm, zum Orgkus zu fahren. Er tut mir nicht den Gefallen. Stattdessen bleibt er vollkommen entspannt stehen, was mich noch mehr in Rage bringt. Also versuche ich, ihn aus dem Weg zu schieben. Aber irgendwie weicht er mir aus. Jetzt verliere ich vollkommen die Beherrschung und versetze ihm einen wohl gezielten Schwinger in sein so aufreizend lächelndes Gesicht.

Mein Schlag geht jedoch ins Leere. Und dann schlägt er zu. Allerdings war der Hieb nicht auf mich gezielt, sondern auf die massive hölzerne Rückwand des Mietlandauers. Zu meiner Überraschung zerbirst das Holz unter der bloßen Faust des zierlichen Mannes splitternd in zwei Stücke.

»Wo befindet sich die Statue?«, wiederholt er.

Ich versuche, mein Schwert zu ziehen, aber noch bevor ich es aus der Scheide habe, trifft sein nächster Schlag mich, und ich segle rückwärts krachend in den Landauer. Ein Holzstück rammt mir in den Rücken, und ich sinke schwer atmend zu Boden.

Makri ist derweil zu dem Ergebnis gelangt, dass der kleine Mönch seinen Spaß gehabt hat, und zieht ihre Schwerter. Die Mönche zaubern einige merkwürdig rund geformte Klingen aus den weiten Ärmeln ihrer Kutten. Die Handgriffe sind mit einem langen Fingerschutz versehen. Die Roten benutzen sie, um Makris Klingen abzuwehren. Und es gelingt ihnen tatsächlich, Makris Schwerter zu blockieren. Das habe ich noch nie zuvor gesehen. Sie bewegen sich so unglaublich schnell, dass Makri im Handumdrehen umzingelt ist. Obwohl sie einen Hieb an der Schulter eines Gegners landen kann, wird sie von einem Tritt rücklings zu Boden geworfen. Sie konnte ihm nicht ausweichen. Sofort ist sie wieder auf den Beinen und landet selbst einen gut gezielten Tritt, bevor sie sich mit dem Rücken an eine Hauswand presst, damit niemand mehr hinter sie gelangen kann. Dort bleibt sie stehen und bildet mit ihren Schwertern einen undurchdringlichen Wall, während sie darauf wartet, dass die Gegner sie angreifen.

Ich rapple mich langsam wieder auf und gehe ein paar Schritte zur Seite, damit Makri mir nicht im Weg steht. Mein eigenes Schwert habe ich schon in meiner Hand, und ich würde trotz der beachtlichen Kampftechnik der Mönche mit Makri an meiner Seite jeden Tag gegen fünf Kerle antreten, ganz gleich, wie zierlich die sein mögen. Aber jetzt habe ich keine Zeit für Vergnügungen, und außerdem ist es zu heiß. Also lasse ich den Schlafzauber vom Stapel. Die fünf Mönche sinken augenblicklich zu Boden.

Makri wirbelt wütend zu mir herum. Ich weiß, dass sie diesen Einsatz von Magie als eine unehrenhafte Art und Weise ansieht, einen Kampf zu beenden, aber sie protestiert nicht.

Sie ist es wohl nicht gewöhnt, auf jemanden zu treffen, der hinter sie gelangen und ihr einen Tritt versetzen kann. Anscheinend hat sie das doch ziemlich beeindruckt.

Unser Kutscher ist viel mehr als nur beeindruckt. Er hockt bibbernd auf seinem Bock. Ich bitte ihn, den Gemüsekarren vor uns wegzufahren. Er gehorcht sofort, springt auf das Pferd und greift sich die Zügel, während ich die Mönche durchsuche. Aber ich finde nichts. Sie haben nicht mal Taschen in ihren Kutten, und keiner von ihnen hat einen Beutel dabei. Das Einzige, was sie mitführen, sind ihre merkwürdigen Klingen. Makri nimmt alle fünf für ihre Waffensammlung an sich.

Jetzt ist der Weg frei. Wir haben sicher nur ein paar Minuten, bis diese Kampfmönche wieder zu sich kommen. Weniger, wenn sie über eine kräftige Konstitution verfügen, was sie ja wahrscheinlich tun. Wir fahren so schnell, wie wir können, über die belebten Straßen.

Makri zieht vor Wut eine finstere Miene.

»Bist du wütend, dass ich sie schlafen gelegt habe?«

Sie schüttelt den Kopf.

»Nein, es ärgert mich, dass ich sie unterschätzt habe. Ich kann einfach nicht glauben, dass ich es zugelassen habe, mich von jemandem in den Rücken treten zu lassen.«

Damit verfällt sie für den Rest der Fahrt in brütendes Schweigen.

»Mach dir keine Sorgen«, rate ich ihr. »Du wirst ihnen zweifellos bald wieder begegnen. Dann bekommst du mehr als genug Gelegenheit, es ihnen heimzuzahlen.«

9. KAPITEL

Lisutaris, Herrin des Himmels, ist etwa in meinem Alter, hat sich allerdings erheblich besser gehalten. Vermutlich haben Zauberinnen, wohl im Gegensatz zu Hexen, ihre eigenen uralten Schönheitsrezepte, die ihnen gegen den Zahn der Zeit helfen. Aber mir hat noch keine auch nur eins davon verraten. Lisutaris hat ihr langes blondes Haar zu Zöpfen geflochten, die sich um ihren Kopf ringeln, bevor sie schließlich über ihre Schultern herabfallen. Diese Frisur wird von einer Art Tiara gehalten. Sie ist aus Silber, mit Perlen besetzt und entspricht dem Stil, den aristokratische Frauen bevorzugen.

Eine vornehme Turanierin widmet ihrem Haar viel Zeit und scheut dabei keine Mühe. Makri, die selbst stolze Trägerin einer gewaltigen, völlig ungebändigten Mähne ist, gießt bei jeder Gelegenheit jede Menge Hohn über solche Eitelkeit aus. Aber sie kann trotzdem nicht abstreiten, dass diese spezielle Frisur an Lisutaris sehr gut aussieht. Ebenso wie ihr auch der Regenbogenmantel sehr gut steht. Er ist offenbar von einem eleganteren Schnitt und von viel besserem Tuch als die Berufskleidung eines gewöhnlichen Zauberers.

Während meines letzten Besuches in Lisutaris' Heim hat draußen ein heulender Mob versucht, das Haus niederzubrennen, und überall lagen verwundete Zauberer auf dem Boden herum. Lisutaris lag zwar auch auf dem Boden, aber ihre Betäubung war auf ausführlichen Thazis-Konsum zurückzuführen und nicht auf eine Verletzung. Ich habe damals sogar einen Zauber in ihrem Arbeitszimmer gefunden, der das Wachstum der Pflanzen beschleunigt. Das erklärt vermutlich auch, wieso Lisutaris die meiste Zeit des Tages an ihrer großen Wasserpfeife hängt und den Rauch ihres besonders liebevoll gezogenen privaten Vorrats inhaliert.

Thazis ist in Turai immer noch illegal. Noch vor sechs Jahren hat die Zivilgarde Konsumenten strengstens verfolgt, wenn auch nur, um genug von dem Zeug sicherzustellen, damit sie es dann in aller Ruhe selbst qualmen konnten. Senatoren haben flammende Reden gegen die Legalisierung gehalten, den Gebrauch von Thazis verteufelt und es für den moralischen Verfall verantwortlich gemacht, der sich unaufhaltsam unter der Jugend unserer Nation breit mache. Und das alles, während sie selbst vollkommen zugedröhnt waren.

Doch seit Boah die Stadt überschwemmt, interessiert sich kein Mensch mehr für Thazis. Die meisten Leute nehmen die Droge als ein mildes Entspannungsmittel und als Gegengift für ihre Sorgen, obwohl nur wenige dieser Droge so enthusiastisch und ekstatisch anhängen wie Lisutaris. In bestimmten Kreisen ist sie dafür berühmt, dass sie eine neue Art Wasserpfeife erfunden hat, die einen höheren Durchzug erlaubt. Es könnte schlimmer sein. Wenigstens ist sie keine Boah-Süchtige. Dessen Konsum scheint zurzeit nämlich die beliebteste Freizeitbeschäftigung unter den Zauberern unserer Stadt zu sein.

Wir werden bei unserer Ankunft äußerst zuvorkommend empfangen. Ein Diener führt uns durch einen langen Flur in einen großen, luftigen Raum, mit grünen und goldenen Elfen-Gobelins an den Wänden und allen möglichen Pflanzen. Sie umgeben ein großes Panoramafenster, hinter dem man den weitläufigen Garten bewundern kann. In Thamlin hat jeder einen weitläufigen Garten, und dazu eine ganze Horde Gärtner auf der Gehaltsliste. Wenn nicht, ist man unten durch. Ein zweiter Diener bringt uns Wein und verkündet, dass Lisutaris gleich kommt.

Nach dem, was ich von der Villa gesehen habe, scheint auch Lisutaris vor der neuesten Mode klein beigegeben und einen Innenarchitekten verpflichtet zu haben. Vermutlich einen aus Ambientical. Ich kann mich noch an die Zeiten erinnern, als die Häuser von Zauberern mit endlosem Zauberkrimskrams voll gestopft waren, die auch keine noch so große Legion von Dienern lange staubfrei halten konnte. Aber eine modisch bewusste Frau wie Lisutaris war natürlich damit nicht mehr zufrieden. Seit die Goldminen den Wohlstand nach Turai bringen, kümmert sich jeder Vornehme in Thamlin vor allem um die Frage des Stils. Früher einmal ernteten Senatoren ihren Ruhm mit ihren Taten auf dem Schlachtfeld. Jetzt erringen sie ihn durch schick gestylte Wohnzimmer und besonders exquisit gepflegte Gärten. Mir gefällt das gar nicht, aber ich bin ja auch altmodisch. Außerdem habe ich keinen Garten.

Ich weiß nicht genau, wie ich Lisutaris mein Ansinnen vortragen soll. Es gehört sich nicht, einen Zauberer um Hilfe anzugehen, wenn man Leute sucht, es sei denn, dieser Zauberer bietet seine Dienste genau dafür an. Doch das tun nur wenige. Abgesehen von einigen Außenseitern wie mir, die ihre Ausbildung niemals abgeschlossen, ja kaum ernstlich begonnen haben, und Astral Trippelmond, der völlig in Ungnade gefallen ist, kümmern sich Zauberer in Turai selten um private kleine Unternehmungen. Entweder arbeiten sie für den König oder den Konsul oder tun das, was die Standardbeschäftigung unserer müßigen Oberschicht ist. Sie lassen arbeiten. Ermittlungen anzustellen ist weit unter ihrer Würde. Die Drecksarbeit überlässt man tunlichst der Zivilgarde. Oder mir. Wie der Rest der Bevölkerung sind auch Zauberer sehr erpicht auf die Wahrung ihres gesellschaftlichen Standes.

Das kurze Momentchen, bis Lisutaris kommt, entwickelt sich zu einer ausgewachsenen Ewigkeit. Und im selben Maß nimmt meine Geduld ab. Der Wein ist zwar hervorragend, aber ich habe keine Zeit, um ihn zu genießen. Makri brütet immer noch darüber, wie es geschehen konnte, dass ihr jemand in den Hintern getreten hat, und sitzt stocksteif auf ihrem Stuhl.

»Entspanne dich, Makri. Auch wenn du die Nummer eins bist, was Kämpfen angeht, bist du deshalb noch lange nicht unbesiegbar. Sie waren zu fünft, und sie waren alle sehr gut ausgebildet. Einige dieser Mönche haben ihr ganzes Leben in Klöstern verbracht und nichts anderes getan als gekämpft und gebetet.«

»Wenn wir uns das nächste Mal begegnen, haben sie allen Grund zu beten!«, verspricht Makri und stößt anschließend einige finstere Drohungen aus, was sie dann für sie auf Lager hat.

Lisutaris kommt schließlich doch noch. Ihr Blick wirkt irgendwie abwesend. Ein Diener führt sie zu einem Stuhl und versucht zu verbergen, dass er sie tatsächlich stützt. Ich seufze. Was hat dieser Zaubererberuf so an sich, dass seine Vertreter sich immer solchen Exzessen hingeben müssen?

»Kann ich Euch noch etwas bringen?«, fragt der Diener.

Ich bemerke, dass mein Humpen leer ist. »Noch eine Flasche Wein, wenn es geht.«

Lisutaris bekommt ihre Augen schließlich doch unter Kontrolle. Als sie Makri sieht, lächelt sie erkennend.

»Hallo ...«

»Makri.«

»Hallo ... Makri.«

Die Zauberin sieht mich an. Ich erkenne, dass sie keine Ahnung hat, wer ich bin. Also rufe ich ihr den Aufstand ins Gedächtnis.

»Ich habe Euch geohrfeigt.«

Na ja, das klingt ein bisschen missverständlich.

»Um Euch wach zu kriegen, meine ich. Damit Ihr das Feuer löscht.«

Sie schaut mich verständnislos an.

»Und dann habe ich den Mob zurückgehalten, der uns massakrieren wollte. Eigentlich haben Marihana und ich es zusammen gemacht. Prätor Zitzerius hat es später in seiner Lobrede als heldenhafte Tat gewürdigt.«

Lisutaris Blick ist immer noch bar jeden Verständnisses. »Meine Erinnerungen ... an diesen Tag sind etwas ... vernebelt. Es ist so viel passiert – das Feuer und die Aufstände –, und ich …«

Ihre Stimme verklingt, und ihr Blick gleitet zu den Elfengobelins. Lisutaris ist mit zierlichem Silberschmuck eindeutig elfischer Herkunft behängt und spielt gedankenverloren mit einer der schlanken Spangen, die ihre Handgelenke zieren. Wir sitzen schweigend da, während die Zauberin in einen der von Thazis inspirierten Träume versinkt, die sie in den Gobelins gefunden haben mag. Als erfahrene und angesehene Zauberin hat Lisutaris, Herrin des Himmels, natürlich einen großen Teil ihrer Lehrzeit unter den Elfen verbracht. Unsere Zauberer besuchen in ihren jungen Jahren alle die Südlichen lnseln, um zu studieren und zu lernen.

Ich selbst war auch auf den Südlichen Inseln, was nur wenige Turanianer von sich behaupten können. Die Inseln sind wunderschön. Und Verbrechen sind dort weitgehend unbekannt. Der Wein ist ausgezeichnet, nur Bier ist sehr schwer zu bekommen. Lisutaris glotzt weiter auf ihre Gobelins, und ich werde allmählich verlegen und auch ein bisschen gereizt. Ich habe dieser Frau vor ein paar Monaten das Leben gerettet. Es macht mir nichts aus, dass sie vergesslich ist, aber das erschwert es mir erheblich, sie um einen Gefallen zu bitten. Ich will die Frage gerade trotzdem stellen, als Makri mir zuvorkommt.

»Könnt Ihr uns helfen, jemanden zu suchen?«, fragt sie.

Die Herrin des Himmels reißt ihren Blick von den Gobelins los und richtet ihn auf Makri. Sie ist sichtlich überrascht. Makri hat natürlich keine Ahnung, wie ungezogen diese Frage ist.

»Ich soll nach jemandem … suchen?«

Einen Augenblick wirkt die Zauberin verärgert. Ich erwarte schon, dass sie uns gleich hinauswirft. Doch dann zuckt sie mit den Schultern und lächelt.

»Wenn Ihr gern möchtet. Wen sucht Ihr?«

Ich überlasse Makri die Erklärungen. Wie interessant! Anscheinend berechtigt ihre gemeinsame Mitgliedschaft bei der Vereinigung der Frauenzimmer sogar dazu, ein soziales Tabu zu brechen. Diese Frauenrechtlerinnen werden es sich eines Tages noch mit dem König und der Kirche verscherzen!

Lisutaris, Herrin des Himmels, greift gelassen zu einem seidenen Glockenstrang und bimmelt nach einem Diener. Von ihm lässt sie sich etwas Kuriya bringen. Er verschwindet und kommt augenblicklich mit einem goldenen Becken auf einem silbernen Tablett und einem kleinen goldenen Fläschchen zurück. Dann schiebt er einen kleinen Tisch vor Lisutaris und stellt das Tablett darauf, sodass sie es mühelos erreichen kann.

Lisutaris stärkt sich mit einem Schluck Wein, bevor sie das schwarze Kuriya aus dem Fläschchen in das Becken gießt. Ohne jede Vorbereitung wedelt sie mit der Hand über die Flüssigkeit. Innerhalb von Sekunden taucht ein Bild auf.

Ich beneide sie um ihre Macht. Ich brauche lange, um mich in den erforderlichen mentalen Zustand zu bringen, in dem ich ein Bildnis heraufbeschwören kann, und sie macht das aus dem Handgelenk und dann auch noch, während sie beinahe bis zur Besinnungslosigkeit berauscht ist. Ich hätte wohl doch eifriger studieren sollen!

»Ist dies das Haus, welches Ihr meint?«

Ich betrachte das Bild. Ja. Lisutaris konzentriert sich noch ein Weilchen länger.

»Es gehört einem Mann namens Osirius. Es befindet sich in der Nähe des Springbrunnens, der vor der südlichen Palastmauer steht.«

Ich danke Lisutaris überschwänglich. Sie blickt wieder in das dunkle Becken.

»Ich sehe, dass Osirius in letzter Zeit einige Schwierigkeiten hatte. Die Aura des Hauses ist gestört. Ich sehe auch, dass er unter einem anderen Namen bekannt ist.«

Zum ersten Mal wirkt sie, als müsse sie sich etwas anstrengen. »Konkavial?«, sagt sie schließlich. »Oder vielleicht Konvexial?«

»Nicht vielleicht Vexial?«, frage ich. »Vexial der Sehende?«

»Richtig. Vexial der Sehende. Na ja, mich sieht er jedenfalls nicht.«

Bei diesen Worten fängt die mächtige Zauberin vollkommen unpassenderweise zu kichern an und wirft sich schließlich vor Lachen kreischend auf ihrem Stuhl herum. Das Bildnis in dem Kuriya-Becken verblasst. Während ich mich noch über die unerwartete Entdeckung wundere, dass sich Rodinaax' Witwe im Stadthaus von Vexial dem Sehenden versteckt hält, lacht Lisutaris immer weiter, während sie unter Tränen die Worte herausstößt: »Er kann mich nicht sehen!«, was ihr offenbar unglaublich komisch vorkommt.

Sie zerrt an der Glockenschnur und befiehlt dem Diener, ihr die Wasserpfeife zu bringen. Und bietet uns an, das Pfeifchen mit ihr zu teilen. Makri will die Wasserpfeife unbedingt ausprobieren. Ich flüstere ihr zu, dass sie ziemlich blöde dastehen würde, wenn fünf feindselige Kampfmönche hinter ihr auftauchen, während sie von Lachkrämpfen geschüttelt wird.

Makris dunkle Augen werden bei dieser Vorstellung zu schwarzem Felsgestein, und sie lehnt das Angebot höflich ab. Wir danken Lisutaris, der Herrin des Himmels, und verabschieden uns. Draußen halten wir einen Mietlandauer an und fahren zur Südseite des Palastes. Hinter uns scheint Lisutaris das Leben im Allgemeinen immer noch höchst amüsant zu finden.

»Ist sie auch so auf euren Treffen?«, frage ich Makri.

»Ich darf keinem Mann von unseren Treffen was erzählen«, antwortet Makri.

»Weiß ich.«

Wir fahren weiter.

»Eigentlich ist sie noch viel schlimmer.« So viel zur Frauensolidarität. »Es überrascht mich, dass sie eine so gute Zauberin ist. Das war doch gute Zauberei, hab ich Recht?«

»Allerdings. Ich könnte solche Bilder nicht einmal heraufbeschwören, wenn ich einen Monat meditieren würde. Lisutaris ist genauso dekadent wie der Rest unserer Oberklasse, aber wenn es um Magie geht, ist sie unschlagbar. Außerdem hat sie wirklich einen ausgezeichneten Weinkeller. Wenn du ihr das nächste Mal bei einem Treffen begegnest, dann lade uns doch mal bei ihr zum Abendessen ein. Vielleicht holt sie dann die Flaschen mit den Elfenreben heraus. Übrigens, wo haltet ihr eure Treffen eigentlich ab?«

»Das darf ich nicht sagen.«

»Weißt du, dass Erzbischof Xaverius letzte Woche in seiner Rede vor dem Senat die Vereinigung der Frauenzimmer rundheraus als eine verruchte und gotteslästerliche Organisation verdammt hat?«

Makri sagt etwas Verruchtes und Gotteslästerliches über den Erzbischof.

Ein paar wichtige Persönlichkeiten fahren in schicken Kutschen an uns vorbei, aber ansonsten ist es hier auf den Straßen viel ruhiger als im Rest in der Stadt. Und auch viel sauberer. Selbst die Flugratten wirken proper. Makri überlegt laut, warum Vexial der Sehende, Mönch eines Klosters in den Bergen, eine Villa in Thamlin haben sollte. Das ist eine sehr gute Frage. Eine andere wäre: Warum ist Lolitia ausgerechnet dorthin geflohen?

Die Villa steht – wie nicht anders zu erwarten war – genau an der Stelle, zu der Lisutaris uns geschickt hat. Wir fahren vorbei, ohne anzuhalten. Es ist niemand zu sehen. Keine Sterbensseele, nicht mal ein Gärtner. Und auch keiner von der Sicherheits-Gilde. Es ist eigentlich üblich, dass solche Villen von einem eigenen Sicherheitsdienst bewacht werden, aber die Besitzer hier scheinen da eine Ausnahme zu machen.

In sicherer Entfernung bitte ich den Kutscher, uns abzusetzen. Makri und ich verlassen die Hauptstraße und verschwinden in einem Park, der meiner Meinung nach an die Rückseite des Hauses angrenzt. Nach einer mühevollen Krabbelei durch Dornenbüsche stehen wir vor einer massiven, drei Meter hohen Mauer, die von Metallspitzen gekrönt wird.

»Da sind wir. Das Haus ist auf der anderen Seite dieser Mauer.«

»Was machen wir jetzt?«

»Wir werfen einen Blick drauf?«

Die Hitze ist zwar immer noch erdrückend, aber ich fühle mich bestens. Wenn die Dinge sich zu sehr komplizieren, bin ich zwar rasch frustriert, aber wenn es um die Grundlagen der Ermittlungsarbeit geht, wie zum Beispiel, den Kopf über eine Mauer zu stecken und sich umzusehen, dann bin ich in meinem Element.

Im Park traten Kindermädchen und Tutoren, die ihre Mündel ausführten, beinah den jungen Armeehauptleuten auf die Zehen, die ihrerseits mit wohl behüteten jungen Damen flanierten. Aber hier sind wir so tief in das bewaldete Gebiet am Rand des Parks vorgedrungen, dass uns keiner mehr sehen kann. Makri bietet an, mich über die Mauer zu wuchten, aber ich beschließe, ihr keine Chance zu geben, mich wegen meines Gewichtes zu kritisieren, und stelle einen Baumstamm an die Wand, auf dem ich stehen kann. Damit bin ich groß genug, um über die Mauer zu spähen.

»Niemand in Sicht«, flüstere ich. »Los geht's!«

Makri sieht mich zweifelnd an. »Sicher?«

»Natürlich. Was hast du denn?«

»Keine Ahnung. Ich bin wahrscheinlich einfach nicht gewöhnt, über die Mauern von anderer Leute Grundstücke zu klettern.«

Das habe ich vergessen. Makri ist zwar eine unerschrockene Kämpferin, aber in den Grundlagen der Ermittlungsarbeit ist sie unerfahren. Und entsprechend auch darin, an Orten herumzuschnüffeln, an denen man absolut nichts zu suchen hat. Ich versichere ihr, dass ich so was jeden Tag vor dem Frühstück mache, lege meinen Umhang auf die Metallspitzen und ziehe mich über die Mauer. Auf der anderen Seite sinke ich leicht wie eine Feder zu Boden und gehe hinter einem Baum in Deckung. Sekunden später steht Makri neben mir. Es ist immer noch niemand zu sehen. Es wird rasch dunkel, als die Sonne in der Ferne hinter dem Dach des Palastes versinkt und ihre letzten Strahlen von den vergoldeten Turmspitzen reflektiert werden.

»Dringen wir einfach in die Villa ein? Was sagen wir, wenn man uns erwischt?«

»Wir denken uns eine Ausrede aus. Mir fällt immer was ein. Und lass dein Schwert in der Scheide. Wenn du jemanden umbringst, macht das die Sache nur komplizierter.«

Wir schleichen geduckt von Baum zu Baum, halten uns in Deckung und beobachten scharf die Gegend, während wir den langen Weg zur Villa zurücklegen.

»Ziemlich großer Garten!«, flüstert Makri.

»Das ist typisch für Thamlin. Meiner war riesig. Größer, als dass ich ihn zu Fuß ablaufen konnte.«

Jetzt bricht die Nacht schnell herein. Nur einer der Monde steht am Himmel, weit unten im Osten, und er wirft bloß ein spärliches Licht auf das Grundstück.

In der Nähe der Villa bieten einige große Büsche eine exzellente Deckung. Wir kriechen vor unserem entscheidenden Vorrücken auf die Villa zunächst in das Unterholz. Es ist mittlerweile dunkel, und immer noch brennt kein Licht im Haus. Das ist sehr merkwürdig. Selbst wenn der Eigentümer fort wäre, würden sich Diener um das Anwesen kümmern. Mich beschleicht ein leichtes Unbehagen. Wenn da drin etwa alle tot sein sollten, wäre es mir lieber, wenn nicht ich sie finden würde. Das passiert mir in letzter Zeit einfach zu häufig. Die Garde hat deswegen schon einen Spitznamen für mich: »Leichen-Säumen-Seinen-Pfad«-Thraxas.

Plötzlich öffnet sich die Hintertür, und einige Gestalten mit Kerzen in den Händen treten heraus. Sie schweigen. Ich renke mir fast die Augen aus, um zu erkennen, was da vor sich geht. Sie tragen etwas. Es sieht aus wie eine ... Leiche. Natürlich. »Leichen-Säumen-Seinen-Pfad«-Thraxas hat wieder zugeschlagen. Ich bin sprungbereit und frage mich, in was ich da wieder gestolpert bin. Die Gestalten kommen auf uns zu. Es sind vier, und sie tragen einen fünften.

»Mönche«, flüstert Makri.

Sie hat recht. Kahlköpfige Mönche. Ich kann im Dunkeln leider die Farbe ihrer Kutten nicht erkennen. Sie kommen immer näher. Aber Nummer fünf lebt. Er bewegt sich, als die Mönche ihn behutsam auf den Boden legen, wo er sich aufrichtet und hinsetzt, als meditiere er. Schließlich knien sich die Mönche vor der Gestalt nieder, die sie abgesetzt haben, und starren ihn im dämmrigen Licht der Kerzen an. Aus ihrer ehrfürchtigen Haltung schließe ich, dass es sich bei der Person um Vexial den Sehenden handeln muss.

Meine Augen gewöhnen sich allmählich an das Dämmerlicht. Da tritt noch jemand an seine Seite. Die Person kann kein Mönch sein. Dafür hat sie zu viele Haare. Es ist eine junge Frau. Vermutlich Lolitia.

Vexial hebt die Hand, als wolle er sprechen und Aufmerksamkeit erheischen. Doch etwas lenkt ihn ab, und er hält inne. Dann dreht er den Kopf in unsere Richtung.

»Wer ist da?«, fragt er.

Wir erstarren. Ich schwöre, dass er uns in dieser Dunkelheit in der Deckung der Büsche unmöglich sehen konnte.

»Tretet hervor!«, befiehlt er. »Ihr könnt Euch vor Vexial dem Sehenden nicht verbergen.«

»Na gut«, erkläre ich und zeige mich in voller Lebensgröße. »Es wurde sowieso ein bisschen eng da drin. Ihr habt verdammt scharfe Augen. Aber das ist ja auch zu erwarten von ... Vexial dem Sehenden.«

Die vier Mönche erheben sich sofort und bauen sich zwischen ihrem Anführer und mir auf.

»Was wollt Ihr?«, verlangt Vexial zu wissen. »Und was hat das zu bedeuten, dass Ihr uneingeladen in diesen Garten eindringt?«

Etwas ist merkwürdig an der Art, wie er da so hockt. Es scheint fast so, als würde die Frau an seiner Seite ihn in Wahrheit stützen. Mein erster Gedanke ist, dass ich mal wieder einen weiteren bedauerlichen Boah-Süchtigen vor Augen habe, aber seine Stimme ist dafür zu klar und zu sicher.

»Was ich will? Ein Wörtchen mit der jungen Dame reden, hauptsächlich. Und zwar über Gesox. Das ist der ehemalige Schüler des erst kürzlich verschiedenen Ehegatten dieser Dame, Rodinaax, und er ist jetzt ein im Kerker schmachtender Gefangener, der seinem Eil-Prozess und einer schnellen Hinrichtung entgegensieht. Und danach würde ich auch gern einige Worte mit Euch wechseln. Zum Beispiel darüber, warum Eure Mönche mich durch die ganze Stadt verfolgen, meine Zimmer durchwühlen und mir in dunklen Gassen auflauern!«

Noch mehr Mönche treten aus dem Haus und bauen sich in dem Dämmerlicht dicht hinter Vexial auf. Ich frage mich, wie viele sich wohl noch in der Villa aufhalten. Ich habe meinen Schlafzauber verbraucht und weiß nicht, mit wie vielen Kampfmönchen Makri und ich auf einmal fertig werden können.

Vexial will sprechen, hält aber erneut inne und stöhnt kaum hörbar auf. Sein Gesicht verzerrt sich. Offenbar hat er starke Schmerzen und ringt um seine Beherrschung. Seine Anhänger kümmern sich besorgt um ihn. Er ist eindeutig ein kranker Abt. Als Vexial vornübersinkt, nimmt Lolitia eine kleine Flasche aus ihrem Beutel und fängt an, seine Lippen und seine Stirn mit einer Flüssigkeit zu betupfen. Keiner der Mönche scheint eine Ahnung zu haben, was sie jetzt tun sollen. Sie sind alle jung, und ich merke, dass die Qualen ihres Anführers ihnen Angst einjagen. Ich trete vor und schiebe die Mönche beiseite.

»Was hat er denn?«

Lolitia sieht mich verzweifelt an. Niemand versucht, mich zu hindern, als ich die Kerze nehme und zu der Decke hinuntergreife, die über seinen Beinen liegt. Sie sind in einem bedauernswerten Zustand, verdreht und mehrfach gebrochen.

Zwar werden sie von Schienen und Bandagen gehalten, aber überall dringt Blut heraus, und die Haut ist an den Stellen, wo sie zu sehen ist, schwarz und vereitert. Es kann nicht mehr lange dauern, bis der Wundbrand einsetzt, falls er nicht schon längst in seinem Fleisch wütet. Ich würde sagen, dass Vexial der Sehende noch etwa einen Tag und eine Nacht zu leben hat, vielleicht sogar weniger.

10. KAPITEL

»Wir warten darauf, dass die Heiler endlich eintreffen«, erklärt mir Lolitia. Ihre Stimme klingt verzweifelt, beinah hoffnungslos. Zu Recht. Kein Heiler kann Vexial den Sehenden jetzt noch retten. Seine Beine sind so oft gebrochen, dass er sich vermutlich nur noch durch bloße Willenskraft und dank seiner strengen Ausbildung so lange am Leben halten konnte. Mit solchen Verletzungen hätten die meisten Menschen längst aufgegeben und wären gestorben.

»Was ist passiert?«

Lolitia antwortet nicht. Ich betrachte Vexial. Er schlägt für einen Moment die Augen auf und kämpft kurz gegen den Schmerz, dann sinkt sein Kopf nach vorn, und er verliert das Bewusstsein.

Noch mehr Lichter flammen im Haus auf, als die Heiler endlich eintreffen. Es sind zwei Frauen. Beide haben die grünen Segeltuchbeutel dabei, in denen die Heiler gewöhnlich ihre Medizin transportieren. Sie werden zusammen mit einem Mann in einem fließenden Umhang in den Garten geführt. Es sind eine Apothekerin, eine Kräuterkundige und ein Heiler. Na denn viel Glück.

Ich ziehe mich in Makris Versteck im Schatten zurück. Die Mönche umringen ihren Anführer, während die Heiler ihn untersuchen.

»Keine Chance«, murmele ich. »Sie hätten einen Bestattungsunternehmer holen sollen. Das würde ihnen eine Menge Zeit ersparen.«

Makri hat von Mönchen erst mal die Nase voll. Noch vor einer Stunde haben sie uns fast durch die ganze Stadt verfolgt. Und jetzt scheinen sie so besorgt um das Leiden ihres Anführers zu sein, dass sie uns keines Blickes mehr würdigen.

»Ich muss mit Lolitia sprechen. Sterbender Abt hin oder her, ich bin hier, um Gesox zu entlasten.«

Man hat für die Heiler Öllampen entzündet. Während sie ihren Geschäften nachgehen, steht Lolitia am Rand des Lichtkreises und wird von den Mönchen vollkommen ignoriert.

»Sie scheint nicht unbedingt in Plauderstimmung zu sein«, bemerkt Makri.

»Das hat mich noch nie abgehalten.«

»Willst du, dass ich mitkomme?«

»Ja. Vielleicht fühlt sie sich besser, wenn eine Frau dabei ist.«

»Selbst wenn es sich dabei um einen Orgk-Bastard mit spitzen Ohren handelt?«

»Ich bin sicher, dass ich so was nie zu dir gesagt habe!«

Wir gehen um die Heiler und die Mönche herum.

»Ich muss mit Euch sprechen.«

»Jetzt nicht«, lehnt Lolitia rundheraus ab.

Im Licht der Öllampen erkenne ich, dass sie sich ihren Ruf als umwerfende ZwölfSeen-Schönheit redlich verdient hat, aber ich bemerke auch ihre ungeheure Anspannung. Ihr Ehemann wurde vor wenigen Tagen ermordet. Trotzdem habe ich so das Gefühl, dass dieser Tod nicht unbedingt das ist, was sie am meisten belastet und umtreibt.

»Es muss jetzt sein. Es sei denn, Ihr wollt, dass Gesox gehenkt wird.«

Ihr Kopf ruckt hoch. »Gesox? Gehenkt? Warum?«

»Natürlich für den Mord an Rodinaax.«

»Das ist ja lächerlich. Er hätte Rodinaax niemals getötet.«

»Das habt Ihr aber nicht gesagt, als Ihr Gesox vor dem Leichnam habt stehen sehen. Ihr habt angeblich geschrien, dass er ihn erstochen hätte.«

Lolitia wischt diesen Einwand beiseite. »Ich konnte nicht klar denken. Wer hätte das schon gekonnt? Ich weiß nicht, wer meinen Ehemann ermordet hat, aber es war sicher nicht sein Schüler. Dafür war er viel zu loyal.«

»Aber es war sein Messer.«

»Dann muss jemand anders es benutzt haben.«

»Das glaubt mir die Wache niemals.« Ich frage sie, wer es getan haben könnte, aber sie gibt vor, keine Ahnung zu haben. Das glaube ich ihr wiederum nicht.

»Sagt mir, was da vor sich gegangen ist. Was ist in dem Atelier passiert? Und warum seid Ihr hierher geflüchtet? Welche Verbindung habt Ihr zu Vexial?«

Darauf bekomme ich keine Antwort.

»Ihr werdet Euch besser fühlen, wenn Ihr darüber sprecht«, füge ich salbungsvoll hinzu. Dieser Satz hat mir schon oft gute Dienste geleistet, aber bei Lolitia verpufft er scheinbar wirkungslos. Also ändere ich meine Taktik.

»Was ist mit Vexial geschehen?«

»Sie haben ihn angegriffen, während er meditierte.«

»Wer?«

»Heretius. Die Wolkentempler. Sie haben sich an ihn herangeschlichen und ihn von der Mauer geworfen.«

»Was ist denn da mit seinen seherischen Fähigkeiten passiert?«

»Vexial ist sehr religiös«, erwidert Lolitia empört. »Er lässt sich nicht ablenken, während er betet.«

Verstehe. Heretius hat mir eine ganz andere Version erzählt. Lolitias Bericht zufolge haben Heretius und seine Anhänger versucht, die Statue des Klosters zu stehlen, bevor sie in Schande verstoßen wurden. Die Statue ist dabei von der Mauer gestürzt. Aber Heretius ist später zurückgekehrt und wollte Vexial ermorden und ihm seine Anhänger wegnehmen. Während dieses Streits wurden die Mönche des Wolkentempels zwar zurückgeworfen, aber Vexial wurde dabei überrumpelt und selbst vom Wall gestürzt. Dabei erlitt er diese furchtbaren Verletzungen, an denen er jetzt vermutlich sterben muss.

»Die Mönche haben ihn in die Stadt gebracht und versucht, sein Leben zu retten.«

Die Verzweiflung auf ihrem Gesicht sagt ganz deutlich, dass sie weiß, wie hoffnungslos es ist. Jeder normale Mensch wäre schon längst gestorben. Kein Heiler, Kräuterkundiger oder Apotheker in ganz Turai kann Vexials zerschmetterte Beine wieder zusammenfügen. Und sie können auch seinen Wundbrand nicht stoppen, der ihn ganz sicher töten wird, falls er nicht zuvor dem Blutverlust erliegt. Selbst die Zauberer sind machtlos gegen Wundbrand.

Lolitia wird plötzlich zutraulich. Sie erzählt uns, dass sie sich schon vor etwa einem Jahrzehnt mit Vexial eingelassen hatte, als er noch ein armer junger Student war, der in einer Dachstube in ZwölfSeen lebte. Hier las er seine philosophischen Schriftrollen bei Kerzenlicht. Sie liebte ihn damals und liebt ihn immer noch. Als er in die Wildnis ging, um das Leben eines Mönchs zu führen, verzweifelte sie und glaubte, niemals wieder glücklich werden zu können. Schließlich landete sie mit Rodinaax vor dem Altar, weil sie keine besseren Aussichten hatte und ihre Eltern scharf darauf waren, von Geld und Ruhm eines berühmten und wohlhabenden Bildhauers zu profitieren.

Sie erzählt mir, dass sie zehn Jahre lang mit Rodinaax zusammengelebt hat. Während dieser Zeit war ihr Leben zwar behaglich, aber langweilig. Und so wäre es vielleicht auch geblieben, hätte sie nicht eine Nachricht von Vexial dem Sehenden erhalten, der sie bat, sie in einer Villa in Thamlin zu treffen.

Sie ging hin. Und sie begannen auch sofort ihre Affäre, denke ich jedenfalls, auch wenn sie das nicht sagt.

Das alles wirft eine Menge interessanter Fragen auf. Wie zum Beispiel kommt ein Abt aus einem Bergkloster an so viel Geld, dass er sich eine große Villa in Thamlin kaufen kann? Und was will er damit? Kampfmönche leben unter äußerst asketischen Bedingungen und formen ihren Verstand und ihre Körper mit strengen Übungen. Ich glaube kaum, dass die Orden für ihre Äbte Ausnahmen machen. Und sie dürfen auch keine falschen Namen annehmen, so tun, als wären sie Aristokraten, und in Villen in teuren Vierteln herumflegeln. Außerdem bezweifle ich stark, dass sie Affären mit verheirateten Ex-Freundinnen unterhalten dürfen, auch wenn verschiedene Sekten höchst unterschiedliche Standpunkte zu der Frage des Zölibats beziehen. Aber diese Fragen muss ich für den Moment hintanstellen und mich auf Gesox konzentrieren. Nachdem Lolitia sich mir erst etwas geöffnet hat, brechen bald all ihre Dämme, und sie erzählt mir alles, was sie weiß. Schlicht gesagt: Sie ist in das Atelier gekommen, sah Gesox über Rodinaax gebeugt und stellte fest, dass die Statue weg war.

Das deckt sich so weit mit der Geschichte, die auch die Zivilgarde kennt.

»Warum seid Ihr geflohen?«

»Ich habe Panik bekommen. Ich wusste, dass man über mich munkelte, dass ich eine Affäre hätte. Die Leute glaubten, ich träfe mich mit Gesox, dabei habe ich mich in Wirklichkeit mit Vexial getroffen. Ich fürchtete, die Gardisten würden mich beschuldigen, meinen Ehemann getötet zu haben, damit Gesox sein Geschäft übernehmen könnte. Also bin ich geflohen. Ich wusste nicht, dass man Gesox verdächtigt. Ich mag ihn und wollte ihm nicht schaden, aber ich musste einfach fliehen.«

»Das klingt, als wärt Ihr froh gewesen, die Chance zur Flucht zu bekommen.«

»Und wenn ich es war?«

Diese Worte spricht sie mit sehr viel Nachdruck. Vielleicht ist es ja fürchterlich unerträglich, mit einem reichen, berühmten und viel beschäftigten Bildhauer verheiratet zu sein.

»Ihr scheint nicht gerade von Gram gebeugt angesichts des Mordes an Eurem Gatten.«

»Ich bin traurig. Aber es gibt andere Dinge, die mich trauriger machen.«

»Was ist mit der Statue passiert?«

Lolitia behauptet, nichts darüber zu wissen. Wenn sie etwas von dem magischen Beutel weiß, lässt sie sich jedenfalls nichts davon anmerken. Ich weise sie darauf hin, dass der Dieb der Statue mit an Sicherheit grenzender Wahrscheinlichkeit der Mörder ihres Mannes sein muss und dass Vexial und der Sternentempel seit kurzem dringend eine Statue brauchen. Was Vexial zu einem sehr geeigneten Verdächtigen macht.

Sie schüttelt den Kopf. »Vexial hätte meinem Ehemann kein Leid angetan. Warum auch? Und außerdem, als Rodinaax' Statue verschwand, war Vexial bereits dem Tode nahe. Seine Mönche haben vier Tage gebraucht, um ihn aus den Bergen in die Stadt zu tragen.«

»Verletzt oder nicht, er hat seinen Mönchen immer noch den Befehl gegeben, die Stadt zu durchsuchen. Jedenfalls haben sie meine Zimmer auf den Kopf gestellt.«

»Davon weiß ich nichts.«

Vexial schreit vor Schmerz auf. Lolitia eilt zu ihm. Ich betrachte die jungen Mönche und versuche, deren Reaktion auf die junge Frau einzuschätzen. Sind sie sich ihrer Beziehung zu ihrem Anführer bewusst, oder hat sie ihnen irgendeine Geschichte untergeschoben? Ich kann keinerlei Anzeichen für Missbilligung auf ihren Mienen erkennen.

»Wirst du daraus schlau?«, frage ich Makri.

»Ich bin vollkommen verwirrt«, erwidert sie. »Wer hat nun Rodinaax umgebracht? Und wer hat die Statue gestohlen und sie in den magischen Beutel gestopft?«

Ich muss zugeben, dass ich nicht den leisesten Schimmer habe.

»Ich verstehe diese Frau nicht«, fährt Makri fort. »Wenn sie Rodinaax nicht heiraten wollte, warum hat sie es dann schließlich doch getan? So dringend brauchte sie keinen Ehemann. Sie hätte auch eine Stelle in Marzipixas Bäckerei annehmen können.«

»Ich halte Lolitia nicht für die Art Frau, die ihr Leben in einer Backstube verbringt.«

Die Heilungsversuche gehen unter dem Licht der Laternen weiter. Vexial taumelt ständig an der Grenze zur Bewusstlosigkeit hin und her. Schließlich fällt er in einen tiefen Schlaf oder vielleicht sogar in ein Koma. Der Heiler, die Kräuterkundige und die Apothekerin tauschen viel sagende Blicke. Vexial wird seine Toga sehr bald an den Nagel hängen. Einige der jüngeren Mönche haben Tränen in den Augen. Wäre ich ein taktvoller Mensch, würde ich sie ihrem Leid überlassen. Aber ich bin nicht taktvoll. Ich schnappe mir den wehenden Ärmel eines jungen Mönchs, in dem ich einen der Eindringlinge in meinem Büro zu erkennen glaube.

»Warum glaubt Ihr, dass ich die Statue habe?«

Er reißt sich los und läuft weg, zu seinen Gefährten. Ich befrage andere Mönche. Mit ähnlichen Ergebnissen.

»Hier wirst du nicht mehr viel in Erfahrung bringen, Thraxas«, erklärt Makri. »Sie machen sich alle nur Sorgen um Vexial. Eigentlich bin ich ziemlich wütend auf sie. Sie schulden mir noch einen Kampf.«

Wie auf ein Stichwort scheint plötzlich der friedliche Garten zu explodieren. Gelb gekleidete Mönche quellen über die Mauern. Sie sind offensichtlich nicht hier, um sich über Substanzialität zu unterhalten. Stattdessen stürzen sie sich auf die Mönche des Sternentempels, stoßen Kampfrufe aus, fuchteln mit kurzen Stöcken und mit ihren merkwürdig geformten Klingen herum. Die Sternenkrieger reagieren schnell und bilden einen menschlichen Schutzwall um Vexial. Ihre Brüder im Haus hören den Lärm und kommen ihnen hastig zu Hilfe. Schon bald prügeln sich etwa achtzig Mönche in dem gepflegten, parkähnlichen Garten herum. Sie schlagen aufeinander ein, treten sich und fliegen in der mir mittlerweile vertrauten akrobatischen Manier durch die Luft. Was für ein Anblick! Makri und ich ziehen uns auf gute Aussichtsplätze hinter den Büschen zurück. Die Ereignisse verwirren uns etwas. Ich gelange allmählich zu der Einsicht, dass hinter all dem vielleicht doch nur der Hass der beiden Tempel aufeinander steckt. Vielleicht müssen sie einfach die ganze Zeit kämpfen, und diese Statue ist für sie nur ein willkommener Anlass.

»Das ist ein sehr interessanter religiöser Disput«, sage ich leise zu Makri, als ein Mönch von einem Baum abprallt und unter lautem Krachen und Blätterrauschen im Busch nebenan landet. »Sie sollten das mal in der Wahren Kirche versuchen. Das würde die strenge Liturgie erheblich auflockern.«

In dem schlechten Licht kann ich es zwar nicht genau unterscheiden, aber ich meine mitten im dichtesten Gewühl den Ehrwürdigen Heretius zu entdecken. Wenn er das wirklich ist, dann hat er sich für sein Alter noch besser gehalten, als ich dachte. Ich schwöre, dass er fast drei Meter vom Boden hochspringt, über einen Gegner hinwegsegelt, ihn dabei tritt, und hinter einem anderen landet, den er sofort darauf mit einem weiteren Tritt seines ausgestreckten Beines umsäbelt. Dann wird er von einer Gruppe roter Mönche umringt und befreit sich mit einem gewaltigen Satz, aber erst, nachdem er zwei von ihnen rücklings in den Zierteich befördert hat.

Während die Mönche miteinander spielen, stoßen sie ständig Wut- und Schmerzensschreie aus. Manchmal blitzt eine Klinge auf, aber meist kämpfen sie mit bloßen Händen. Alle scheinen wild entschlossen zu sein, dem Ruf der Kampfmönche als Meister des unbewaffneten Kampfes gerecht zu werden. Ich zucke zusammen, als ein gewaltiger Schlag einen weiteren Novizen in die Büsche segeln lässt. Er bleibt bewusstlos zu unseren Füßen liegen.

»Pah, hättest halt besser auf deine Deckung achten sollen«, murmelt Makri. Ich vermute stark, dass sie das Spektakel insgeheim genießt.

»Wollen wir nicht mitmischen?«, fragt sie schließlich.

»Natürlich nicht! Warum sollten wir?«

»Weiß nicht. Ich dachte, wir sollten.«

»Nur weil irgendwo ein Kampf tobt, bedeutet das noch lange nicht, dass du dich einmischen musst, Makri.«

»Wahrscheinlich hast du Recht. Aber es kommt mir einfach unnatürlich vor, mich herauszuhalten.«

Die gelb gekleideten Mönche des Wolkentempels scheinen

mittlerweile die Oberhand gewonnen zu haben, vor allem durch die Anwesenheit des Ehrwürdigen Heretius, der seine Gegner vor sich hertreibt. Keiner der jungen, rot gewandeten Mönche kann seiner wilden Kampftechnik standhalten. Die Körper fliegen wortwörtlich vor ihm durch die Luft, wenn er einen jungen Novizen nach dem anderen aus dem Weg räumt. Er kämpft sich bis an Vexials Leibwache heran und macht keinerlei Anstalten aufzuhören. Seine Anhänger fächern aus und greifen jetzt aus allen Richtungen an.

Der Heiler, die Kräuterkundige und die Apothekerin haben sich klugerweise längst aus dem Staub gemacht, aber Lolitia harrt immer noch neben Vexial aus. Sie ist anscheinend bereit, ihn bis zum Letzten zu verteidigen. Die Macht der Liebe, denke ich. Damit gewinnt sie meine Anerkennung.

Die Brüder des Sternentempels errichten eine letzte, verzweifelte Verteidigungslinie. Sie sind mutig und weichen nicht zurück, aber Heretius ist einfach eine Nummer zu stark für sie. Er fegt sie zur Seite wie ein Drache, der durch eine Schwadron schlecht bezahlter Söldner stampft. Ob er Vexial töten will? Als ein Detektiv, der geschworen hat, das Gesetz aufrecht zu halten, sollte ich eigentlich versuchen, ein derartig schweres Verbrechen direkt vor meiner Nase zu verhindern. Andererseits muss ich meine Nase nicht in alles hineinstecken, wenn ich es recht bedenke.

Plötzlich spüre ich jemanden neben uns in den Büschen. Makri geht es ebenso. Wir drehen uns gleichzeitig zu der Stelle herum, an der sich eine dunkel gekleidete Gestalt lautlos bewegt. Sie bemerkt unsere Gegenwart, kümmert sich aber nicht um uns. Stattdessen hebt die Gestalt etwas hoch, das ich nicht sofort erkennen kann. Ein dunkler, tiefer Anschlag einer Saite ertönt, gefolgt von einem kurzen, summenden Ton. Dann schreit einer der gelben Mönche vor Schmerz auf und bricht zusammen. Ich erkenne das Summen. Eine Armbrust. Jetzt muss man mir die Gestalt im Schatten nicht mehr vorstellen.

»Sarin die Gnadenlose«, flüstere ich Makri zu.

Die Armbrust ist sowohl eine mächtige als auch eine höchst unhandliche Waffe. Sie ist sehr zweckdienlich, wenn man eine Stadt verteidigen will oder einen Angriff aus einer guten Deckung vorbringt, aber mitten im Schlachtgetümmel ist sie nicht sehr nützlich, weil es so lange dauert, sie zu laden. Aber Sarin schiebt in kürzerer Zeit, als ich es jemals bei jemandem gesehen habe, einen weiteren Bolzen in die Kehle. Sie feuert ihn ab und tötet einen zweiten Wolkentempler. Als der zweite Gelbe umfällt, wird seinen Ordensbrüdern klar, dass hier irgendwas nicht stimmt. Sie unterbrechen ihren Angriff kurz, weil sie zunächst nicht wissen, was es ist. Genug Zeit für den nächsten Bolzen. Und der nächste gelbe Mönch liegt tot am Boden.

»In die Büsche!«, ruft der Ehrwürdige Heretius und verleiht dem Befehl mit einer gebieterischen Handbewegung Nachdruck.

Die Unterbrechung genügt den Sternentemplern. Sie können sich neu formieren und bilden eine solide Verteidigungslinie um Vexial. Die Mönche des Wolkentempels laufen jetzt auf die Büsche zu. Ich beobachte, wie Sarin in aller Ruhe einen weiteren Bolzen einspannt. Diesmal zielt sie noch sorgfältiger. Und feuert auf Heretius.

Der auf eine Art und Weise reagiert, die vollkommen menschenunmöglich ist. Er fischt den Bolzen aus der Luft, bevor er ihn treffen kann. Mir klappen vor Erstaunen sämtliche Doppelkinne hinunter. Ein Armbrustbolzen hat, aus nächster Nähe abgefeuert, genug Durchschlagskraft, um zwei Wände zu durchdringen. Es ist eigentlich unmöglich, ihn im Flug aus der Luft zu greifen. Man kann ihn nicht mal sehen. Und trotzdem hat Heretius ihn gefangen wie eine flügellahme Schmeißfliege.

Seine Anhänger erreichen die Büsche. Ich trete weiter zurück in den Schatten. Sarin feuert ruhig einen weiteren Bolzen auf den nächsten Angreifer und beschäftigt den Rest der

Mönche dann mit einer waffenlosen Kampftechnik, die der ihren in nichts nachsteht. Ihre Prahlerei, dass sie vier Jahre in einem Kloster Kampftechniken gelernt hat, muss wohl stimmen. Sie hat es mit drei Gegnern zu tun und schlägt sich ausgezeichnet. Den ersten legt sie aufs Kreuz und umkreist die beiden anderen, sodass die keine Möglichkeit zum Angriff haben.

In der Ferne schrillen Pfeifen. Die Zivilgarde wurde alarmiert. Man kann in Thamlin eben keine Massenkeilerei vom Zaun brechen, ohne dass sich irgendein Nachbar von dem Lärm belästigt fühlt. Und wenn sich in Thamlin ein Nachbar beschwert, rückt sofort die Zivilgarde an. Schreie erklingen, und weitere Pfeifen sind zu hören, und vor dem Haus fährt polternd ein Pferdewagen vor. Sekunden später strömen Männer in den schwarzen Tuniken der Zivilgarde in den Garten.

»Wird Zeit, dass wir gehen.«

Wir beeilen uns und laufen in Gesellschaft einiger Mönche zur Mauer auf der anderen Seite. Ich glaube, dass ich noch eine Gestalt im Schatten sehe, eine kleine Gestalt, die eindeutig kein Mönch ist. Sie erinnert mich an jemanden, aber ich komme nicht darauf, an wen. Als wir die Mauer überwunden haben und im Park verschwinden, sind wir wieder allein.

»Das war vielleicht eine Nacht.«

»Und ein großartiger Kampf.«

Wir entfernen uns schnellstens von dem Schauplatz. Da ich einmal hier gewohnt habe, finde ich meinen Weg auch im Dunkeln. Ich führe uns zu einem kaum genutzten Weg zwischen zwei Villen, bis der Lärm allmählich abebbt. Wir haben einen langen Heimweg vor uns. In der Nacht ist der Verkehr zu Pferde in Turai verboten. Aber es ist noch zu heiß, als dass ein Fußmarsch gemütlich wäre, und mir ist klar, dass ich schon eine Weile nichts mehr gegessen und getrunken habe.

»Hast du genug erfahren, um Gesox zu entlasten?«, will Makri wissen.

»Das weiß ich nicht genau. Ich brauche eine Weile, bis ich

mir alles zurechtgelegt habe. Und im Augenblick brauche ich erst mal ein Bier. Warum gibt es hier eigentlich nicht mehr Tavernen? Wir kehren in die erste ein, an der wir vorbeikommen.«

Es ist schon lange nach Mitternacht, und von einem blühenden Nachtleben kann man in diesem Viertel nicht gerade sprechen. Wir finden erst eine offene Taverne, als wir Thamlin bereits verlassen haben und in den Jadetempel-Bezirk kommen. Hier ist es etwas lebendiger. Der Jadetempel-Bezirk hat seinen Namen, wie man sich denken kann, von einem alten Tempel mit Säulen aus Jade, der einmal vor dreihundert Jahren von den Elfen errichtet wurde, aus Dank, weil wir ihnen in einem Krieg gegen die Orgks geholfen haben. Turai hat von allen Städten der Liga das größte Kontingent an Kriegsschiffen geschickt, und wir haben die orgkische Armada in der berühmten Seeschlacht vor der Insel des Toten Drachen völlig aufgerieben. Das hat für die orgkische Herrschaft zur See für lange Zeit das Aus bedeutet. Turais Marine war in dieser Zeit hervorragend, trotz unserer relativ geringen Größe. Auch das ist nicht mehr so wie früher. Wir waren einmal ein wichtiges Mitglied in der Liga der Stadtstaaten. Das sind wir zwar theoretisch immer noch, aber alle wissen, dass es mit unserer Armee und unserer Marine nicht mehr weit her ist.

Mit der Liga allerdings auch nicht. Sie hat die kleineren Stadtstaaten in den letzten vierhundert Jahren vor Übergriffen unserer größeren Nachbarländer wie Nioj beschützt, aber in den letzten zwanzig Jahren zerfällt der Zusammenhalt zusehends. Im Moment sind wir in ständiger Alarmbereitschaft wegen der Silberminen, die an das Gebiet unseres angeblichen Bundesgenossen Mattesh im Süden angrenzen. Wenn wir mit denen in einen Krieg geraten, wird die Liga endgültig auseinander fallen, und Nioj wird uns einfach zum Frühstück verspeisen.

Im Jadetempel-Bezirk wohnen vor allem Menschen, die für die Regierung arbeiten, zumeist niedere Regierungsbeamte.

Wir finden schließlich eine Taverne, in der noch Licht brennt. Makri betrachtet sie skeptisch.

»Es ist alles in Ordnung«, sage ich und marschiere hinein.

Wir werden an der Tür von einem richtigen Hünen von Mann aufgehalten, dessen Muskeln nur notdürftig von einer grünen Tunika verhüllt werden. Sie weist ihn als Angehörigen der Sicherheits-Gilde aus, den man angestellt hat, um unerwünschte Subjekte fern zu halten. Das ist hier eine Taverne, keine Kaschemme wie die *Rächende Axt*. Gurdh braucht keinen Türsteher. Ihm ist jeder willkommen.

Die Tür ist von einer flackernden Fackel erleuchtet. In diesem Licht wirkt Makris Haut noch rötlicher als gewöhnlich. Der Wächter ist ein Koloss von einem Mann. Mit einem Hirn von der Größe einer Linse. Er streckt den Arm aus und hindert uns mit einem kurzen Grunzlaut am Eintreten.

»Keine Schwerter erlaubt«, knurrt er und wirft Makri einen viel sagenden Blick zu. »Und Orgks auch nicht.«

Makri antwortet auf ihre eigene, unnachahmliche Weise. Sie zögert keine Sekunde, holt aus und schlägt den Kerl mit einem gezielten Hieb auf das Kinn zu Boden.

Ich starre sie böse an. »Hätten wir das nicht wenigstens zuerst ausdiskutieren können?«

»Was gibt es denn da zu diskutieren? Er hat mich beleidigt!«

Stimmt auch wieder. Aber ich wollte so gern ein Bier.

»Wir finden schon noch eine andere Taverne«, beschwichtigt mich Makri.

Der Wächter liegt bewusstlos vor der Tür. Ich spiele mit dem Gedanken, den Körper wegzuzerren und einfach auf ein schnelles Bierchen in die Taverne zu gehen, entscheide mich jedoch dagegen. Es würde nur Ärger geben, wenn er aufwacht, solange ich noch am Tresen stehe.

Wir trotten weiter durch die heiße Nacht.

»Ich finde wirklich, du solltest an deinem Jähzorn arbeiten, Makri.«

»Ich fange morgen damit an. Aber das war doch ein erstklassiger Schwinger, oder?«

Makri hat wieder gute Laune und sieht nicht mehr so mürrisch aus wie eine niojanische Hure, was sie eindeutig getan hat, seit diese Mönche sie getreten hatten. Deshalb hat sie vermutlich auch den Türsteher niedergeschlagen. Sie war wohl einfach nur darauf erpicht, sich ein bisschen im Faustkampf zu üben, falls sie noch einmal den Mönchen begegnen sollte.

11. KAPITEL

Am nächsten Tag schlafe ich lange und wache mit schmerzenden Gliedern und einem mörderischen Brummschädel auf. Ich wuchte mich aus dem Bett und marschiere geradewegs zu meinem bescheidenen Vorrat von Lebatrana-Blättern. Die stammen von den Elfeninseln und helfen sehr wirkungsvoll gegen einen Kater. Ich habe sie von einem Elf ... erworben, der mich vor einigen Monaten engagiert hatte. Wie sich herausstellte, war er ein hinterhältiger Verbrecher und fand auch den verdienten Tod, aber wenigstens hat er etwas Nützliches hinterlassen.

Marihana, die Meuchelmörderin, hat ihn und seinen Kumpan umgebracht, und dieser Gedanke weckt eine Erinnerung. Diese kleine dunkle Gestalt, die ich gestern Abend im Garten gesehen habe, hat mich tatsächlich stark an Marihana erinnert. Es fehlt mir gerade noch, dass sich auch noch die Meuchelmördergenossenschaft in den Fall einmischt!

Das Lebatrana-Blatt wirkt sehr schnell. In dem Maß, in dem der Kater verschwindet, spüre ich, dass ich am ganzen Körper steif bin. Es war ein langer Nachhauseweg gestern Abend, der nur von einem ausgedehnten Aufenthalt in einer Kaschemme in Kushni unterbrochen wurde. Dort hatte Makri keinerlei Probleme hineinzukommen. Diese Kaschemme war derartig mies, dass sie wahrscheinlich nicht einmal den Orgk-König abgewiesen hätten, wenn er nur ein paar Gurans in der Tasche gehabt hätte. Kushni ist ein Viertel mitten in der Stadt. Es wird von Verbrechen heimgesucht und ist eine von Boah verseuchte Ansammlung von miesen Kaschemmen, Bordellen und Spielhöllen, um die sich die Bruderschaft und der Freundeskreis streiten und in dem sich sämtliche Nichtsnutze von Turai ein Stelldichein geben. Ich komme aufgrund meiner Arbeit oft hierher. Makri hat nicht viel Zeit für gesellschaftliche Vergnügungen und ist dementsprechend nicht so daran gewöhnt. Vermutlich hat sie die Stärke des Alkohols, der hier serviert wird, ein wenig überrascht. Sie behauptet zwar, dass sie nicht betrunken gewesen sei, aber ich schwöre, dass sie eine Viertelstunde gebraucht hat, um die Außentreppe hinaufzukommen, und vermutlich hätte sie es nicht einmal dann geschafft, wenn ich sie nicht den letzten Absatz getragen hätte.

Also bin ich etwas versöhnt, als Makri etwa gegen Mittag in mein Zimmer kriecht und um ein Lebatrana-Blatt bettelt. Sie trägt eine alte Decke und sieht aus, als hätte sie einen schlimmen Anfall von Pest. Es macht mir nichts aus, dass Makri die Nummer eins ist, wenn es ums Kämpfen geht, und dass sie bei ihrem Studium der Philosophie und der Rhetorik so schlau wie ein Elf sein kann. Aber ich hätte es nur schlecht verdaut, wenn sie mir auch noch im Trinken überlegen gewesen wäre.

Ihre Hand zittert, als sie einen Becher mit Wasser an die Lippen führt.

»Du siehst genauso grün aus wie das Blatt«, bemerke ich liebenswürdig. »Ich habe dir doch gesagt, dass dieser Berg-Kleeh zu stark für dich ist. Man braucht schon so einen starken Magen wie ich, wenn man dieses Gesöff herunterkippen will.«

»Aus was wird das hergestellt?«, krächzt Makri.

»Oh, aus Beeren, Wurzeln, Getreide … Wer weiß? Oben in den Bergen destillieren sie so ziemlich alles, was ihnen gerade in die Hände fällt.«

Sie schüttelt sich. »Fühlst du dich denn nicht auch schlecht?«

»Natürlich nicht. Es braucht schon mehr als zwei Flaschen Berg-Kleeh, um irgendeine Wirkung bei mir zu zeigen. Ich war frisch und munter bei den Morgengebeten dabei.«

»Quatsch!« Makri zuckt zusammen, weil es sie anstrengt, zu sprechen. »Du warst einfach nur zuerst bei den Lebatrana-Blättern!«

Makri spült ihr Blatt mit einigen Schwierigkeiten herunter und lässt sich dann auf die Couch sinken. Sie legt den Arm über ihre Augen.

»Ich glaube nicht, dass ich es heute Morgen zur Theologievorlesung schaffe.«

Ich räume den Müll von meinem Tisch. Makri nimmt den Arm von den Augen und sieht mich gereizt an.

»Hör auf herumzuwühlen. Ich weiß, dass du mir nur zeigen willst, dass Trinken dir nichts ausmacht. Ich werde Dandelion umbringen!«

»Was?«

»Ich werde sie umbringen. Sobald ich mich wieder besser fühle, werde ich sie mit meiner Orgk-Klinge zu Tunfischhappen verarbeiten!«

Anscheinend hat Dandelion wieder angefangen, von den Delfinen zu schwadronieren. Makri hat zwar normalerweise Mitgefühl, aber in ihrem geschwächten Zustand fand sie es wohl schwer zu ertragen.

»Obwohl ich den Heilstein jetzt gut gebrauchen könnte. Ich werde nie wieder in Kushni trinken.«

Sie verfällt in Schweigen und wartet darauf, dass das Lebatrana-Blatt seine Wirkung tut. Trotz der morgendlichen Hitze hüllt sie sich kläglich in ihre Decke und sieht weiterhin grün aus. Die arme Makri. Ich erinnere sie lieber nicht daran, dass sie wirklich auf dem Schoß eines jungen Boah-Händlers gesessen und versucht hat, ihn zu küssen, bevor sie aus der Taverne geworfen wurde. Das heb ich mir für nachher auf, wenn sie wieder etwas kräftiger ist.

Unten sind Gurdh und Tanrose schon bei der Arbeit. Ich verschaffe mir einen Überblick über Tanroses Menü und stelle mir das Nötige für ein herzhaftes Frühstück zusammen. Ich wähle Fisch. Tanrose kocht sehr guten Fisch. Mir fällt auf, dass Gurdh sich bei meiner Bestellung leicht versteift. Fisch bereitet ihm immer schlechte Laune. Tranox, der örtliche Fischhändler, ein ziemlich wohlhabender Mann, jedenfalls nach dem Maßstab dieses Viertels, hat seit einer Weile ein Auge auf Tanrose geworfen und macht ihr immer ein gutes Angebot, wenn sie bei ihm einkauft. Das macht Gurdh eifersüchtig. Der arme alte Barbar. Obwohl er den größten Teil seines Lebens in der Weltgeschichte herumgegondelt ist und seine Dienste allen angeboten hat, die ihn bezahlen wollten, hat er das Wesen einer Liebesbeziehung immer noch nicht kapiert. Er ist völlig vernarrt in Tanrose, und zwar unheilbar. Sie hat nicht das Geringste dagegen, aber unglücklicherweise bringt Gurdh es nicht über sich, auch nur einen winzigen ersten Schritt zu tun. Er ist einfach zu sehr an sein Junggesellendasein gewöhnt. Gleichzeitig leidet er jedoch wie ein Hund, wenn der Fischhändler herüberkommt und Tanrose gewaltige Rabatte einräumt.

Als ich mein Frühstück beendet habe, ist Makri auch unten. Ihr Blick ist klar, und sie fühlt sich pudelwohl.

»Diese Blätter vom Lebatrana-Baum haben wirklich wundersame Kräfte«, erklärt sie. »Wie viele hast du davon?«

»Nicht viele. Und in Turai kann man sie so gut wie gar nicht bekommen. Wenn ich das nächste Mal einen Elfen als Klienten habe, lasse ich mir wieder einige als Bezahlung geben.«

Makri weist mich darauf hin, dass die Blätter eigentlich keine Bezahlung von meinem letzten Elfenklienten waren.

»Du hast sie dir einfach genommen, als wir ihn tot vorgefunden haben.«

»Das ist so ziemlich dasselbe.«

»Ich habe nur noch nebulöse Erinnerungen an unser gestriges Abenteuer. Haben wir tatsächlich Sarin getroffen, oder bilde ich mir das nur ein?«

»Wir haben sie getroffen. Und sie hat einige Mönche mit ihrer Armbrust erledigt. Ich habe schon versucht, mir einen Reim darauf zu machen, wie das alles zusammenhängt. Sie steht offensichtlich auf der Seite des Sternentempels. Ich vermute, dass sie einmal unter der Anleitung von Vexial ausgebildet wurde. Ob sie wohl Rodinaax getötet hat? Es wäre nur schwer zu beweisen, weil sie normalerweise zu raffiniert ist, um irgendwelches Beweismaterial zurückzulassen. Gesox wird heute vor Gericht gestellt. Und ich habe endlich die Erlaubnis bekommen, ihn zu sehen – was auch immer das noch bringen soll.«

»Wie kommt das?«

»Vizekonsul Zitzerius ist endlich wieder in der Stadt. Er hat es für mich arrangiert.«

Ich habe Zitzerius' Sohn vor einigen Monaten aus einer höchst misslichen Lage herausgeholfen.

»Das war wirklich mal ein guter Zug«, meint Makri anerkennend. »Er ist der erste Freund in einer einflussreichen Position, den du seit langer Zeit gewinnen konntest.«

»Das stimmt. Allerdings würde ich ihn nicht zu meinen Freunden zählen. Zitzerius ist viel zu streng, um wirklich Freunde zu haben. Außerdem hat er sicher nicht vergessen, dass ich ihn beleidigt habe, als ich betrunken war. Aber wenigstens hat er dafür gesorgt, dass meine Rechte respektiert werden, wenn es um Gerichtsangelegenheiten geht. Und Gesox braucht sicher Hilfe, ganz gleich von wem. Man hat ihm einen öffentlich bestellten Rechtsbeistand aufs Auge gedrückt. Das heißt, wenn ich nicht bald etwas Entlastendes finde, können sie ihn genauso gut gleich aufknüpfen.«

Makri geht nach draußen und befreit sich von etwas Fisch. Ich bestelle ein Mittagsbierchen und überdenke die Lage. Was zwischen den Mönchen vorgeht, kann ich nicht genau interpretieren. Offenbar war der Ehrwürdige Heretius nicht ganz ehrlich zu mir. Zum Beispiel hat er vergessen zu erwähnen, dass seine Anhänger Vexial den Sehenden tödlich verletzt haben. Was bedeutet das für mich? Ich habe immer noch die Tasche mit der Statue drin. Heretius hat mich engagiert, damit ich sie finde. Vielleicht ist es gar nicht so wichtig, wer wem was angetan hat, soweit es die Mönche angeht. Ich glaube, ich kassiere das Honorar in diesem Fall sowieso.

Aber meine Begegnung mit Sarin bereitet mir echten Kummer. Sie ist zweifellos eine gefährliche Frau. Falls Vexial stirbt, dürfte sich der Sternentempel auflösen und seine Anhänger zum Wolkentempel überlaufen. Wenn das jedoch nicht passiert und die roten Mönche kommen und weiter nach der Statue suchen, muss ich mich auch noch mit Sarin herumschlagen. Außerdem dürfen wir Thalius Scheelauge nicht vergessen. Wer hat ihn umgebracht? Er starb an einem Armbrustbolzen, was Sarin natürlich zur Königin der Verdächtigen macht. Aber es ist trotzdem nicht ausgeschlossen, dass jemand versucht, mit einem Trick seine Spuren zu verwischen.

»Ich habe den Kreis der Verdächtigen für den Mord an Rodinaax ziemlich eingeengt. Und zwar auf die Mönche des Sternentempels, die des Wolkentempels, auf seine Witwe Lolitia, auf Sarin die Gnadenlose und auf die Hausdiener. Macht alles in allem etwa hundert Personen. Wenn ich dafür sorgen kann, dass Gesox die nächsten ein, zwei Jahre nicht gehenkt wird, könnte ich den Kreis sogar auf eine einstellige Zahl reduzieren.«

Cimdy und Bertax waren schon früh mit ihrer Mandoline und ihrer Flöte unterwegs. Sie sehen, wie stets, ungewöhnlich aus. Sie tragen nicht nur die merkwürdigste Kollektion von bunten und zerfetzten Klamotten, die man in Turai je zu Gesicht bekommen hat, sondern auch ihr Haar spottet praktisch jeder Beschreibung. Sie tragen es lang und dicht und färben es mit Lebensmittelfarben und Kräutern in schrillen Farbtönen, die eigentlich nicht auf den Kopf irgendeines Lebewesens gehören. Und was die ganze Sache noch schlimmer macht: Offenbar haben sie auch mit ihren Piercings beträchtliche Fortschritte gemacht. Viele Leute in Turai haben durchbohrte Ohren. In manchen Kreisen gilt das sogar als Zeichen für die gehobene gesellschaftliche Stellung der Verstümmelten. Aber die jungen Cimdy und Bertax haben sich aus unerfindlichen Gründen sogar Ringe durch Nase und Lippen gezogen. Und am schockierendsten ist, dass sie auch in ihren Augenbrauen Ringe tragen. Diese Art von Körperschmuck hat man in von

Menschen besiedelten Gebieten noch nie gesehen, und vermutlich wäre sie selbst für ein orgkisches Hurenhaus zu bizarr. Vielleicht ist es Straßenmusikanten gestattet, ein wenig ... exzentrisch zu sein. Da Makri in einer orgkischen Gladiatorengrube aufgewachsen ist, mangelt es ihr natürlich an jeglichem Gespür fürs Schickliche. Sie hat die beiden vor einigen Monaten gebeten, ihr ebenfalls die Nase zu durchbohren. Ein absolut widerliches Verhalten, wie ich ihr sofort zu verstehen gegeben habe, und wohl auch kaum das Benehmen, das sie an den Tag legen sollte, wenn sie jemals die Kaiserliche Universität besuchen will. Selbst wenn die Universität auch so schon genug Gründe hat, sie nicht aufzunehmen, ist das kein Argument, ihr noch ein weiteres zu liefern. Aber Makri gefällt der Ring in ihrer Nase, und sie glaubt, dass es der Universität schon gelingen wird, sich daran zu gewöhnen.

Die jungen Musiker setzen sich müde an einen Tisch.

»Draußen steht ein Zauberer«, erklärt Cimdy.

»Und was macht er?«

»Er sieht verwirrt aus.«

»Und er steht mit dem neuen Bruderschaftsunterhäuptling zusammen«, fügt Bertax hinzu. »Diesem Donax.«

Das sind schlechte Nachrichten. Ich gehe zur Tür und werfe einen Blick hinaus. Der Zauberer ist jung, und obwohl sein Regenbogenumhang ihn als voll qualifizierten Zauberer ausweist, erkenne ich ihn nicht. Wahrscheinlich ist er noch nicht so lange qualifiziert. Neben ihm stehen Donax, Conax und einige andere Brüder der Bruderschaft. Sie alle blicken den Zauberer gespannt an.

Donax bemerkt mich und kommt über die staubige Straße auf mich zu.

Ich grüße ihn höflich. Er bedenkt mich mit einem eisigen Blick.

»Wir suchen nach Matahari.«

»Wer?«

»Die Hure, die den *Keilerschädel* niedergebrannt hat.«

»Vermutlich hat sie die Stadt längst verlassen.«

»Laut Zippius Feuerzähmer hat sie das nicht getan. Er vermutet, dass sie noch irgendwo hier in der Nähe ist.«

Ich betrachte den jungen Zauberer.

»Zippius Feuerzähmer? Er ist neu im Geschäft, richtig? Offenbar hat er sich erst kürzlich qualifiziert. Du weißt doch, Donax, dass man einem so jungen Zauberer nicht trauen kann. Er kommt frisch vom Zauberkollegium und glaubt, dass er alles weiß, aber es dauert eine Weile, bis man sich auf eine Stadt wie Turai eingestimmt hat. Er ist zwar Mataharis Aura bis hierher gefolgt, aber was soll's? Jeder weiß, dass sie hier irgendwo gewesen ist. Wenn alle über jemanden reden, dann kann das eine falsche Aura schaffen. Es genügt jedenfalls, um einen jungen Mann zu verwirren, der gerade erst in seinem Beruf angefangen hat. Matahari ist bestimmt schon lange weg. Wenn du sie aufspüren willst, dann solltest du einen erfahreneren Mann engagieren. Oder eine Frau. Lisutaris, die Herrin des Himmels, ist sehr gut, habe ich gehört.«

Donax hat überhaupt keine Lust auf ein Schwätzchen. Er sieht mich eher kühl an und teilt mir mit, dass die Bruderschaft meine Anwesenheit in diesem Viertel nur dulde, solange ich ihr nicht in die Quere gerate. Und wenn er herausfindet, dass ich etwas mit dem Verschwinden von Matahari zu tun habe, dann komme er über mich wie ein Böser Bann.

»In dem Fall solltest du lieber dafür sorgen, dass dich eine andere Stadt aufnimmt, und schnellstens dorthin verschwinden.«

»Ich werde es mir merken. Vielleicht kann mir Vizekonsul Zitzerius ja einen guten Tipp geben.« Übersetzt heißt das: He, Don Vito, ich hab auch ein paar einflussreiche Freunde in der Stadt!

»Schön. Vielleicht solltest du ihn lieber gleich fragen«, antwortet Donax. Übersetzt heißt das: He, Qualle, mich jagst du nicht ins Boxhorn!

Der junge Zippius Feuerzähmer steht immer noch auf der

Straße und wirkt verwirrt. Seine Kräfte haben ihn zwar bis hierher geführt, aber der verbesserte Verstörungszauber des listigen alten Astral Trippelmond hindert ihn daran, Matahari aufzuspüren. Donax geht zu ihm und redet kurz auf ihn ein. Er ist zu wichtig, um seine Zeit im Quintessenzweg zu vertrödeln, also verschwindet er, nachdem er seinen Männern befohlen hat, die Suche fortzusetzen. Conax wirft mir finstere Blicke zu. Er ist so groß, so gewalttätig und so blöd wie ein Orgk. Am liebsten wäre es ihm, Donax würde ihm befehlen, mich aus der Stadt zu treiben. Soll er es doch versuchen! Ich erwidere seinen finsteren Blick, bevor ich die Tür schließe und zu Makri zurückkehre.

»Wir müssen etwas in Sachen Matahari unternehmen. Die Bruderschaft rückt uns langsam auf die Pelle. Astral hat zwar ihren Zauberer neutralisiert, aber wenn die Zivilgarde den Alten Hasius Brillantinius herbeischafft, sind wir erledigt.«

»Und sie beobachten die *Rächende Axt* immer noch jede Nacht?«

Ich nicke. »Aber wir können Matahari vielleicht trotzdem irgendwie fortschaffen. Vielleicht kann Astral für uns ja einen Unsichtbarkeitszauber spinnen. Allerdings ist das eine ziemlich große Bitte. Astral hat schließlich noch andere Dinge zu erledigen. Wir können nicht von ihm erwarten, dass er Himmel, Hölle und die drei Monde in Bewegung setzt, um einer jungen Frau zu helfen, die er nicht einmal kennt. Vor allem dann nicht, wenn er damit Ärger mit der Bruderschaft riskiert.«

»Wenn wir sie heimlich wegschaffen«, fragt Makri, »wird sie dann immer noch von dem Verstörungszauber beschützt?«

»Nein.«

»Dann geht das nicht.«

»Was soll das heißen: ›Es geht nicht!‹?«, protestiere ich wütend. »Sie kann schließlich nicht für immer hier bleiben!«

»Wir können sie doch nicht einfach der Bruderschaft ausliefern.«

Vermutlich hat sie Recht. Es ist nicht so, dass Matahari mir plötzlich ans Herz gewachsen wäre ... Soweit ich sie kenne, ist sie eine eher kontaktscheue junge Frau. Aber es ginge mir gegen den Strich, irgendjemanden oder irgendetwas an Donax auszuliefern. Da mir nicht mehr viel zu sagen einfällt, flüchte ich mich in einige derbe Beschimpfungen darüber, dass Makri mich in eine solche ausweglose Lage manövriert hat.

Da bemerke ich, dass Bertax über seinem Essensteller eingeschlafen ist. Das Leben als Straßenmusiker ist alles andere als einfach. Außerdem fällt mir auf, dass Cimdy wütender ist als ein Troll mit Zahnschmerzen. Das kann eigentlich nur eines bedeuten: Bertax hatte ihr versprochen, vom Boah wegzukommen, wenn ich mich richtig erinnere. Und das ist eine sehr schwierige Angelegenheit. Ich schnappe mir ein Bierchen und nehme es mit nach oben. Dort lege ich mich auf die Couch, denke über Mönche und Statuen nach und döse langsam ein.

Ein leises Klopfen an der Tür weckt mich auf.

»Wer ist da?«

»Bibendis!«

Ich habe mich schon gefragt, wohin sie wohl abgetaucht sein mochte.

Ich gehe zur Tür und mache sie auf.

Bibendis ist da. Zusammen mit Sarin der Gnadenlosen. Die hat ein Messer dabei, und das hält sie Bibendis dekorativ an den schlanken Hals, während sie das Mädchen durch die Tür hereinschiebt.

»Du hättest einfach anklopfen können.«

»Ich konnte den Gedanken nicht ertragen, von dir schnöde abgewiesen zu werden«, antwortet Sarin, das Messer immer noch in der Hand.

Sarin die Gnadenlose ist eine große Frau mit ungewöhnlich kurzem Haar. Ihr ganzes Erscheinungsbild wirkt streng, bis auf die vielen Gold- und Silberreifen in ihren Ohren. Sie trägt ein Männerwams. Ihre Augen sind genauso schwarz wie Makris, allerdings funkeln sie längst nicht so freundlich. Sie starrt mich an, als überlege sie, ob sie mich auf der Stelle abstechen soll. Ich lege meine Hand auf den Schwertgriff, nur für den Fall.

»Ich suche nach einer Statue«, erklärt sie.

»Das ist im Augenblick ein ziemlich beliebter Zeitvertreib.«

»Also? Wo ist sie?«

»Keine Ahnung. Vermutlich redest du von der Statue, die verschwunden ist, als Rodinaax ermordet worden ist? Keiner weiß, wo die ist.«

»Ich denke, du weißt es.«

»Falsch gedacht.«

»Ich weiß, dass man dich angeworben hat, sie zu suchen.«

»Jetzt überraschst du mich wirklich, Sarin. Wie kommst du darauf, dass ich darüber mit dir rede?«

»Ich bringe dich um, wenn du es nicht tust.«

Sarin die Gnadenlose hat sich noch nie dadurch hervorgetan, dass sie unnötig raffinierte Pläne ausheckt.

»Du willst sie für den Sternentempel?«

»Richtig.«

Ich weise sie darauf hin, dass Vexial der Sehende schon sehr bald tot sein wird.

»Ich glaube, er wird überleben. Und selbst wenn nicht, werde ich seinen Anhängern helfen.«

Ich frage sie nach dem Grund. Und sie bestätigt meinen Verdacht. Sie hat von Vexial alles über Kampf und Meditation gelernt, also schuldet sie ihm Loyalität. Das hat nur einen kleinen Schönheitsfehler: Sarin die Gnadenlose empfindet nur einer einzigen Person gegenüber so etwas wie Loyalität: sich selbst.

»Hast du Rodinaax getötet?«

»Ich bin nicht hier, um deine Fragen zu beantworten. Ich will die Statue.«

»Die Statue wiegt zwei Tonnen. Wo sollte ich die verstecken?«

Ich beobachte genau ihr Gesicht, weil ich herausfinden will, ob sie von dem magischen Beutel weiß. Aber Sarin ist so eiskalt wie das Herz eines Orgks, und ihre Miene ist beinah unmöglich zu deuten.

»Habt Ihr meinen Vater umgebracht?«, platzt es aus Bibendis heraus.

»Und wer soll das gewesen sein?«

»Thalius Scheelauge.«

»Nein. Und fall mir nicht noch einmal ins Wort.«

Sarin widmet mir jetzt ihre ungeteilte Aufmerksamkeit. »Ich will diese Statue, ansonsten bringe ich dich um.«

»Danke für die Warnung. Ich verbringe liebend gern Zeit mit billigen Killern. Mit solchen, wie du einer bist. Mit der Armbrust um Ecken herumzuschleichen! Ich würde dich auf der Stelle einlochen lassen, wenn eine Belohnung auf deinen Kopf ausgesetzt wäre. Und jetzt verschwinde.«

Sarin wird wegen meiner Beleidigungen nicht einmal wütend. Sie verschwindet tatsächlich. Ich kümmere mich um Bibendis, die von der ganzen Sache reichlich mitgenommen scheint.

»Das könnte sehr gut die Frau gewesen sein, die Euren Vater ermordet hat und die keinen Wimpernschlag zögern würde, Euch ebenfalls aus dem Weg zu räumen. Also geht nicht mehr allein in irgendwelche Kaschemmen, sondern geht nach Hause!«

»Ich will nicht nach Hause gehen«, antwortet sie kläglich.

»Dann geht nach unten, und betrinkt Euch.«

Das lässt sich Bibendis nicht zweimal sagen. Ich nehme derweil den Beutel aus der Tasche und betrachte ihn. In diesem Beutel befindet sich eine gewaltige Statue, hinter der mittlerweile zahlreiche Leute her sind. Viel zu viele und viel zu eifrig, könnte man meinen. Also wirklich, wie faszinierend kann eine solche Statue schon sein? Es fällt mir immer schwerer, zu glauben, dass die Klöster sie wirklich nur für ihre religiösen Zeremonien brauchen. Es muss doch einfachere Möglichkeiten geben, an eine Statue zu kommen, selbst so kurzfristig. Warum sind dann alle so wild darauf, sie zu finden? Es ist schließlich nur ein Klumpen Bronze. Bronze ist zwar einigermaßen wertvoll, aber nicht so wertvoll, dass man dafür massenweise Leute töten würde. Allein die Zeit, die man braucht, um die Statue einzuschmelzen und abzutransportieren, wäre die ganze Mühe nicht wert.

Nachdem ich all diese verschiedenen Punkte überdacht habe, werde ich allmählich sehr misstrauisch, was dieses merkwürdige Reiterstandbild angeht.

12. KAPITEL

Du willst was tun?«

»Ich will die Statue zertrümmern. Bring mir einfach einen Vorschlaghammer!«

Makri macht sich Sorgen. »Ich weiß, dass du genervt bist. Aber es ist nicht nötig, deine Aggressionen an der Statue auszulassen. Manchmal hilft es schon, über seine Gefühle zu sprechen.«

»Ich lasse nichts an der Statue aus. Ich will nur herausfinden, was drin ist.«

»Ist sie denn nicht hohl?«

»Schon möglich. Aber allmählich regen sich da so meine Zweifel. Gut, es ist ein schönes Kunstwerk. Sicher, ein ganzes Kloster voller Kampfmönche braucht diese Statue, sonst können sie sich im Kloster nebenan nicht mehr sehen lassen. Und die Dreifach-Mond-Konjunktion steht auch vor der Tür. Aber warum ausgerechnet diese Statue? Die Wahre Kirche braucht niemanden, der ihre Zeremonien vor einer besonders schönen Statue beobachtet. Im Gegenteil. Sie sagen ganz ausdrücklich, dass Gläubige vor praktisch jeder alten Verkörperung der Heiligen beten können, weshalb die ärmsten Gläubigen die Dreifach-Mond-Konjunktion auch vor billigen Gipsstatuen feiern. Du kannst sie als Dutzendware auf dem Markt kaufen. Man sollte nicht glauben, dass ausgerechnet Kampfmönche, die für ihre asketische Strenge berühmt sind, unbedingt eine superschicke Statue von Turais angesagtestem Bildhauer benötigen.

Das ergibt keinen Sinn. Und was Sarin die Gnadenlose angeht: Sie sagt, sie will die Statue für den Sternentempel aus Zuneigung zu Vexial dem Sehenden haben. Wenn du das glaubst, dann kann man dir jeden Bären aufbinden. Die Frau empfindet so viel Zuneigung wie eine Paradies-Schlange.«

»Ich habe einmal mit bloßen Händen gegen eine Paradies-Schlange in der Arena gekämpft.«

»Makri! Kannst du endlich aufhören, jedes Mal in sentimentale Erinnerungen zu verfallen, wenn ich irgendeine wilde Spezies erwähne?«

»'tschuldigung.«

Je länger ich darüber nachdenke, desto mehr bin ich davon überzeugt, dass es sich hier nicht um eine gewöhnliche Statue handelt. Ich bin wild entschlossen, einen genaueren Blick darauf zu werfen. Beziehungsweise hinein. Und wenn ich das tue, breche ich erneut das Gesetz, denn es ist Häresie, sich in irgendeiner Weise an einer Statue von Sankt Quaxinius zu vergehen. Wenn die Wahre Kirche wüsste, dass ich vorhabe, dem guten Heiligen mit einem Vorschlaghammer auf den Bronzepelz zu rücken, würden sie mich flugs vor das religiöse Femegericht schleppen und mich umgehend auf eine Strafgaleere verfrachten.

»Wir dürfen uns von niemandem dabei erwischen lassen, sonst stecken wir in Schwierigkeiten. Sorg dafür, dass Bibendis, Matahari und Dandelion verschwinden, und hol mir ein einigermaßen schweres Werkzeug.«

Bibendis, Matahari und Dandelion. Allein bei der Erwähnung der Namen dieser Drei-Einfaltigkeit bekomme ich eine Gänsehaut. Wie konnte es dazu kommen, dass ich für diese drei jungen Frauen den Herbergsvater spiele? Und müssen es ausgerechnet eine Alkoholikerin, eine Hure und eine Naturfetischistin sein? Manchmal weiß ich wirklich nicht, wie weit die Stadt noch herabsinken soll.

»Als ich noch jung war, wäre man eingesperrt worden, wenn man mit Blumen im Haar und nackten Füßen herumgerannt wäre«, brumme ich, während ich nach unten auf den Hof hinter die Kaschemme gehe.

Es gibt dort einen Schuppen, in dem Cimdy und Bertax ihr Pferd unterstellen. Hinter dem Schuppen steht ihr Wohnkarren. Bei dem Anblick schüttelt es mich. Normale Menschen haben einfache, weiß gestrichene Wohnkarren. Vielleicht hängen sie ein kleines Bild von Sankt Quaxinius in einem gelben Rahmen daran, damit es ihnen Glück bringt. Cimdys und Bertax' Wohnkiste ist in Farben bemalt, die einem die Augäpfel versengen. Allmählich gehen mir diese drei jungen Frauen oben in meinen Räumen und dieses nichtsnutzige Pärchen hier unten auf die Nerven. Ich habe für diese Leute Wüsten durchquert und Schlachten geschlagen. Man sollte annehmen, dass sie einem dafür ein bisschen Respekt entgegenbringen. Zum Beispiel, sich normal kleiden und sich um einen Beruf bemühen!

Ich schnappe mir einen schweren Hammer aus Gurdhs Werkzeugvorrat und gehe wieder nach oben. Ich bin genau in der richtigen Stimmung, um irgendetwas kurz und klein zu schlagen. Eine große Statue von Sankt Quaxinius auf einem Pferderücken kommt da genau richtig.

In meinem Zimmer ziehe ich vorsichtig die Öffnung des Beutels auseinander. Der Kopf der Statue taucht aus dem Magischen Raum auf. Ich muss sehr vorsichtig sein. Einerseits muss ich genug von der Statue enthüllen, damit ich es zerschlagen kann, andererseits darf ich nicht zu viel herausholen. Denn wenn sie ganz in meinem Zimmer auftaucht, könnte sie einfach durch den Boden brechen und die Hälfte der Zecher unten in der Kaschemme erschlagen.

Makri hat immer noch ihre Bedenken gegen die ganze Operation.

»Es ist eine schöne Statue«, meint sie. »Hast du nicht selbst gesagt, dass sie ein wichtiges Kunstwerk ist? Rodinaax war ein großartiger Bildhauer. Ich finde es nicht richtig, eines seiner Werke zu zerstören. Vor allem nicht, weil dies das letzte ist, das er vor seiner Ermordung geschaffen hat.«

Ich wische ihren Einspruch beiseite. Sie studiert nicht einmal fünf Monate an der Innungshochschule und hält sich schon für eine Kunstexpertin.

»Halt Abstand.«

»Du wirst dir den Arm brechen.«

Daran habe ich nicht gedacht. Aber ich werde jetzt nicht klein beigeben. Aber ich nehme Abstand von Sankt Quaxinius' Kopf und ziele auf den kaum sichtbaren Punkt unter seinem Kinn, wo die Bronzeplatten zusammengefügt wurden. Ich schlage kräftig zu und lege all mein Gewicht in den Hieb. Und das ist eigentlich genug Gewicht.

Es ertönt ein gewaltiger Gong. Und es bleibt eine kleine Delle zurück. Ich schlage erneut zu. Die Delle wird größer. Nach dem dritten Schlag fällt die Bronzeplatte einfach ab und landet mit lautem Klappern zu meinen Füßen. Und da starrt uns wie ein Englein aus dem Himmel ein wunderhübsches Gesicht an. Ein Gesicht aus purem Gold!

Ich breche in ein wahres Triumphgeheul aus. »Gold! Da drin ist GOLD! Dahinter sind alle her!«

Ich bin so fröhlich wie ein betrunkener Söldner, weil ich der Sache endlich auf den Grund gegangen bin. »Das muss das Gold sein, das letzte Woche auf dem Weg von den Minen zu den Schatztruhen des Königs abhanden gekommen ist. Und auf mich wartet jetzt die Mutter der Belohnungen!«

Vor mir befindet sich ein goldener Kopf. Darunter, immer noch in Bronze gehüllt, dürfte sich der goldene Körper verstecken. Ich bezweifle, dass sich jemals so viel Gold auf einmal in ZwölfSeen befunden hat. Es ist von so hohem Wert, dass ich es nicht einmal abschätzen kann. Und keine Menschenseele weiß, dass ich es habe.

Makri und ich betrachten es nachdenklich.

»So viel Gold werde ich nie mehr zu Gesicht bekommen«, erkläre ich melancholisch.

»Bestimmt nicht.«

»Der König hat schon schrecklich viel Gold.«

»Und sie graben die ganze Zeit immer mehr aus dem Boden.«

Ich seufze und ziehe den Rand des Beutels wieder über die Statue. Es ist zwar ein sehr verlockender Gedanke, aber irgendjemand würde es früher oder später herausfinden. Für das Leben eines Flüchtigen bin ich zu alt.

»Ich glaube, ich möchte Turai im Moment auch nicht verlassen«, sagt Makri. »Die Stadt stinkt, aber sie hat die beste Universität im Westen.«

Die Statue ist im Magischen Raum verschwunden. Und ich stecke den Beutel wieder in meine Tasche.

»Ich nehme an, du könntest ihr einen Finger abhacken, bevor du sie zurückgibst?«

»Auf keinen Fall.«

Obwohl das eigentlich gar keine so schlechte Idee ist. Ich weiß ja, wie sich die finanzielle Lage entwickeln wird. Natürlich bekomme ich jetzt eine fette, fette Belohnung. Der König ist stinksauer über den Verlust seines Goldes, und der Palast hat tausend Gurans Belohnung für Informationen ausgesetzt, die zu der Wiederbeschaffung des Edelmetalls führen. Ich könnte mit dem Beutel auf der Stelle zum Palast marschieren und das Geld einfordern. Aber ich arbeite immer noch daran, Gesox zu entlasten und Thalius' Mörder zu finden. Das heißt, ich brauche die Statue noch.

»Glaubst du, dass die Mönche vom Sternen- und vom Wolkentempel wussten, dass das Gold da drin ist?«

»Ja.«

»Wer hat es denn hineingetan?«

»Das weiß ich noch nicht. Wer es auch war: Die Mönche wollen es unbedingt haben. Und Sarin auch. Also können wir uns jetzt darauf vorbereiten, dass hier bald die Hölle los sein wird.«

Diese Aussicht behagt Makri sehr. Ich hätte im Augenblick auch nichts dagegen. Ich bin nämlich gerade sehr zufrieden mit mir, weil ich endlich einen Teil des Geheimnisses lösen konnte. Ich nehme ein Messer, wirble es in die Luft, fange es am Griff auf und schiebe es in einer einzigen fließenden Bewegung in die Scheide. Dann hole ich mein Zauberbuch aus dem Regal und präge mir den Schlafzauber ein.

»Wenn sie die Statue haben wollen, müssen sie kommen und sie mir wegnehmen. Ich werde ihnen schon zeigen, wer die Nummer eins hier in der Gegend ist.«

Ich nehme eine Flasche Kleeh vom Tisch. Sie ist leer. Ich scheine im Moment einen ziemlich hohen Durchfluss zu haben.

Also hole ich eine neue aus meinem geheimen Vorrat unter der Couch und teile ein paar Gläser mit Makri. Sie schüttelt sich, als ihr das Zeug brennend die Kehle hinunterrinnt.

»Du verführst mich zu schlechten Angewohnheiten.«

»Was für schlechte Angewohnheiten? Was ist denn eigentlich so toll daran, gegen eine Paradies-Schlange zu kämpfen? Ich habe viele Paradies-Schlangen umgebracht, als wir durch den Dschungel marschiert sind. So schrecklich sind sie nun auch wieder nicht.«

»In den Orgk-Ländern werden sie viel größer. Und ihr Gift ist dort auch tödlicher.«

»Sicher.«

Die Sonne brennt vom Himmel, und ich würde den Nachmittag nur zu gern schlafend auf der Couch verbringen, aber ich muss arbeiten. Als ich mein Schwert umschnalle und hinausgehe, erinnere ich mich an meinen Schwur, dass ich diesen Sommer nicht arbeiten wollte. So viel dazu. Ich werde einfach eine dicke Belohnung für die Wiederbeschaffung des verlorenen Goldes einsacken und den Herbst und den Winter damit verbringen, Gurdhs Tresen festzuhalten und mit jedem hergelaufenen Barbaren Kriegsgeschichten auszutauschen.

Ich bemerke, dass zwei Mitglieder der Bruderschaft in der Gegend herumlungern und immer noch nach Matahari suchen. Und dann sehe ich noch jemanden, einen Detektiv aus der Oberstadt. Vermutlich hat ihn das Gaststättengewerbe engagiert. Ich runzle die Stirn. Jetzt fehlt eigentlich nur noch Sarin, die aus einer Mauernische hervorspringt und anfängt, mich mit Armbrustbolzen zu beschießen.

Die Gerichtshöfe befinden sich in der Nähe des Geschäftsviertels Goldener Halbmond. Das ist ein sehr wichtiger Teil der Stadt, und das Hauptgericht selbst ist ein prunkvolles Gebäude mit dreißig Säulen an der Front und einer Säulenhalle aus glänzendem weißem Marmor. Es liegt an einem großen öffentlichen Platz mit einem Springbrunnen und Statuen von allen möglichen Heiligen und längst verstorbenen Königen. Das ganze Ding wurde zum Lobpreis der Stadt vor etwa hundert Jahren von König Fritzius Lackal errichtet. Er hat damals Mattesh besiegt und genug Beute heimgebracht, um einiges davon unters Volk zu bringen.

Ich war oft hier, als ich noch Hoher Ermittler im Palast war. Die Angestellten haben mich freundlich gegrüßt, und die Advokaten des Justizdomizils sind zu mir gekommen und haben mich nach dem neuesten Stand meiner Ermittlungen gefragt. Diese Zeiten sind lange vorbei. Wenn mich jetzt noch einer erkennt, bemüht er sich, es möglichst zu verbergen. Es hat keinen Sinn, höflich zu einem Mann zu sein, der sein gesellschaftliches Ansehen und seinen Rang verloren hat. Und man kann kaum mehr an Ansehen verlieren, als ich es getan habe, als ich wegen unmoralischen Fehlverhaltens unter Alkoholeinfluss des Palastes verwiesen wurde.

Schließlich bekomme ich Gesox zu sehen. Er ist in einer Zelle im Verlies, hockt auf einer kleinen Holzbank und sieht aus, als hätte er längere Zeit weder geschlafen noch gegessen.

»Wie war Euer erster Prozesstag?«

»Mies.«

»Wie ist Euer öffentlich bestellter Rechtsbeistand?«

»Er liest immer noch die Fakten über den Fall.«

Gesox ist blass und merklich dünner als an dem Tag, an dem sie ihn verhaftet haben. Ich merke, dass er die Hoffnung aufgegeben hat. Ich versuche, ihn zu beruhigen, und sage ihm, dass ich einige Erfolg versprechende Spuren verfolge und dergleichen Ausflüchte mehr.

»Ich glaube, dass ich den wirklichen Mörder bald überführen kann.«

»Meint Ihr, Ihr schafft es, bevor ich gehenkt werde?«

»Natürlich.«

Das ist eine ungeschminkte Lüge. Der Prozess wird vermutlich nicht mehr länger als zwei Tage dauern. Wird Gesox verurteilt, dürfte er kurz danach auch hingerichtet werden. Turais Justiz verschwendet keine Zeit, wenn sie jemanden einmal für schuldig befunden hat. Als vollwertiger Bürger von Turai hat Gesox zwar das Recht, ein Gnadengesuch beim König einzureichen, aber dem König beliebte es noch nie, die Öffentlichkeit vor den Kopf zu stoßen. Er würde damit nur Senator Lohdius neue Munition liefern. Lohdius hält nämlich mit Vorliebe flammende Reden darüber, dass das Verbrechen in Turai zurzeit so sehr grassiere wie noch nie zuvor.

Ich frage Gesox eine Stunde lang intensiv aus und erfahre so gut wie nichts. Was ihn betraf, war es ein ganz normaler Tag in der Werkstatt, bis er Rodinaax mit einem Messer im Rücken fand.

»Wann habt Ihr das Messer zum letzten Mal benutzt?«

Das weiß er nicht mehr genau, aber er hat es häufig bei der Arbeit gebraucht, also musste natürlich seine Aura darauf zu finden sein. Ich rate ihm, sich keine Sorgen zu machen.

»Es gibt viele Möglichkeiten, die Aura eines Menschen auf einem Messer zu fälschen. Ich gehe der Sache auf den Grund.«

Dann überlege ich laut, ob Lolitia ihren Ehemann getötet haben könnte, aber das hält Gesox für sehr unwahrscheinlich. Er weiß zwar, dass sie sich gelangweilt hat, aber sie hat Rodinaax nicht gehasst. Im Gegenteil. Sie war ihm sogar sehr dankbar, dass sie nicht mehr in ZwölfSeen leben musste.

»Wisst Ihr etwas über gestohlenes Gold?«

Er sieht mich ausdruckslos an. Ich weihe ihn nicht in alle Einzelheiten über die goldene Statue ein, aber ich lasse ihn wissen, dass Rodinaax irgendwie in die Sache mit dem Goldraub verwickelt gewesen sein muss.

Gesox streitet vehement ab, dass der Bildhauer an diesem

Verbrechen beteiligt gewesen sein könnte. Ich bin sicher, dass Rodinaax auf keinen Fall die Bronzestatue in seinem Atelier mit dem Gold hat ausgießen können, ohne dass sein Schüler etwas davon bemerkt hätte, also rate ich ihm, hier keine Schau aufzuführen.

»Rodinaax ist tot, also müsst Ihr ihn nicht verteidigen. Und viel Zeit bleibt Euch auch nicht mehr. Wenn ich herausfinde, wo Rodinaax das Gold herbekommen hat, führt mich das vielleicht schneller zu seinem Mörder. Also, wenn Ihr etwas wisst, solltet Ihr das jetzt schleunigst ausspucken.«

Der arme, dünne, blasse Gesox scheint jetzt vollkommen zusammenzubrechen. Er sinkt auf dem harten hölzernen Stuhl zusammen, vergräbt den Kopf in den Händen und starrt auf den kahlen Zellenboden.

»Ich wusste, dass er damit nicht durchkommen würde«, meint er seufzend. »Und jetzt ist er tot. Wenn Ihr ihn bloßstellt, bleibt nicht einmal sein Ruf von ihm übrig.«

»Ihr schätzt seinen Ruf höher als Euer eigenes Leben?«

Gesox denkt darüber nach. Schließlich entscheidet er sich doch für sein Leben, aber es war offensichtlich eine knappe Entscheidung. Er hat keine Kraft mehr zu kämpfen. Ich glaube, dass er sogar schon angefangen hat, die Schlinge des Henkers als Erlösung zu betrachten. Es gefällt mir gar nicht, wenn meine Klienten so werden.

»Es war seine Spielleidenschaft, mit der alles begonnen hat.«

»Spielleidenschaft?«

»Rodinaax hat auf alles Mögliche gewettet. Während der Wagenrennen hat er das Stadion Superbius so gut wie nie verlassen. Und außerdem hat er bei Rennen außerhalb der Stadt gewettet. Dadurch hat er sich überall hoch verschuldet und konnte kaum noch eine Lieferung Marmor bekommen.«

Rodinaax wird mir allmählich sympathisch. Klingt so, als wäre er für einen Künstler gar kein so übler Typ gewesen.

»Hat er getrunken?«

»Viel zu viel.«

Na so was! Da denkt man, dass die Künstler ein langweiliger Haufen seien, und dann entpuppen sie sich plötzlich als ganz in Ordnung.

»Er hat eine Hypothek auf das Haus aufgenommen und war kurz davor, es zu verlieren. Lolitia wusste von alldem nichts. Er wollte unbedingt verhindern, dass sie es herausbekam.« Er lacht bedauernd. »Nicht, dass sie sich sonderlich darum gekümmert hätte. Der arme Rodinaax war vollkommen verrückt nach ihr, aber sie hat ihm eher die kalte Schulter gezeigt. Vermutlich war sie mit jemand anderem zusammen, aber ich weiß nicht, um wen es sich handelt. Die Leute denken, ich sei ihr Liebhaber, aber das stimmt nicht.«

Also war Rodinaax schwer verschuldet und dem Suff verfallen und hatte verzweifelt einen Ausweg aus seiner misslichen Lage gesucht. Natürlich musste er dann mehr als nur interessiert gewesen sein, als plötzlich die Lösung all seiner Probleme in Gestalt eines Besuchers auftauchte. Dieser stellte ihm die höchst ungewöhnliche Bitte, eine große Ladung Gold in einer Statue zu verstecken. Und zwar in der neuen Statue von Sankt Quaxinius, um genau zu sein.

»Warum ausgerechnet Sankt Quaxinius?«

»Weil es Gotteslästerung bedeuten würde, sich an der Statue eines Heiligen zu vergehen. Selbst wenn die Zauberer aus dem Justizdomizil die ganze Stadt nach dem verschwundenen Gold absuchten, würden sie sich hüten, in einer Statue von Sankt Quaxinius nachzusehen. Das wäre Blasphemie.«

Wohl wahr. Auf die Idee war ich noch gar nicht gekommen. Zauberer haben selbst in ihren besten Zeiten eine eher durchwachsene Beziehung zur Wahren Kirche. Kein Zauberer würde den Zorn der Kirche riskieren, indem er in ihrer heiligsten Ikone herumpult.

»Der Plan sah vor, das Gold in der Statue zu lassen, wenn sie vor der Stadt im Schrein installiert wurde, und es später wieder zu entfernen, nachdem sich die Aufregung etwas gelegt hatte. Rodinaax bekam genug Geld, um seine Schulden zu bezahlen und sein Geschäft wieder anzukurbeln.«

»Wer steckt dahinter?«

Das weiß Gesox nicht. Er hat die Person, die mit Rodinaax verhandelte, niemals zu Gesicht bekommen. Rodinaax hat ihn offenbar erst eingeweiht, als es ihm nicht mehr möglich war, die ganze Angelegenheit vor seinem Schüler zu verheimlichen. Aber Gesox ist recht vage, was die Einzelheiten angeht. Er hat keine Ahnung, wer Rodinaax getötet haben könnte. Er scheint sowieso so gut wie gar nichts Genaueres zu wissen, und ich kann auch über die Mönche und über Sarin nichts Verwertbares aus ihm herauskitzeln.

»Wer wusste noch von der Goldbeute?«

»Niemand. Rodinaax hat mich schwören lassen, niemandem etwas zu verraten. Und ich habe meinen Schwur gehalten. Bis jetzt.«

»Habt Ihr denn gar keine Bedenken gehabt, Euch in eine solch gefährliche Sache verwickeln zu lassen? Selbst wenn Rodinaax nicht ermordet worden wäre, wärt Ihr als Helfershelfer wegen Diebstahls des Goldes unseres Königs im Gefängnis gelandet.«

»Was sollte ich denn tun? Sollte ich etwa meinen Lehrer und Mentor verpfeifen? Kein anderer Bildhauer hätte mich jemals aufgenommen, damit ich meine Studien beenden konnte. Außerdem hätte ich sowieso Ärger mit den Bonzen bekommen. Niemand hätte mir geglaubt, dass ich nicht mit drinsteckte. Außerdem war Rodinaax der beste Künstler der Stadt. Einer der besten überhaupt. Ich wollte nicht dafür verantwortlich sein, diesen Mann auf eine Strafgaleere zu schicken.«

Ein Wächter kommt herein und sagt mir, dass meine Zeit abgelaufen sei. Ich schiebe Gesox unauffällig einige Thazis-Rollen zu, bevor ich gehe. Vielleicht heitern ihn die ja ein bisschen auf. Ich kümmere mich um meine Klienten. Es ist natürlich illegal, aber was können sie einem Burschen schon groß antun, der sowieso bald am Galgen baumeln wird?

»Ich werde Euch im Handumdrehen hier herausholen«, verspreche ich Gesox im Gehen. Wenigstens kann ich damit die Wache beeindrucken. Ein kurzer Anflug von Depression überkommt mich. Seit ich die ärmliche Stube in ZwölfSeen gesehen habe, in der Gesox hauste, und erfahren habe, dass er weder Freunde noch Familie hat, versuche ich mein Mitleid für ihn zu unterdrücken. Aber wenn man ihn da sitzen sieht, wie er auf den letzten Gang zum Galgen wartet, ist das völlig unmöglich.

»Du siehst ja so missgelaunt aus wie eine niojanische Nutte«, ertönt plötzlich eine kräftige Stimme neben mir.

Es ist Hauptmann Rallig. Ich sehe ihn finster an und wische den elenden Ausdruck von meinem Gesicht. Ich werde Hauptmann Rallig nicht das Vergnügen bereiten, ihm einzugestehen, dass ich anfange, meine Klienten zu bedauern. Er sagt mir, er habe mich gesucht.

»Versuchst du immer noch, Gesox herauszupauken? Ist das nicht ein bisschen spät, hm?«

»Ich wäre schon weitergekommen, wenn mich Präfekt Tholius bislang nicht sehr geschickt daran gehindert hätte, meinen Klienten zu sehen.«

Der Hauptmann zuckt mit den Schultern. »Tholius hat sich noch nie lange mit den Feinheiten des Gesetzes aufgehalten. Er ist ein Narr. Genau genommen ist er so blöd wie ein Orgk. Aber das spielt in diesem Fall keine Rolle, denn Gesox ist schuldig, wie du wahrscheinlich weißt.«

»Es gibt keinen Beweis dafür, dass er es getan hat.«

»Keinen Beweis? Sein Messer steckte dem Toten im Rücken, und seine Aura war überall drauf.«

»Kommt schon, Rallig. Es gibt viele Möglichkeiten, so was zu fälschen.«

»O nein. Es gibt nur sehr wenige Möglichkeiten, das zu bewerkstelligen. Und sie alle erfordern ein Klasse-1A-Zauber-Diplom. Willst du wirklich behaupten, dass einer der hochrangigen Zauberer zu Rodinaax ins Atelier gegangen ist, um dort dem Bildhauer ein Messer in den Rücken zu rammen und anschließend den Mord dem Schüler in die Schuhe zu schieben? Das ist sehr unwahrscheinlich. Und außerdem ist es auch nicht passiert, denn der Alte Hasius Brillantinius sagt, dass in dem Atelier keinerlei Zauberei vonstatten gegangen sei. Und auf sein Urteil vertrau ich immer noch mehr als auf deines. Das Gericht übrigens auch.«

»Und welches Motiv sollte Gesox gehabt haben?«

»Vermutlich Lolitia. Er hat seinen Arbeitgeber umgebracht und wollte es sich dann mit dessen Frau gemütlich machen. Das ist zwar nicht sonderlich raffiniert, aber auch nicht gänzlich aus der Luft gegriffen. Ich möchte dich daran erinnern, dass du selbst einige solcher Fälle gelöst hast, bevor man dich aus dem Palast geworfen hat. Akzeptiere es, Thraxas: In diesem Fall hast du eine Niete gezogen. Wenn du mittlerweile schon zu solchen albernen Tricks greifen musst, wie mir zum Beispiel einzureden, dass zwei Straßenräuber, die dich angegriffen haben, auch Rodinaax getötet hätten, wird es Zeit, dass du deine Detektiv-Toga ausziehst. Aber ich wollte eigentlich gar nicht mit dir über deine Zukunft sprechen. Was ist eigentlich mit den Mönchen los, die im Augenblick die Stadt heimsuchen?«

»Mönche suchen die Stadt heim? Das ist mir noch gar nicht aufgefallen.«

»Natürlich nicht, Thraxas. Nur hast du zufällig einen von ihnen als Klienten. Den Ehrwürdigen Heretius. Du solltest lieber aufpassen, dass du dem Burschen nicht quer kommst. Er war vor vierzig Jahren der Faustkampf-Champion der Nord-Armee. Ich habe gehört, dass das Alter ihm nicht viel hat anhaben können. Wofür hat er dich engagiert?«

Hauptmann Rallig sollte eigentlich wissen, dass ich niemals mit Angehörigen der Zivilgarde über meine beruflichen Angelegenheiten plaudere.

»Er hat mich nicht engagiert. Er ist nur vorbeigekommen, um mit mir ein bisschen über das Prinzip der Konsubstanzialität zu räsonieren.«

»Und was zum Teufel ist das?«

»Eine höchst komplizierte religiöse Theorie, in der es um die genaue Natur der Gottheit geht.«

»Sehr komisch, Thraxas, wirklich, zum Brüllen. Hast du das auch diskutiert, als du deinen fetten Hintern neulich nachts über die Mauer dieser Villa in Thamlin gewuchtet hast? Nun sieh mich nicht so überrascht an! Du bist nicht schwer zu identifizieren. Genauso wenig wie Makri. Die Wachen, die dich gesehen haben, meinten anerkennend, dass du dich für einen so alten Fettsack noch recht geschmeidig bewegst. Worum ging es bei dem Kampf?«

»Tut mir Leid, Hauptmann. Ich weiß wirklich nicht, worum es da ging. Makri und ich waren nur privat unterwegs, und wir sind rein zufällig in diese Bodenturnübung geraten.«

»Das hört sich gar nicht gut an, Thraxas. Was die Mönche auch immer vorhaben, du steckst mitten drin. Du bist im Augenblick ganz schön beschäftigt, was? Der Ehrwürdige Heretius, Thalius' Tochter, und dann auch noch – Matahari.«

Ich wäre beinah zusammengezuckt, als der Hauptmann diesen Namen nennt, aber ich beherrsche mich. Es bestürzt mich, dass Rallig von Matahari weiß, aber ich hätte es eigentlich erwarten können. Er ist ein guter Mann und hat viele Kontakte. Aber die Erkenntnis, dass mich jemand mit Matahari in Verbindung bringt, beunruhigt mich sehr.

»Wenn du sie versteckst, Thraxas, dann schreist du förmlich nach Ärger. Sie hat eine Kaschemme niedergebrannt und einen Gastwirt getötet. Das bringt ihr mit Sicherheit einen Ausflug auf eine Strafgaleere ein. Aber sie wird es nicht mal bis zum Kai schaffen, wenn die Bruderschaft sie früher erwischt. Und du auch nicht. Was bekommst du dafür?«

Mir fällt keine schlagfertige Antwort ein, also halte ich den Mund.

»Wenn du weißt, wo sie ist, Thraxas, und dieses Wissen zurückhältst, dann solltest du dir das besser noch einmal überlegen. Sag es mir, und ich hole sie unauffällig ab.«

Schwache Erinnerungen an unseren gemeinsamen Kampf gegen die Niojaner und die Orgks scheinen sich in Rallig zu rühren. Denn er versucht tatsächlich, mir einen Gefallen zu tun und zu verhindern, dass ich auf die Abschussliste der Bruderschaft gerate. Auch wenn ich Matahari gern aus dem Weg hätte, würde ich natürlich niemals eine Freundin von Makri den Bütteln ausliefern. Ich schweige und mache Anstalten zu gehen.

»Ich glaube, du verhältst dich hierbei ziemlich unklug, Thraxas. Du hast dir schon viel zu viel vorgenommen. Diese Mönche reißen sich gegenseitig in Stücke. Aus welchem Grund auch immer du darin verwickelt bist, du wirst vermutlich auch unter die Räder geraten. Vor allem jetzt, nachdem Vexial wieder auf die Beine gekommen ist. Das ist wirklich ein verdammt gefährlicher Mann, dieser Vexial der Sehende.«

Ich glotze ihn erstaunt an. »Vexial der Sehende? Er ist wieder gesund? Vor ein paar Stunden stand er noch auf der Schwelle des Todes.«

»Schon möglich. Aber jetzt läuft er wieder quicklebendig herum. Ich habe ihn gesehen. Wir mussten ihn wegen des Kampfes in dem Garten verhören. Und ich weiß noch etwas, das ich einfach so an dich weitergebe: Er steht auf der Abschussliste der Meuchelmördergenossenschaft.«

»Woher wisst Ihr das?«

»Wir haben auch so unsere Quellen.«

»Wenn Ihr einen Spion in der Meuchelmördergenossenschaft habt, dann dürfte er sehr bald aus dem Verkehr gezogen werden. Hat man sie wirklich engagiert, um Vexial zu ermorden?«

»Ja. Ich würde mich aus der Sache heraushalten, wenn ich du wäre, Thraxas. Wenn du den finden willst, der Thalius Scheelauge umgebracht hat, dann wünsche ich dir viel Glück. Und das wünsche ich dir auch, wenn du etwas finden willst, um Gesox zu entlasten, obwohl der so schuldig ist wie ein Orgk im Hühnerstall. Aber vor den Mönchen solltest du dich hüten. Und wirf Matahari raus, bevor die Bruderschaft wirklich sauer wird oder das Justizdomizil einen ordentlichen Zauberer auf sie ansetzt.«

Ich verlasse die Gerichtshöfe mit einer Menge an Informationen, die ich erst mal verdauen muss. Vexial lebt. Das kann eigentlich nicht sein, aber es ist so. Und jetzt ist er offiziell zum Abschuss freigegeben. Aber wer hat die Meuchelmördergenossenschaft engagiert? Und warum? Verdammt sollen diese Mönche sein! Ich wünschte, ich hätte sie nie getroffen. Und Matahari verwünsche ich bei der Gelegenheit gleich mit. Wenn sie unbedingt eine Kaschemme niederbrennen musste, warum konnte sie nicht einfach anschließend auf ein Pferd steigen und die Stadt verlassen? Warum musste sie ausgerechnet in die *Rächende Axt* fliehen und mein Leben damit noch komplizierter machen, als es eh schon ist?

Ich wollte eigentlich Hauptmann Rallig fragen, ob er bei der Suche nach dem verschwundenen Gold schon weitergekommen sei. Das habe ich vergessen. Es ist zu heiß. Ich gehe in die nächste Kaschemme, schiebe mich durch einen Haufen von Schreibern und Advokaten und öffentlich bestellten Rechtsbeiständen der Gerichtshöfe zur Theke vor und bestelle mir ein Bier, um meinen Durst zu stillen. Und dann gleich noch eins, um meine Gedanken in Schwung zu bringen.

13. KAPITEL

Makri lässt sich auf meine Couch fallen. Der Schweiß rinnt ihr über die Schultern, und sie reibt sich die Haut, wo ihr Mini-Kettenhemd-Oberteil in der Hitze auf ihrer Haut scheuert.

»Blöde Klamotte!«, brummt sie.

Recht hat sie. In einem Kampf bietet das Oberteil so gut wie keinen Schutz. Dabei besitzt Makri eine exzellente leichte Leder-und-Ketten-Rüstung, die sie aus den Gladiatorengruben mitgebracht hat. Die Orgks sind äußerst geschickte Schmiede, und ihre Rüstungen sind mindestens so gut wie unsere. Vielleicht sogar so gut wie die der Elfen. Makris leichte Rüstung hält zwar die meisten Schwerter ab, aber sie verdreht einem nicht den Kopf. Und bringt einem auch kein Trinkgeld ein, deshalb trägt sie während der Arbeit diesen Mini-Kettendress. Das ist zwar ziemlich anstößig, denke ich, aber da Makri alle Männer in ZwölfSeen für Abschaum hält, bekümmert sie das letztendlich nicht. Allerdings ist sie wegen der Überbelegung ihres Zimmers langsam ein wenig bekümmert.

»Wirf doch Dandelion einfach hinaus«, rate ich ihr hoffnungsvoll.

»Nein. Ich sagte doch, dass sie bleiben könnte.«

»Wohnt sie denn nirgendwo?«

»Anscheinend nicht. Sie hat vorher am Strand geschlafen.«

»Na ja, da ist sie wenigstens in der Nähe ihrer Delfine.«

Makri will ihr Wort nicht zurücknehmen, also bleibt Dandelion erst einmal. Aber wenigstens räumt Makri ein, dass es anfängt, nervig zu werden. Dandelion will ihr unbedingt ein Horoskop erstellen, und Makri hat einfach keine Zeit für so etwas. Außerdem hat Dandelion irgendwelche parfümierten Kerzen angezündet, deren Wachs über Makris Axt gelaufen ist. Was für eine Frau, die ihrer Axt zärtlich zugetan ist, ziemlich ärgerlich ist.

»Warum tust du dir das an?«

»Weil ich sie irgendwie mag. Ich habe noch nie jemanden getroffen, der Bäume für genauso wichtig hält wie Menschen. Außerdem habe ich keine Freunde hier in der Stadt. Außer dir, denke ich mal. Es ist gut, auch mal mit jemand anderem reden zu können. Wenigstens ist sie zugänglicher als Matahari. Matahari sagt kein Wort. Man sollte eigentlich annehmen, dass sie freundlicher wäre, nachdem ich ihr das Leben gerettet habe.«

Ich äußere die Vermutung, dass Matahari vielleicht zu mitgenommen von ihrer Erfahrung als exotische Tänzerin ist, um noch freundlich zu irgendjemandem zu sein. Oder dass sie zu viel Angst vor der Bruderschaft hat, um große Lust auf Plaudereien zu verspüren.

»Vielleicht. Aber sie sitzt immer nur stumm da. Das ist etwas anstrengend. Wie kommt es eigentlich, dass ich auch noch Bibendis aufnehmen muss?«

»Ich glaube, dass sie einfach zu unglücklich darüber war, dass ihr Vater ermordet wurde, und deshalb keine Lust mehr hat, nach Hause zu gehen. Ich denke, dass man sich allein in einer großen Villa ziemlich einsam fühlen muss.«

»Könnte sie nicht hier schlafen?«

»Auf keinen Fall! Ich brauche die Couch unbedingt, falls ich es mal nicht bis in mein Schlafzimmer schaffe. Du bist einfach zu großherzig, Makri. Wenn du sie nicht um dich haben willst, wirf sie einfach hinaus. Schließlich will niemand sie umbringen!«

Makri knurrt nur. »Na ja, sie macht wenigstens keinen Ärger, sondern liegt nur den ganzen Tag betrunken herum.«

Es ist schon interessant, wie sie diese Gruppe von jungen Frauen um sich herumgeschart hat. Sie könnte bald ihre eigenen Treffen der Vereinigung der Frauenzimmer abhalten. Vorausgesetzt, die Bezeichnung Frauenzimmer passt auf diese

Küken. Aber wenn die Vereinigung sogar Makri aufgenommen hat, dann wird das schon in Ordnung gehen.

Makri sitzt bei mir, weil sie ihre Notizen für ihre nächste Vorlesung durchgehen will. Und in ihrem Zimmer ist es zu voll, sodass sie sich nicht konzentrieren kann.

»Was lernst du da?«

»Elfensprache.«

»Du sprichst doch schon Elfisch.«

»Nur die Umgangssprache. Ich lerne jetzt die Königliche Hochsprache.«

Ich bin nicht sicher, woher Makri eigentlich ihre Kenntnisse der Elfensprache bezogen hat. Sicher, sie ist zu einem Viertel Elf, aber ich vermute mal, dass ihr Elfenopa nicht bei ihr in den Gladiatorgruben gehockt und sie unterwiesen hat. Sie hat aber bisher nie ein Sterbenswörtchen über ihre Erziehung verlauten lassen, und ich habe auch niemals nachgehakt.

»Was ist das?« Sie bemerkt, dass ich ein Blatt Papyrus vor mir auf dem Schreibtisch liegen habe.

»Ich mache mir gerade eine Liste von allem, womit ich es zu tun habe. Das mache ich manchmal, wenn zu viele Dinge vorgehen, an die ich denken soll.«

Ich gebe sie ihr, und sie liest sie laut.

»Mönche, Statue, Goldraub, Rodinaax, Gesox, Thalius, Meuchelmördergenossenschaft, Matahari, Sarin, Vexial, Heretius. Du hast Recht, du musst an zu viele Dinge denken. Es ist schon komisch, wie anstrengend du diesen Sommer faulenzt.«

»Köstlicher Scherz.«

»Vexial kannst du jedenfalls streichen.«

»O nein. Er läuft herum und ist putzmunter.«

»Willst du mich veralbern?«

Ich versichere ihr, dass es stimmt. Makri ist genauso perplex, wie ich es war. Sie weiß so gut wie ich, dass Vexial mittlerweile längst tot sein müsste. Selbst wenn es ihm irgendwie gelungen wäre, dem Tod von der Schippe zu springen, müsste er sich zumindest für einige Monate erholen. Es ist einfach ausgeschlossen, dass er wieder völlig gesund und munter sein kann.

»Zauberei?«

»Kein Zauberer, von dem ich jemals gehört habe, kann einen vom Wundbrand kurieren und solche Wunden heilen. Ich weiß es schlichtweg nicht.«

»Und was hat die Meuchelmördergenossenschaft auf dieser Liste zu suchen?«

»Sie haben den Auftrag erhalten, Vexial zu töten. Ich weiß nicht, von wem, aber die Information selbst stammt aus einer sehr zuverlässigen Quelle. Jedenfalls ist der nach allem, was ich gehört habe, kein leichtes Ziel. Falls deine Busenfreundin Marihana den Zuschlag bekommen hat, sollte sie lieber aufpassen.«

Makri zuckt leicht zurück, als ich Marihana erwähne. Sie wartet darauf, dass nun unsere gewohnte Auseinandersetzung wegen dieses Themas folgt, aber der Augenblick verstreicht ohne Streit.

»Und pass auf, wenn du ausgehst. Sarin die Gnadenlose hat gedroht, ohne Warnung zu schießen, wenn ich die Statue nicht aushändige.«

»Das mache ich. Bist du denn kurz davor, etwas auszugraben, womit du Gesox' Namen rein waschen kannst?«

»Nicht wirklich. Ich verdächtige vor allem diese beiden Kerle, mit denen wir uns hier herumgeschlagen haben. Aber die sind jetzt vom Winde verweht, und ich habe keine Möglichkeit mehr, ihre Verbindung mit dem Verbrechen nachzuweisen. Und selbst wenn sie den Mord ausgeführt haben, dürfte jemand anders hinter seiner Planung stecken. Wenn ich wenigstens das beweisen könnte, würde ich den Schüler immer noch freibekommen. Alles dreht sich um diese Statue, und die deutet auf Vexial und den Sternentempel. Aber jetzt stellt sich heraus, dass sie voller Gold ist. Woher wollen wir also wissen, dass nicht von Anfang an jemand ganz anderes dahinter gesteckt hat? Vielleicht hat derjenige, der den Raub organisiert hat, sich mit Rodinaax überworfen und ihn dann umbringen lassen. Es könnte auch ein Zufall sein, dass ausgerechnet in diesem Moment der Sternentempel nach einer Statue suchte. Oder aber Vexial wusste von dem Gold und war die ganze Zeit an der Sache beteiligt. Ich weiß es einfach nicht. Aber ich kann auf keinen Fall vor Gericht auftreten und dort eine abstruse Geschichte von irgendwelchen Mönchen und Statuen zum Besten geben. Wenn der Konsul herausfindet, dass ich die ganze Zeit das Gold in Händen gehabt habe, würde er wohl eher mich hängen als Gesox freilassen.«

Ich trinke einen Schluck Bier und schiebe mir ein Stück Gebäck in den Mund, das ich mir aus Marzipixas erstklassiger Bäckerei geholt habe. »Ich brauche einfach eine Inspiration. Oder ein bisschen Glück. Eins von beiden würde genügen, ganz gleich, welches.«

»Wann werden sie Gesox hängen?«

»In zwei oder drei Tagen.«

»Na ja, dann musst du dich ja nicht beeilen. Trink ruhig noch ein Bierchen.«

Ich merke, dass Makris Sarkasmus mittlerweile ganz gut funktioniert. Sie widmet sich jetzt ihrem Elfen-Manuskript. Ich starre aus dem Fenster und warte auf eine Eingebung. Ich muss einfach zu viele Informationen erarbeiten, die ich nicht richtig sortieren kann. Kurz gesagt: Ich bin verwirrt. Also gehe ich nach unten und hole mir noch ein Bier.

Einige Stunden später starre ich immer noch aus dem Fenster, aber mittlerweile hat sich ein kleiner Hügel aus leeren Bierflaschen zu meinen Füßen gebildet. Makri, die in der Zwischenzeit eifrig gelesen hat, erhebt sich schließlich vom Boden und legt ihr Manuskript zu einem Stapel zusammen. Sie wirft einen kurzen Blick auf den Berg Altglas.

»Es ist immer wieder ein Vergnügen, dir beim Arbeiten zuzusehen«, meint sie und grinst. Dann geht sie nach unten in den Hinterhof, um vor ihrem Elfensprachkurs noch einige Waffenübungen zu absolvieren.

Ich seufze. Die Inspiration hat mich offensichtlich schnöde links liegen lassen. Dabei habe ich ihr wirklich alle Chancen gegeben, in mich zu dringen. Vermutlich sollte ich lieber hinausgehen und versuchen, ein bisschen auf den Busch zu klopfen. Ich werde Vexial den Sehenden besuchen. Selbst wenn ich nichts Neues über den Fall erfahre, kann er mir vielleicht etwas über seine geheimnisvolle Heilung verraten.

Ich hole mir einen riesigen Teller mit Eintopf und verschiedenen Gemüsen von Tanrose. Von draußen hört man schwach die typischen Geräusche, die eine junge Frau so macht, wenn sie einen Sparringspartner aus Holz mit einer Axt und verschiedenen Schwertern und Klingen angreift und zu Sägespänen verarbeitet.

»Makri hat mir gesagt, dass sie an der Innungshochschule gute Fortschritte macht«, bemerkt Tanrose.

»Ja. Sie wird bald mit der Königlichen Elfenfamilie in ihrer Hochsprache parlieren. Die Frage ist allerdings, ob die sie einer Antwort würdigen.«

Tanroses Eintopf bereitet mir diesmal nicht das übliche Vergnügen. Ich nehme mir noch einen Pfannkuchen extra und wische damit die Soße auf, aber ich bin nicht so richtig bei der Sache. Also trete ich mürrisch in die nachmittägliche Hitze hinaus und sehe zu, wen ich aufschrecken kann.

»Jedenfalls ist das immer noch besser, als auf einer Strafgaleere zu rudern«, knurre ich, während ich den Quintessenzweg entlangmarschiere.

An der ersten Ecke treffe ich auf eine Blase von Kuul-Tiens, die versuchen, wie harte Männer auszusehen. Sie starren mich an, als ich vorübergehe. Ich erwidere den Blick. Sie werden alle noch früh genug in der Bruderschaft landen, bereit, in die Welt des wahren Verbrechens einzutreten. Es sei denn, es bricht ein Krieg aus, und sie werden eingezogen. In dem Fall dürften die meisten von ihnen hopsgehen. Oder die Pest schlägt zu, wie vor einigen Jahren. Das ist auch eine sehr wirkungsvolle Methode, um die Population in den Elendsvierteln zu regulieren.

Ich finde rasch einen Mietlandauer und den Fahrer zu der Villa in Thamlin. Ich bin unentschlossen, ob ich versuchen soll, durch die Vordertür zu Vexial vorzudringen, oder mich lieber hintenherum anschleiche. Schließlich entscheide ich mich für den direkten Weg. Von Heimlichtuerei habe ich im Moment genug.

Der direkte Weg ist auch tatsächlich erfolgreich. Nachdem ich die Auffahrt hinaufmarschiert bin und laut genug an die Tür gehämmert habe, um den alten König Lazarius aufzuwecken, öffnet mir Lolitia höchstpersönlich. Es ist schon merkwürdig, dass sich hier überhaupt keine Bediensteten aufzuhalten scheinen. Vermutlich kümmern sich die Mönche selbst um alles. In jedem anderen Anwesen in Thamlin würde die Herrin des Hauses eher einen Migräneanfall erleiden, als selbst die Tür zu öffnen. Aber vermutlich macht Lolitia das nicht sonderlich viel aus. Schließlich stammt sie aus Zwölf-Seen.

Also teilt mir die Dame des Hauses mit, dass keiner zu Hause sei. Ihre Haltung an der Tür signalisiert sehr deutlich, dass ich keineswegs eingeladen werde, hereinzukommen und selbst nachzusehen. Aber mir fällt auf, dass sie glücklicher wirkt.

»Wie ich höre, geht es Vexial wieder gut.«

Sie nickt.

»Wie kommt das?«

»Durch seine gewaltigen Selbstheilungskräfte.«

»Verblüffende Kräfte, fürwahr. Ich bekomme fast Lust, selbst mit der Meditation anzufangen. Wo ist er? Sucht er Heretius?«

Wenn sie es weiß, sagt sie es jedenfalls nicht.

Ich erkläre ihr, dass ich ihr einige Fragen über Rodinaax stellen möchte. Sie will nicht mit mir reden, bis ich sie darauf hinweise, dass die Zivilgarde sie immer noch verhören will und ich keineswegs darüber erhaben bin, sie an diese auszuliefern. Das verschafft mir zwar Zutritt ins Haus, aber viel weiter komme ich nicht. Lolitia weiß angeblich nicht mehr als das, was sie mir schon erzählt hat. Sie weiß nicht, wer ihren Ehemann umgebracht hat, und sie scheint auch nichts von dem gestohlenen Gold zu wissen.

»Ihr wisst aber doch wenigstens, dass Rodinaax hoch verschuldet war?«

»War er nicht. Er war der erfolgreichste Bildhauer der ganzen Stadt. Er hatte genug Aufträge für die nächsten Jahre, und alle waren sehr gut bezahlt.«

»Vielleicht, aber er war dem Spiel verfallen. Soweit ich gehört habe, hat er eine Hypothek auf das Haus aufgenommen, um seine Buchmacher zu bezahlen, und war kurz davor, alles zu verlieren.«

Zum ersten Mal scheint Lolitia wirklich überrascht, doch dann meint sie ärgerlich, dass ich mich irren müsste.

»Rodinaax hat nicht gespielt. Wenn er es getan hätte, wäre er vielleicht nicht so langweilig gewesen. Und getrunken hat er auch nicht. Ich weiß nicht, mit wem Ihr geredet habt, aber nichts davon ist wahr.«

Also ist es Rodinaax gelungen, seine Schulden vor seiner Frau zu verbergen. Und auch seine Trunksucht. Glückspilz.

»Wenn er keine Schulden hatte, wieso hat er sich dann so beeilt, die Statue fertig zu bekommen?«

»Er hat sich nicht beeilt«, behauptet Lolitia. »Er war viel früher fertig. Wir haben sogar einige Tage Urlaub auf dem Land gemacht, unmittelbar bevor er getötet wurde. So eilig hatte er es! Und jetzt entschuldigt mich bitte. Ich habe noch einiges zu erledigen.«

»Was denn, zum Beispiel?«

»Packen. Ich gehe mit Vexial weg.«

»Ihr lasst Gesox einfach hängen?«

»Daran kann ich nichts ändern. Nichts, was ich den Wachen erzählen kann, würde ihm die Freiheit wiedergeben.«

»Wenn Vexial wegen Mordes verhaftet wird, dann würde das durchaus seine Zellentür öffnen.«

Sie verstummt, und ich bekomme nichts mehr aus ihr heraus. Es ist auch sehr gut möglich, dass sie nichts mehr zu erzählen hat. Bevor ich gehe, warne ich sie wegen der Meuchelmördergenossenschaft. Vexials Wohlergehen interessiert mich zwar eigentlich nicht, aber ich hasse die Meuchelmördergenossenschaft. Sie sind eine Bande eiskalter Killer, und ich lege ihnen Steine in den Weg, wo ich nur kann. Außerdem kann ich Vexial nicht vor Gericht schleppen, wenn sie ihn zu fassen bekommen.

»Vexial der Sehende kann gut auf sich selbst aufpassen.«

»Sicher kann er das. Aber gebt diese Information trotzdem weiter. Die Meuchelmördergenossenschaft ist kein Schützenverein. Wenn Marihana den Fall übernimmt, ist sein Leben keinen Pfifferling mehr wert. Sie wird sich nicht auf einen ehrlichen Kampf einlassen wie der Ehrwürdige Heretius. Sie schießt ihm einen Pfeil in den Rücken oder benutzt eine vergiftete Nadel, wenn er schläft.«

Als ich die Villa verlasse, habe ich das Gefühl, als wäre jemand in der Nähe, der nicht hierher gehört. Jemand oder etwas. Ich kann es nicht genau fassen. Die Sensibilität, die ich als Zauberer entwickelt habe, lässt mich selbst jetzt noch nicht völlig im Stich. Es würde mich nicht wundern, wenn da ein Meuchelmörder im Garten lauert. Na ja, ich habe Vexial gewarnt. Wenn er meine Warnung ignoriert, ist das sein Problem.

Vermutlich sollte ich mich wegen der Spielschulden erkundigen. Ich statte Zockox einen Besuch ab. Zockox ist Buchmacher und führt seine illegalen Geschäfte von einem Laden zwischen Pashish und ZwölfSeen aus. Er ist Mitglied der Bruderschaft, aber wir verstehen uns ganz gut, vor allem deshalb, weil ich viel Geld bei ihm verloren habe. Zu meiner Überraschung teilt mir Zockox mit, dass er niemals eine Wette von Rodinaax angenommen hat.

Ich weiß nicht, warum nicht. Wenn der Bildhauer spielen wollte, dann wäre Zockox genau der richtige Mann für ihn gewesen, um ein solches Geschäft abzuschließen. Und das ist nicht alles. Zockox ist fest davon überzeugt, dass er erfahren hätte, wenn Rodinaax bei irgendeinem anderen Buchmacher eine Wette abgeschlossen hätte.

»Ich kenne alle großen Spieler in Turai, Thraxas. Der Bildhauer war kein Spieler. Er war ein sehr bekannter Mann, und soweit ich weiß, hat er niemals auch nur eine einzige Wette abgeschlossen.«

Ich danke Zockox. Und vergesse nicht, ein paar Wetten abzuschließen, wenn ich schon mal da bin. Es ist zwar gerade keine Rennsaison in Turai, weil es für die Wagenrennen im Stadion Superbius zu heiß ist, aber es gibt ein kleines Kolosseum weiter unten an der Küste. Dort weht ein frischer Seewind, und sie veranstalten am Wochenende ein kleines Rennen. Ich wollte eigentlich dorthin gehen, bevor ich in diese Angelegenheit hier verwickelt wurde.

Meinen nächsten Zwischenstopp lege ich im öffentlichen Registraturbüro ein, das nicht weit von den Gerichtshöfen entfernt ist. Auch hier war ich einmal willkommen, aber jetzt tun die Büttel so, als hätten sie mich noch nie gesehen. Sollen sie doch zur Hölle fahren! Ich finde einen jungen Angestellten, der gerade Zeit hat, und wir durchsuchen die Rollen in der Registratur, bis wir das Dokument über Rodinaax' Haus in Pashish finden.

»Wem gehört es?«

»Rodinaax.«

»Und wer hält die Hypothek?«

»Niemand. Laut den Aufzeichnungen der Stadt liegt keine Hypothek auf dem Haus.«

Ich überzeuge mich selbst. Er hat Recht. Rodinaax gehörte das Haus. Hier finden sich keinerlei Hinweise darauf, dass er Schwierigkeiten mit seinen Finanzen gehabt hätte.

Keine Hypotheken und keine Spielschulden? Warum

glaubt Gesox dann, dass Rodinaax in Schwierigkeiten steckt? Das wird ja immer merkwürdiger. Ich begebe mich nach Hause und kaufe mir unterwegs eine Wassermelone. Ich esse sie im Gehen und veranstalte dabei eine ziemliche Schweinerei.

Dabei fällt mir etwas ein. Wenn Sarin die Gnadenlose ihre Drohung wahr macht, könnte ein Bolzen ihrer Armbrust mich genauso leicht durchschlagen wie die Wassermelone. Aber daran kann ich nicht viel ändern, außer vielleicht noch wachsamer zu sein und mich darauf zu verlassen, dass meine Sinne mir eine Art Warnung geben. In der Hitze kann ich nicht mit einem Brustpanzer herumlaufen. Das würde mich genauso schnell umbringen wie ein Armbrustbolzen. Ich könnte mir allerdings einen persönlichen Schutzzauber merken, aber es ist ein sehr komplizierter Zauber, und ich finde es im Moment eher schwierig, solche Dinge zu behalten. Außerdem muss ich den Schlafzauber zur Hand haben, wenn ich an einem Fall arbeite, und ich kann mir nicht beide Sprüche merken. So viel freie Geisteskapazität habe ich nicht mehr.

Schließlich spüre ich einen von Rodinaax' Dienern auf, seinen Kammerdiener. Die Wache hat ihn als einen unentbehrlichen Zeugen festhalten wollen, aber sein Vater hat einigen Einfluss in der Rittmeisterinnung und hat es geschafft, ihn herauszupauken. Er sagt mir nicht viel Neues, aber er bestätigt Lolitias Aussage, dass Rodinaax keineswegs in finanziellen Schwierigkeiten gesteckt habe. Die Statue sei pünktlich fertig gewesen, und von irgendwelchen Schulden wisse er nichts.

Außerdem habe der Kammerdiener Rodinaax und seine Frau auf ihrem Kurzurlaub nach Ferias begleitet. Das ist ein kleiner Urlaubsort an der Küste, wo es im Sommer erheblich kühler ist. Leute mit genügend Geld flüchten um diese Jahreszeit häufig dorthin. Die Glücklichen, denke ich, während mir der Schweiß in die Tunika rinnt und meine Ledersandalen sich anfühlen, als wären sie aus nassen Lumpen angefertigt.

Ob Rodinaax wohl ein Bankkonto hatte? Die meisten Leute in unserer Stadt haben nicht genug Geld, um sich ein Konto einzurichten, und die kleinen Geschäftsleute haben meist ihren eigenen Safe oder ein Versteck auf ihrem Grundstück. Aber ein relativ wohlhabender Mann wie Rodinaax könnte sehr gut ein Konto im Goldenen-Halbmond-Viertel haben, wo die Oberschicht ihren Geschäften nachgeht. Ich habe zwar nur wenig Kontakte in dieser Gegend, aber vielleicht finde ich ja doch etwas heraus. So könnte ich die Frage klären, ob Rodinaax nun Schulden hatte oder nicht. Ich bin sehr mit diesen Gedanken beschäftigt, deshalb bemerke ich Makri erst, als sie auf dem Quintessenzweg praktisch in mich hineinläuft.

»He, pass doch auf, wo du hingehst, Makri. Was ist los? Setzt dir die Hitze so zu?«

»Entschuldige.«

Sie erzählt mir, dass sie gerade erst von ihrer Vorlesung in Hoch-Elfisch zurückgekommen sei. Sie findet den Kurs sehr anstrengend, weil der Professor sie immer anschaut, als sollte sie eigentlich nicht da sein.

»Ich hasse ihn. Aber hör mal zu.«

Sie sagt etwas in der Königlich-Elfischen Hochsprache.

»Was bedeutet das?«

»Willkommen auf meinem Baum.«

»Sehr schön, Makri.«

»Bist du beeindruckt?«

»Ja. Das werden die Elfen auch sein, falls du jemals nach Süden segelst und anfängst, mit ihnen zu reden. Nur sehr wenige Menschen lernen die Königliche Elfenhochsprache.«

Und fast genauso wenig Menschen sprechen überhaupt Elfisch, obwohl die Elfen nichts dagegen haben, dass die Menschen es lernen. Makris Umgangselfisch ist ziemlich flüssig. und meines ist nicht allzu schlecht. Es gehört zum Studium eines Zauberlehrlings, und ich hatte außerdem die Chance, meine Sprachkenntnisse zu verbessern, als ich bei den Elfen war.

Das ist etwas, worum Makri mich beneidet. Um meinen Besuch der Südlichen Inseln. Nur wenige Menschen haben diese Reise unternommen. Wir treiben natürlich mit den Elfen Handel, aber abgesehen von den Schiffsbesatzungen würden nur sehr wenig Bürger so weit reisen. Ihnen erscheint die Reise viel zu gefährlich. Und außerdem auch nicht der Mühe wert. Wir mögen die Elfen zwar hier, aber die wiederum schätzen zu viele Besucher überhaupt nicht.

»Eines Tages werde ich dorthin segeln«, verkündet Makri.

Ich bin überrascht.

»Wie kommst du denn darauf? Der letzte Elf, den du gesehen hast, wurde leichenblass, als er dein Orgk-Blut gewittert hat. Du hast sogar geschworen, nie wieder ein Sterbenswörtchen mit einem Elf zu wechseln.«

»Na ja, eines Tages werden sie sich schon freuen, mich zu sehen.«

Vielleicht hat sie Recht. Für eine soziale Außenseiterin verfügt Makri über überraschend viel Talent, die Leute für sich einzunehmen. Das gilt auch für Fabelwesen. Als wir vor ein paar Monaten den Feenhain besucht haben, konnten die Kentauren gar nicht genug von ihr bekommen. Natürlich sind Kentauren ehrlich gesagt an allen Frauen interessiert, die so gut ausgestattet sind wie Makri, ganz gleich, welcher Rasse sie angehören.

»Cimdy hat sich einen Ring durch den Nabel gezogen«, erklärt Makri. »Das gefällt mir. Findest du, dass ich mir auch einen machen sollte?«

Dieser Themenwechsel überrumpelt mich total.

»Du hast mir doch einmal gesagt, dass es ein Tabu für Elfen sei, sich den Körper zu durchbohren«, meint Makri. »Hast du dir das nur ausgedacht?«

»Nein, das stimmt.«

»Na ja, ich kann den Ring ja immer noch herausnehmen, wenn es so weit ist. Was hältst du davon, wenn ich auch meine Brustwarzen durchbohre?«

»Das solltest du nur dann tun, wenn du die Elfen vollkommen in Panik versetzen willst. Und warum zum Teufel willst du es eigentlich tun? Niemand wird den Ring jemals zu sehen bekommen.«

Makri hat keine Liebhaber. Nie. Sie erklärt das damit, dass sie vielleicht Interesse hätte, wenn nicht alle Männer in ZwölfSeen so widerlich wären. Ich muss zugeben, dass sie da nicht ganz Unrecht hat.

»Cimdy hat ihre Brustwarzen durchbohrt. Sie hat mir gezeigt, wie ...«

»Könnten wir bitte das Thema wechseln? Ich plaudere gern mit dir über die Vorlesungen. Aber auf intime Einzelheiten von Körperverstümmelungen würde ich lieber verzichten.«

Makri gibt vor, verwirrt zu sein. »Ist das auch wieder eines von euren ›Zivilisationsdingen‹?«

Der Ruf zum Abendgebet, zum so genannten Sabbav, schreckt uns auf.

»Jetzt siehst du, was du angerichtet hast, Makri. Hättest du nicht angefangen, über dieses Körperdurchbohren zu reden, hätten wir es noch rechtzeitig vor den Gebeten nach Hause geschafft. Ich würde gern mit einem Bierchen in der Hand auf meiner Couch sitzen. Jetzt müssen wir uns in den Dreck knien und beten.«

Darum kommen wir nicht herum. Wo auch immer man sich befindet, wenn der Ruf von den hohen Türmen ertönt, betet man.

Die meisten Leute, die diese Verpflichtung ernster nehmen als Makri und ich, sind entweder nach Hause oder in einen Tempel gegangen. Entweder um zu beten oder um sich zu verstecken, bis alles vorbei ist. Aber es gibt noch einige andere Nachzügler. Wir knien uns zusammen mit den Leuten, die auf der Straße wohnen und nirgendwohin flüchten können, in den Dreck. Es ist ärgerlich. Vor allem, weil die *Rächende Axt* von hier aus zu sehen ist. Aber wir können nichts dagegen tun. Makri unterwirft sich diesem Akt der Demut besonders ungern, weil sie nicht an die Lehre der Wahren Kirche glaubt.

Aber Ausnahmen sind nicht erlaubt, und wenn man gegen dieses Gesetz verstößt, bedeutet das Gefängnis.

Ich murmele mich durch die Abendgebete. Die Sonne scheint immer noch heiß, und ich spüre schmerzhaft den harten Boden unter meinen Knien. Ich tröste mich mit dem Gedanken an Gurdhs Bier, das in wenigen Minuten auf mich wartet. Nach einer Weile, die mir wie eine Ewigkeit vorkommt, ertönt der Ruf, der das Ende der Gebete verkündet. Im selben Moment habe ich das starke Gefühl, dass irgendetwas überhaupt nicht stimmt. Ich spüre große Gefahr. Ich habe mich schon fast aufgerichtet, als ich mich noch einmal flach auf den Boden werfe.

Ein Armbrustbolzen schwirrt an mir vorbei, und ich spüre ein scharfes Ziehen an meinem Arm, als etwas daran zupft. Im Fallen stürze ich gegen Makri, und wir fallen übereinander. Ich blicke hoch. Mein Arm ist etwas blutig, aber ansonsten ist alles Ordnung.

»Diese verdammte Sarin!«, knurre ich und ziehe mein Schwert.

Da erst bemerke ich, dass Makri sich nicht rührt. Sie liegt mit dem Gesicht nach unten im Dreck. Ich rolle sie sanft herum. Ein Armbrustbolzen steckt in ihrer Brust. Sarins Armbrustbolzen sind etwa zwanzig Zentimeter lang. Dieser hier ist mindestens achtzehn Zentimeter in Makris Brust eingedrungen. Blut strömt aus der Wunde. Ich lege meine Hand an ihren Hals. Kein Puls mehr zu spüren. Rasch halte ich mein Ohr direkt an ihren Mund. Sie atmet nicht mehr. Der Bolzen, der ganz offensichtlich mir galt, hat sich tief in ihr Brustbein gebohrt. Makri ist tot.

14. KAPITEL

Zum ersten Mal in meinem Leben bin ich wie erstarrt vor Entsetzen. Ich sehe mich nicht um, ob Sarin noch in Sicht ist. Und ich komme nicht einmal auf die Idee, mich vor einem möglichen zweiten Bolzen in Sicherheit zu bringen. Ich starre nur Makri an, die tot vor mir auf der Straße liegt.

Einige Leute, die in unserer Nähe gebetet haben, rücken von uns ab. Ich achte nicht auf sie, als ich Makris Leichnam hochhebe und hilflos damit die wenigen Meter zur *Rächenden Axt* stolpere.

»Ruft die Garde!«, schreit jemand.

Aber die kann hier auch nichts mehr ausrichten. Ich kann nicht glauben, was soeben passiert ist. Makris Körper fühlt sich leicht an, und sie hängt schlaff in meinen Armen, als ich die letzten Schritte zur Kaschemme gehe. Blut rinnt aus ihrer Brust über meine Arme. Es ist noch früh am Abend, und in der Kaschemme ist es ruhig. Ich trete an den Tresen, an dem Gurdh seine Humpen poliert. Er sieht mich an, und ihm fällt beinah die Kinnlade herunter. Ich selbst stehe einfach dumm da und weiß nicht, was ich als Nächstes tun soll. Ich bringe kein Wort heraus.

Tanrose taucht auf.

»Makri ist tot«, sage ich schließlich.

Tanrose packt mich am Arm und führt mich nach hinten. Dort lege ich den Leichnam auf einen Tisch.

Gurdh ist genauso schockiert wie ich und kann auch nichts sagen. Tanrose will wissen, was passiert ist.

»Sarin hat sie erschossen«, erwidere ich.

Jetzt werde ich Sarin töten. Aber ich kann es nicht ertragen, Makris Leichnam zurückzulassen.

Tanrose beugt sich über sie. Ihre Augen füllen sich mit Tränen. Als der erste Schock endlich nachlässt, werden auch meine Augen ganz nass. Ich fühle mich elend. Gurdh stöhnt und sinkt verzweifelt auf einen Stuhl.

Ich sehe den Leichnam an.

»Sie darf einfach nicht tot sein!«, erkläre ich.

Plötzlich keucht Makri, und Blut läuft ihr aus dem Mund. Sie stöhnt schwach, und dann wird ihr Körper wieder ganz schlaff.

»Sie lebt noch!«, schreit Tanrose.

Ich verschwende keine Zeit mit Worten. Als Makri zum zweiten Mal hustet, bin ich schon unterwegs, um Chiruixa, die Heilerin, zu holen. Chiruixa wohnt ganz in der Nähe der Kaschemme. Sie ist eine sehr geschickte Frau und kümmert sich um die Wehwehchen und Kümmernisse der Armen von ZwölfSeen, ohne viel mehr dafür zu bekommen als einen Haufen Dankbarkeit. Ich renne, wie ich nicht mehr gelaufen bin, seit ich ein junger Soldat in der Armee war. Am Eingang zu Chiruixas Haus wartet schon eine lange Schlange Kranker, die zu ihr wollen. Ich dränge mich einfach an ihnen vorbei und stürme in die Wohnung. In einer Art Wartezimmer vergibt eine junge Frau Termine. Sie blickt hoch und will etwas sagen, aber ich bin an ihr vorbei und stehe im Behandlungszimmer, bevor sie auch nur ein Wort über die Lippen bringt.

Chiruixa beugt sich gerade über einen Patienten.

»Makri hat einen Armbrustbolzen in der Brust. Sie wird gleich sterben.«

Ich erwarte Widerstand und habe mich darauf vorbereitet, Chiruixa einfach hochzuheben, mir über die Schulter zu werfen und sie in die *Rächende Axt* zu schleppen. Doch stattdessen nickt sie, murmelt ihrem Patienten zu, dass er morgen wiederkommen soll, und schnappt sich ihren Heilerbeutel, bevor sie mit mir auf die Straße eilt. Wir laufen zur *Rächenden Axt* zurück, und ich treibe sie förmlich in das Hinterzimmer.

Makri gibt kein Lebenszeichen mehr von sich. Ihre Haut hat schon einen merkwürdigen Farbton angenommen.

Als Chiruixa den Armbrustbolzen sieht, der sich tief in Makris Brust gebohrt hat, sieht sie mich fragend an.

»Sie lebt noch«, erkläre ich. »Tut, was Ihr könnt. Ich hole Astral Trippelmond.«

Ich nehme den Hinterausgang, sattle in Windeseile Gurdhs altes Ross, springe darauf, ramme dem Gaul meine Hacken in die Flanken und galoppiere rücksichtslos den Quintessenzweg entlang, ohne auf die Fußgänger zu achten, die mir Unflätigkeiten zurufen, bevor ich sie niederreite. Ich schaffe es von ZwölfSeen nach Pashish in einer neuen Rekordzeit und verschwende keine Worte an Astrals Diener, als ich ihn aus dem Weg dränge und in die Gemächer seines Herrn stürme.

Weniger als eine Minute später sind wir wieder unterwegs, zurück zur *Rächenden Axt*. Astral ist zwar nicht auf Heilung spezialisiert, aber er hat viel Wissen und Macht. Ich bete, dass er helfen kann.

Das Pferd wiehert protestierend, als ich es gnadenlos vorantreibe. Als es mich und den Zauberer vor der Kaschemme absetzt, trabt es praktisch auf dem Zahnfleisch. Ich führe Astral rasch in das Hinterzimmer, wo Makri immer noch regungslos daliegt. Chiruixa beugt sich über sie. Es ist ihr gelungen, die Blutung zu stoppen.

»Lebt sie noch?«, will ich wissen.

»So grade eben.«

»Das ist eigentlich ein Wunder«, bemerkt Astral leise, als er die Wunde mustert, und Chiruixa pflichtet ihm bei. Astral zieht einen kleinen, durchsichtigen Kristall aus seiner Tasche. Es ist ein Lebensstein. Die meisten Zauberer haben einen bei sich. Wenn man ihn an die Haut einer Person hält, dann strahlt er grünlich. Es sei denn, diese Person ist tot. Dann strahlt er gar nicht. Astral drückt ihn auf Makris Stirn. Wir versuchen verzweifelt, eine Verfärbung des Kristalls zu entdecken. Zuerst passiert überhaupt nichts, doch dann erscheint quälend langsam ein flackerndes grünliches Schimmern.

Astral richtet sich auf. Er wirkt beunruhigt und scheint

nicht sprechen zu wollen. Ich fordere ihn auf, endlich mit der Sprache herauszurücken.

»Davon kann sich keiner erholen«, sagt er und blickt auf den Kristall, dessen Schimmern bereits wieder erloschen ist und der jetzt farblos auf Makris Stirn liegt.

Es scheint offenkundig, dass nur Makris große innere Stärke – eine Folge ihres gemischten Blutes – sie so lange am Leben gehalten hat. Doch selbst die versiegt allmählich.

»Zieht den Bolzen heraus!«, schreit Gurdh plötzlich, als seine Gefühle ihn überwältigen.

Chiruixa schüttelt den Kopf. Der Bolzen hat sich tief in ihr Brustbein gegraben. Jeder Versuch, ihn zu bewegen, würde Makri mit Sicherheit umbringen.

»Ich gebe ihr Amacia-Kräuter«, sagt die Heilerin. »Die werden sie stärken. Mehr kann ich nicht tun.«

Astral spricht einen Zauber über Makri aus. Ich erkenne in den Worten einen Spruch, der die Selbstheilungskräfte des Körpers verstärkt. Das ist sehr gut. Vor allem, wenn man die Pest hat. Aber es nützt nur wenig, wenn einem ein zwanzig Zentimeter langer Armbrustbolzen in der Brust steckt. Astral und Chiruixa haben nur noch wenig Hoffnung. Die Amacia-Kräuter und der Stärkungszauber werden das Unausweichliche nur hinauszögern. Die beiden können nicht abschätzen, wie lange Makri noch am Leben bleibt, weil sie eigentlich längst tot sein sollte. Und mir bleibt nichts übrig als zu warten, bis sie tot ist, und dann loszugehen und Sarin zu töten.

»Was ist denn hier los?«

Es ist Dandelion. Sie schreit vor Entsetzen auf, als sie Makri sieht. Ich bin viel zu aufgeregt, um mich darum zu kümmern. Meine Ärmel sind immer noch feucht von Makris Blut.

Dandelion klammert sich an mich. »Der Heilstein der Delfine!«

Die Lage ist so verzweifelt, dass ich bereit bin, selbst nach dem schwächsten Strohhalm zu greifen. »Der Heilstein? Gibt es den denn wirklich?«

»Natürlich gibt es ihn. Das sage ich dir doch schon die ganze Zeit. Er heilt alles, aber er ist gestohlen worden.«

Eine plötzliche Eingebung trifft mich wie ein Blitz. Sie hätte ruhig schon etwas früher einschlagen können. Vexial der Sehende. Er konnte sich unmöglich von diesen Wunden erholen, und trotzdem hat er es getan.

»Wie sieht der Heilstein aus?«, will ich wissen.

»Keine Ahnung.«

»Was meint Ihr mit: Keine Ahnung?«, brülle ich sie an.

Dandelion quiekt vor Schreck, weil sie glaubt, dass ich sie schlagen will. Ganz Unrecht hat sie damit nicht.

»Ich habe nie gefragt, wie er aussieht. Ich weiß nur, dass es ihr Heilstein ist.«

Ich will losstürmen und Vexial suchen, aber ich zwinge mich dazu, ruhig zu bleiben und nachzudenken. Es ist sinnlos, blindlings durch die Stadt zu rennen und gar nicht zu wissen, wonach ich suche. Die Delfine in der Bucht reden doch angeblich. Ein Ritt dorthin dauert zwanzig Minuten. Das ist zu lange.

»Ich könnte versuchen, sie vom Hafen aus zu rufen«, sagt Dandelion. »Manchmal sind sie nah genug, dass sie mich hören.«

Ich bin bereit, es auf einen Versuch ankommen zu lassen. Und ich frage Astral, ob er Vexial für mich aufspüren kann.

»Vielleicht, wenn Ihr etwas habt, das ihm gehört. Wenn nicht, dann eher nicht.«

Ich habe aber nichts. Jedenfalls nichts, was er berührt hat. Ich zermartere mir das Hirn nach einer Inspiration. Das Gold in der Statue. Wenn er hinter diesem frechen Raub steckt, könnte er es berührt haben.

Ich ziehe den magischen Beutel heraus und öffne ihn. Alle stehen noch unter dem Schock über das, was Makri widerfahren ist, also zucken sie nicht mal mit der Wimper, als plötzlich der Kopf der Statue auftaucht.

Astral Trippelmond schüttelt den Kopf. »Das ist sinnlos,

Thraxas. Es war in dem Magischen Raum. Jede Aura, die darauf gewesen sein mag, ist weggewischt.«

Ich gehe kurz hinaus und komme mit dem Vorschlaghammer wieder zurück. Damit zertrümmere ich noch mehr von der Bronzeschicht und enthülle ein frisches Stück Gold. »Wie wäre es damit? Es war die ganze Zeit bedeckt, während es da drin war.«

Astral streicht sich über seinen kurzen grauen Bart. »Daran könnte ich vielleicht etwas finden.«

»Tut, was Ihr könnt, und wartet dann am Ende des Mond-und-Sterne-Boulevards auf mich.«

Gurdhs altes Ross würde keinen weiteren Ausritt mit zwei Personen auf seinem Rücken überstehen. Ich eile den Quintessenzweg entlang und suche verzweifelt nach einem Mietlandauer. In dem ersten, der mir begegnet, hockt irgendein untergeordneter Stadtbüttel. Ich greife in die Zügel, bringe den Landauer zum Stehen und ziehe mein Schwert.

»Ich brauche eine Mitfahrgelegenheit«, erkläre ich.

Der Büttel springt heraus und stößt wilde Drohungen aus. Ich versetze ihm einen gezielten Hieb mit der flachen Klinge, und er plumpst wie ein Mehlsack zu Boden.

»Zum Hafen, und zwar dalli!«, befehle ich dem Kutscher.

Ich halte immer noch mein Schwert in der Hand. Der Mann bringt uns zum Hafen, und zwar dalli.

Dandelion erklärt mir, dass sie einmal vom Ende des Piers aus mit den Delfinen geredet hat. Wir fahren dorthin, vorbei an den Drei-Ruderern und den Zwei-Ruderern, die zum Löschen und Aufnehmen ihrer Fracht angelegt haben. Die gewaltigen Schiffe liegen in der Dunkelheit ruhig da, und auf jedem brennt nur eine kleine Hafenlaterne. Nachts patrouillieren normalerweise Sicherheitsleute, die für die Hafenbehörde arbeiten, über die Kais. Aber wir begegnen niemandem, als wir über den Pier laufen. Für gewöhnlich bewege ich mich nicht mehr sonderlich schnell zu Fuß fort, und ich spüre, wie mein Herz vor Anstrengung hämmert. Aber ich ignoriere es.

Dandelion stolpert und fällt hin. Ich ziehe sie hastig hoch. Sie hat sich den Fuß an einem scharfen Metallstück aufgeschnitten und hinterlässt einen blutigen Fußabdruck, als wir weiterlaufen. Am äußersten Ende des Hafens befindet sich ein Wellenbrecher, der weit bis aufs Meer hinausführt und den einlaufenden Schiffen Schutz vor dem Wind bietet. Wir bleiben erst stehen, als wir an seinem Ende angelangt sind.

»Also?«

Dandelion blickt auf das dunkle Meer hinaus. Die Sonne ist bereits untergegangen, und ihre letzten Strahlen färben das Wasser rot. Rot wie Wein, sagte einmal ein Elfenpoet. Dandelion neigt den Kopf ein wenig und stößt einige merkwürdige Laute aus, ein hohes Wimmern, gemischt mit Schnalzen und Gurgeln. Nichts passiert. Sie wiederholt die Laute. Ich werfe ihr einen wütenden Blick zu. Wenn das ihre Auffassung von einem kleinen Scherz sein sollte, werfe ich sie ins Meer.

»Wo bleiben die Delfine?« Ich schreie.

Sie stößt ein drittes Mal diese Laute aus. Ich will mich gerade herumdrehen und selbst nach Vexial suchen, als sie einen Schrei ausstößt und die Hand ausstreckt. Direkt unter uns hat ein Delfin seinen schlanken Kopf aus dem Wasser gestreckt und sieht Dandelion erwartungsvoll an.

»Was soll ich ihm sagen?«

»Dass ich hier bin, um ihren Heilstein zu suchen. Und sag ihm auch, dass ich es verdammt eilig habe.«

Sie gurgeln und schnalzen eine Ewigkeit miteinander, aber vermutlich ist das eine recht annehmbare Geschwindigkeit für ein Schwätzchen zwischen einem Delfin und einem Menschen. Schließlich dreht sich Dandelion zu mir herum und sagt, dass der Heilstein der Delfine etwa kreuzförmig sei, aus schwarzem Stein bestehe und etwa die Größe einer Männerhand hat. Das muss reichen.

»Er lag auf dem Altar in ihrem unterseeischen Tempel weit draußen in der Bucht. Ein Taucher hat ihn gestohlen, als sie alle draußen im Meer gespielt haben. Der Tempel ist …«

»Heb dir die Einzelheiten für später auf!«, knurre ich. Ich stürme davon und lasse die barfüßige Dandelion bei ihrem Delfin zurück.

Jetzt weiß ich wenigstens, wonach ich suchen muss. Falls Astral mit dem Gold in der Statue schon Fortschritte gemacht hat, weiß ich sogar, wo ich suchen muss. Der Magier wartet schon in einem Landauer an der Ecke Quintessenzweg und Mond-und-Sterne-Boulevard. Gurdh und seine Axt sind bei ihm.

»Glück gehabt?«

»Ja. Die Aura von Vexial dem Sehenden ist über das ganze Gold verteilt. Ich habe die Stadt durchsucht und ihn in Zwölf-Seen gefunden.«

»In ZwölfSeen? Seid Ihr sicher?«

»Allerdings. Er befindet sich in der offiziellen Residenz von Präfekt Tholius.«

Sieh mal einer an. Präfekt Tholius. Vermutlich fügt sich schließlich das eine nahtlos zum anderen, wenn ich erst mal Zeit habe, in Ruhe darüber nachzudenken.

»Was wollt Ihr jetzt tun?«, fragt der Zauberer.

»Ich suche den Heilstein. Und ich werde jeden töten, der sich mir in den Weg stellt.«

»Auf geht's!« Gurdh singt die Worte beinah.

Die schwere Axt schwingt an seiner Hüfte. Es ist gut, Gurdh dabeizuhaben, auch wenn es schon lange her ist, dass wir gemeinsam gekämpft haben. Ich erkläre Astral, dass er nicht mitkommen muss. Wenn er in eine Auseinandersetzung mit Präfekt Tholius gerät, könnte es sein, dass er nie wieder in die Zaubererinnung aufgenommen wird. Aber er will sich unseren Auftritt auf keinen Fall entgehen lassen. Wir haben keine Zeit, lange darüber zu diskutieren, also rasen wir in dem Landauer zu Tholius' offizieller Residenz im Ruhepfad. Sein Anwesen ist, abgesehen von der Kirche und den Öffentlichen Bädern, das einzige halbwegs anständige Haus in ZwölfSeen.

Unterwegs versuche ich, mir einen Plan zurechtzulegen, wie ich die Sache angehe. Ich habe nur leider keine Zeit, mir irgendetwas Schlaues auszudenken. Wenn ich großes Glück habe, wird Vexial den Heilstein der Delfine einfach so aushändigen, aber das ist eher unwahrscheinlich. Erstens wird er einen so nützlichen Gegenstand lieber für sich behalten wollen. Und außerdem müsste er dann öffentlich zugeben, ihn den Delfinen geraubt zu haben. Das ist kein Verbrechen in Turai, sondern etwas viel Schlimmeres, nämlich die Verletzung eines Tabus und damit das unwiderrufliche Ende seiner Karriere als Abt eines Klosters.

Ich koche vor Frustration, weil der dichte Verkehr unser Weiterkommen verzögert. Die Fahrt verläuft schweigend, denn wir wissen, dass jede Sekunde, die verstreicht, Makri unaufhaltsam ihrem Tod näher bringt.

Als wir endlich den Ruhepfad erreichen und in eine Seitenstraße einbiegen, die zur offiziellen Residenz führt, haben wir Glück. Präfekt Tholius höchstpersönlich kommt uns in Begleitung von Vexial dem Sehenden entgegen. Die beiden sind allein, ohne Leibwächter, und ziemlich überrascht, als wir mit glühenden Rädern neben ihnen anhalten und aus dem Landauer springen.

Der Präfekt ist vollkommen überrumpelt, als er sich plötzlich einem Detektiv, einem Barbaren und einem Magier gegenübersieht, die zu allem Überfluss auch noch recht aufgebracht zu sein scheinen. Er will wissen, was wir wollen.

»Den Heilstein. Und zwar auf der Stelle!«

»Wovon redet Ihr?«, erkundigt sich Tholius.

Ich beachte ihn nicht und wende mich an Vexial: »Den Heilstein!«

Gurdh schiebt sich neben mich und hebt die Axt. Vexial bereitet sich auf eine Verteidigung vor. Ich erinnere mich an seinen Ruf als Kämpfer. Dafür habe ich jetzt keine Zeit.

»Tötet ihn mit dem Herzinfarkt-Fluch!«, sage ich zu Astral Trippelmond.

Astral hebt drohend die Arme.

»Gebt ihm den verdammten Heilstein!«, schreit Tholius und fasst sich nervös an die Brust.

»Er hat keinen Herzinfarkt-Fluch memoriert!«, erwidert Vexial gelassen und beweist, dass er tatsächlich eine Menge sehen kann. Aber nicht alles. Als er drohend auf Astral zugeht, schlage ich ihm mit dem Knauf meiner Klinge auf den Hinterkopf. Er kippt um wie ein Sack Bohnen und bleibt bewusstlos liegen.

»Das konntest du wohl nicht sehen, hm?«, knurre ich. Ich durchsuche ihn, während Gurdh Anstalten macht, dem Präfekten mit seiner Axt den Hals zu rasieren.

»Du weißt ja wohl, dass dich eine Reise auf einer Strafgaleere erwartet?«, fragt Tholius erstickt voll ohnmächtiger Wut.

Ich finde den Heilstein. Er ist klein, schwarz und etwa wie ein Kreuz geformt.

»Dann sehen wir uns ja an Bord«, erwidere ich liebenswürdig. »Kommt mir ruhig in die Quere. Dann weise ich Euch Eure Beteiligung an der Geschichte mit der goldenen Statue nach.«

Tholius schaut mich bestürzt an und ringt plötzlich nach Worten. Es war natürlich nicht schwer zu erraten, dass Tholius etwas mit dem Gold und Vexial zu tun hatte. Das erklärt auch die Geschwindigkeit, mit der er Gesox verurteilen wollte, ohne dass allzu viele Fragen gestellt wurden. Es bringt eine Menge Sinn in viele Dinge, aber darüber kann ich später nachdenken.

Wir hüpfen wieder in den Landauer. Gurdh nimmt die Zügel, und wir donnern davon. Ich schiebe Astral den Stein zu, und er untersucht ihn, als wir so rasch wie möglich zum Quintessenzweg zurückrasen. Wir hinterlassen eine Staubfahne auf der ausgedörrten Erde, und vor uns springen Fußgänger eilig in die Büsche, als wir an ihnen vorbeifegen.

»Habt Ihr ihn schon durchschaut?«, frage ich den Zauberer. Bis zur *Rächenden Axt* ist es jetzt nicht mehr weit.

»Ich habe so etwas noch nie zuvor gesehen. Die Delfine behaupten, er wäre vom Himmel gefallen?« Er dreht den Stein in seinen Händen herum und mustert ihn sorgfältig.

»Ich habe wirklich keine Ahnung, was das ist. Aber er fühlt sich auf jeden Fall mächtig an.«

Es ist mittlerweile vollkommen dunkel, als wir wieder in der *Rächenden Axt* ankommen. Ich bin schätzungsweise eine knappe Stunde weg gewesen. Als ich mit den anderen ins Hinterzimmer laufe, wo Makri immer noch mit ihrer schrecklichen Brustverletzung auf dem Tisch liegt, schicke ich ein kurzes Stoßgebet zum Himmel. Mittlerweise drängeln sich Chiruixa, Tanrose, Dandelion, Bibendis, Cimdy und Bertax in dem Raum.

Nur Matahari ist nicht dabei. Sie wirken ziemlich elend.

»Ich habe den Stein!«

Wenn ich erwartet hatte, Hoffnung in den Gesichtern leuchten zu sehen, dann werde ich enttäuscht. Niemand zeigt auch nur das geringste Anzeichen von Hoffnung.

»Du bist zu spät gekommen«, meint Tanrose seufzend. »Makri ist gestorben.«

»Nein, ist sie nicht!«, widerspreche ich. »Sie sieht nur tot aus.«

Das tut sie allerdings wirklich.

»Sie hat eine sehr kräftige Konstitution«, fahre ich fort. »Elfenblut, Orgkblut, Menschenbl…!«

Chiruixa schüttelt den Kopf.

Astral Trippelmond legt seine Hand auf Makris Stirn und holt dann den Lebensstein heraus. Er berührt damit ihre Haut. Der Kristall glüht nicht, er glimmt nicht mehr.

»Versucht es mit dem Stein der Delfine!«, schreie ich.

Er legt ihn erst auf ihre Stirn und dann auf ihre Wunde. Er berührt damit die Stelle direkt unter ihrem Nabel, wo das Zentrum der Energie sitzt. Nichts passiert, außer das Cimdy laut aufschluchzt und zu Boden sinkt.

Astral sieht sich hilflos um. Ich nehme ihm den Heilstein

aus der Hand und versuche es selbst. Es passiert immer noch nichts, außer dass ich ein warmes Glühen in meinen Finger fühle, als ich den Stein berühre.

»Er funktioniert nicht. Er ist nur ein Stück Himmelsschrott.«

Astral ist ruhiger als ich und nimmt mir den Stein wieder ab. Dann bemerkt er, dass Dandelions Fuß immer noch von dem Vorfall auf dem Pier blutet, bückt sich und berührt die Wunde mit dem Stein. Vor unseren Augen verheilt sie wundersamer Weise. In wenigen Sekunden ist die Blutung gestoppt und regeneriert sich die Haut.

Der Stein funktioniert also. Und Makri ist immer noch tot.

»Ist sie wirklich tot?«, fragt Tanrose.

»Ich fürchte schon«, antwortet Astral, und Chiruixa nickt zustimmend. Ich nehme den Heilstein noch einmal in die Hand und lege ihn auf Makris Wunden. Nichts passiert. Ich bleibe wie vor den Kopf geschlagen eine lange Zeit dort stehen und warte, dass sie wieder lebendig wird. Doch das tut sie nicht. Mehr kann ich nicht tun.

Also hole ich mir einen Krug, gehe zum Zapfhahn, fülle den Humpen, leere ihn in einem Zug und fülle ihn wieder. Dann gehe ich zur Makri zurück und lasse mich vor den Tisch auf den Boden plumpsen. Niemand sagt etwas. Das einzige Geräusch ist Cimdys Schluchzen, in das nach und nach auch die anderen einfallen. Bibendis hat sich nüchtern getrunken und sitzt steif auf einem Stuhl. Sie hat eine Flasche Kleeh in der Hand und versucht anscheinend, sich wieder einen Rausch anzusaufen.

Mir schießt durch den Kopf, dass ich vermutlich den Fall mit der Statue und Rodinaax geklärt habe, aber ich bin jetzt wahrlich nicht in der Stimmung, das alles zusammenzusetzen. Ich habe nur zwei Dinge im Sinn. Erstens: Ich will mich betrinken. Und zweitens: Ich will Sarin die Gnadenlose erbarmungslos töten.

Draußen ertönen die Schritte von schweren Stiefeln.

Hauptmann Rallig kommt herein. Wenn er hier auftaucht, um mir auf die Nerven zu gehen, dann hat er sich genau den richtigen Moment ausgesucht. Ich stehe auf, um ihm gegenüberzutreten. Ein Sündenbock, an dem ich meine Wut auslassen kann, kommt mir gerade richtig.

Aber er will mir nicht auf die Nerven gehen. Er hat das mit Makri gehört. Jemand hat der Zivilgarde gemeldet, dass eine merkwürdige junge Frau im Quintessenzweg erschossen und von einem Fettsack weggeschleppt worden sei. Den Rest hat er sich zusammengereimt. Er ist hier, um Makri die letzte Ehre zu erweisen.

»Es tut mir sehr Leid«, sagt der Hauptmann und mustert traurig Makris Leiche. Cimdy schluchzt jetzt völlig haltlos, während ich unbeteiligt registriere, dass der Kopf ihres Freundes Bertax auf seinen Schultern wackelt und seine Augen den typischen leeren Ausdruck haben, der auf eine gewaltige Dosis Boah hinweist«.

»Wer war das?«

»Sarin die Gnadenlose.«

»Was steckt dahinter?«

»Das Gold des Königs«, erwidere ich. Es gibt keinen Grund mehr, etwas vor Hauptmann Rallig zu verheimlichen.

Ich führe den Hauptmann zur Vorderseite der Taverne, in der sich jetzt keinerlei Gäste mehr aufhalten. Dort hole ich den magischen Beutel heraus und öffne ihn. Die Statue erscheint. Und auch das Gold ist zu sehen. Es schimmert im Licht der Fackeln, die an der Wand hängen.

»Ist das etwa das Gold des Königs?«, fragt Rallig.

Ich nicke.

»Falsch. Es ist mein Gold.«

Das kommt von Vexial dem Sehenden. Er tritt vor, und hinter ihm strömen rot gewandete Mönche vom Sternentempel in die Kaschemme.

Die Tür zum Obergeschoss fliegt krachend auf.

»Die Statue gehört mir«, verkündet der Ehrwürdige Heretius vom oberen Treppenabsatz. Er ist die Außentreppe hinaufgestiegen und durch meine Zimmer in die Kaschemme eingedrungen. Hinter ihm sammeln sich die gelben Roben der Wolkentempelmönche.

Sie steigen schweigend die Treppe hinunter. Die Roten fächern sich auf, um sie würdig zu empfangen. Gurdh hat den kurzen Wortwechsel mitgehört und kommt herein, um nach dem Rechten zu sehen. Hauptmann Rallig sieht mich fragend an.

Die Vordertür fliegt krachend auf, als ihr jemand einen gewaltigen Tritt versetzt. Dramatisch hebt sich die massige Gestalt von Tholius, dem Präfekten von ZwölfSeen, gegen das Dunkel ab. Er schreitet an der Spitze einer großen bewaffneten Gruppe von Männern hinein. In einigen erkenne ich Zivilgardisten, obwohl keiner von ihnen Uniform trägt. Und auch Tholius hat heute auf seine gelb gesäumte Präfektentoga verzichtet. Vermutlich ist das kein offizieller Besuch. Dafür ist seine Absicht klar. Er will das Gold einkassieren und alle Zeugen umlegen.

Tholius' Augen überfliegen kurz die Szenerie.

»Alles raus!«, bellt er.

Keiner zuckt auch nur mit der Wimper. Seine Männer ziehen ihre Schwerter. Vexial der Sehende mustert ihn mit einem Blick, als wollte er abschätzen, ob sie immer noch Partner sind. Die Antwort könnte ich ihm auch geben. Ein Mann, der nicht einmal davor zurückschreckt, die Armen in ZwölfSeen auszuplündern, wird sicherlich nicht eine goldene Statue mit einem Hinterwäldler-Mönch teilen.

Draußen entsteht Unruhe, und im nächsten Moment betreten noch mehr Komparsen die Bühne. Es ist ein Haufen äußerst robust und gefährlich wirkender Männer, an deren Spitze Donax marschiert. Anscheinend hat er die härtesten Kämpfer von ZwölfSeen versammelt, und der Rest scheint der mörderische Abschaum aus den umliegenden Gegenden zu sein. Das verwirrt mich etwas. Wenn er Matahari bis zur *Rä-*

chenden Axt verfolgt hat, braucht er doch keine Armee, um sie abzuholen.

Donax ist leicht überrascht, als er die Sternentempler, die Wolkentempler, Präfekt Tholius und Hauptmann Rallig auf einem Haufen versammelt sieht, aber er erholt sich schnell. Schließlich lacht er sogar.

»Ich bin hier, um eine gestohlene Ladung Gold abzuholen«, verkündet er der versammelten Menge. »Wie ich sehe, bin ich nicht der Erste. Na gut. Ich rate euch allen zu verschwinden, wenn ihr nicht wollt, dass man euch ernstlich wehtut.« Er sieht Präfekt Tholius nachdrücklich an. Als Vertreter der Regierung sollte hier eigentlich Tholius die Verantwortung haben, aber in der Realität verfügt der Bruderschaftsunterhäuptling über weit mehr Macht als er. Tholius ist allerdings in der Kaschemme nicht auf sich allein gestellt, und er scheint ebenfalls nicht geneigt, sich sang- und klanglos zu verdrücken. Genauso wenig wie die Mönche.

Donax dreht sich zu mir um und grinst. »Wir haben das Gold gesucht, seit es gestohlen wurde. Und wir haben erfahren, dass die Mönche etwas damit zu tun haben. Außerdem hat uns jemand erzählt, dass du dich mit den Mönchen abgegeben hast, Thraxas.«

Er sieht mich scharf an. »Du solltest wissen, dass du nichts von dem, was in ZwölfSeen vorgeht, vor mir verbergen kannst. Wir wären sicher schneller hier gewesen, wenn du Matahari nicht mit dem Verstörungszauber geschützt hättest.«

»Habt Ihr sie umgebracht?«, will ich wissen.

»Umgebracht? Warum? Matahari arbeitet für mich, Fettsack. Und sie ist außerdem sehr gerissen. Wir haben uns gedacht, dass du uns zum Gold führen würdest. Sobald sie mitbekommen hat, wie du mit der Statue angegeben hast, ist sie zu mir gekommen und hat mir davon berichtet.«

Donax hätte damit nicht herumprahlen müssen, aber er liebt es, den Leuten unter die Nase reiben, wie er sie über den Tisch gezogen hat. Ein gefährlicher Charakterfehler.

»Ich habe gehört, dass dieses Orgk-Mädchen tot ist«, fügt Donax hinzu. »Tut mir Leid. Damit habe ich nichts zu tun. Aber jetzt solltet Ihr beiseite treten, während meine Leute die Statue mitnehmen.«

Hauptmann Rallig stellt sich dem Bruderschaftsunterhäuptling in den Weg. »Wie kommt Ihr darauf, dass Ihr die Statue mitnehmen könntet, Donax? Ich repräsentiere hier das Gesetz, und ich werde jeden Mann verhaften, der versucht, sie zu entfernen.«

Donax brüllt vor Lachen bei der Vorstellung, dass ein einfacher, einsamer Hauptmann der Garde einem Bruderschaftsunterhäuptling in die Quere kommen könnte, vor allem dann, wenn dieser spezielle Unterhäuptling von einem ganzen Haufen Kämpfer gedeckt wird. Sie lachen alle herzhaft. Das Gelächter geht mir auf die Nerven. Ich will kein Lachen hören, solange Makri tot nebenan liegt. Ich stelle mich neben den Hauptmann. Ich hatte eigentlich vorgehabt, Sarin zu töten, aber für den Augenblick würde ich auch damit vorlieb nehmen, diesen Abschaum hier abzuschlachten. Mir ist danach, jemanden umzulegen, und ich bin im Moment nicht allzu wählerisch.

»Holt Euch die Statue doch« sage ich und deute auf die Stelle, wo sie steht. Sie steckt noch halb im magischen Beutel.

Alle zögern. Sie wollen sehen, wer den ersten Zug macht. In diesem Moment kommt Bibendis aus dem Hinterzimmer. Sie würdigt uns keines Blickes, sondern schwankt trunken hinter den Tresen, fischt sich eine Flasche Kleeh vom Regal und schlurft schwankend wieder davon. Die Zielstrebigkeit dieser Frau ist wirklich bewundernswert.

Hauptmann Rallig verlangt erneut, dass alle verschwinden und dem Gesetz Folge leisten. Bei diesen Worten tritt Präfekt Tholius vor ihn hin und fordert den Hauptmann wütend auf, sich herauszuhalten. »ZwölfSeen untersteht meiner Gerichtsbarkeit.«

»Das ist richtig. Aber ich arbeite für das Justizdomizil, und ein Hauptmann der Garde hat die Verpflichtung, in der ganzen Stadt dem Gesetz Geltung zu verschaffen. Seid Ihr in offizieller Mission hier? Warum tragen Ihr und Eure Männer dann keine Uniform?«

Rallig wendet sich an den Ehrwürdigen Heretius, der ruhig am Fuß der Treppe wartet: »Und was wollt Ihr hier?«

Der Ehrwürdige Heretius schweigt.

»Sie sind alle wegen der Statue hier, Hauptmann«, erkläre ich.

»Selbst Tholius?«

»Vor allem Tholius. Er hat Vexial den Sehenden mit Informationen über den Goldtransport versorgt. Und außerdem hat er ihm ein hübsches Haus in Thamlin zur Verfügung gestellt, wo er sich mit Rodinaax' Frau treffen und ihr alle notwendigen Informationen entlocken konnte.«

»Tötet sie!«, befielt Tholius.

Die Hölle bricht los.

15. KAPITEL

Mit neunzehn Jahren wurde ich aus dem College für angehende Zauberer geworfen. Da ich weder Geld noch eine Familie hatte und mir auch sonst nichts Besseres einfiel, trat ich einer Kompanie von Söldnern bei, die unterwegs zu einem Krieg weit im Südosten waren, einem Krieg zwischen den kleinen Stadtstaaten von Juvental, Benfical und Real. Damals habe ich Gurdh kennen gelernt, einen großen Barbaren von etwa fünfundzwanzig Jahren, der aus dem eisigen Norden heruntergereist war und das Leben in den so genannten zivilisierten Ländern kennen lernen wollte. Jedenfalls hat er das damals behauptet, aber viele Jahre später gab er zu, dass er eigentlich von der einflussreichen Familie einer jungen Frau aus dem Land gejagt worden war, der er sich wohl ein wenig zu forsch genähert hatte.

Die Ereignisse im Süden waren sehr verwirrend für ihn. So viele kleine Städte, die sich gegenseitig bekriegten. Und um die ganze Situation noch schlimmer zu machen, hatte jede Stadt zwei Anwärter auf den Thron. Bei einer Gelegenheit hat unsere kleine Gruppe, die im Sold eines Prinzen von Juvental stand, mitten in einem dichten Wald einer anderen Gruppe von Söldnern aufgelauert, die ebenfalls einem Prinzen von Juvental dienten. Im selben Moment ist uns die Armee der Volksdemokratie von Benfical in den Rücken gefallen. Während Gurdh und ich immer noch überlegten, in welche Richtung wir unsere Speere eigentlich halten sollten, trafen die vereinten Kräfte des vor kurzem abgesetzten Königs von Real zusammen mit seinen Bundesgenossen, den Soldaten von Benfical, ein. Niemand wusste, was zum Teufel da eigentlich vor sich ging. In dem dunklen Wald wurden die Speerträger-Kompanien bald aufgesplittert, und unsere Ordnung löste sich bald auf. Was übrig blieb, war eine Masse von Männern, die mit irgendwelchen Gegnern, die sie kaum kannten, um ihr Leben kämpften. Panik setzte ein, als die verschiedenen Armeen in all der Verwirrung Freund und Feind gleichermaßen abschlachteten. Gurdh und ich konnten nichts tun, außer uns den Weg durch alles und jeden zurückzuschlagen, der oder das sich uns in den Weg stellte. Wir hofften, irgendwann ein verlassenes Fleckchen Erde zu finden, wo wir kurz rasten und uns sammeln konnten. Dann wollten wir uns zwei Pferde schnappen und sofort losreiten. Was wir schließlich auch taten.

Ich erinnere mich jetzt, vierundzwanzig Jahre später, als die Schlacht in der *Rächenden Axt* losbricht, wieder genau an diesen Tag. Alle wollen die Statue, aber nur der, der am Ende noch steht, wird sie mitnehmen können. Die Mönche des Wolkentempels und die des Sternentempels stürzen sich wütend aufeinander. Ihre Gier nach dem Gold verstärkt sogar noch ihre konfessionellen Unterschiede. Die der Bruderschaft, die stinksauer darüber ist, dass es jemand auch nur wagen konnte, in ihrem Revier einen kriminellen Akt zu begehen, ohne sie zu beteiligen, stürzen sich ebenfalls ins Getümmel. Die Bandenbrüder sind zwar keine ausgebildeten Kämpfer wie die Ordensbrüder, aber viele haben in der Armee gedient, und sie sind in dieser Art von engem Straßenkampf sehr gut geübt.

Präfekt Tholius wirft mittlerweile seine eigenen Leute ins Getümmel. Der Präfekt hat vielleicht am meisten zu verlieren, denn seine Position in der Stadt ist so gut wie unhaltbar. Sobald es sich herumspricht, dass er seine Finger bei dem Golddiebstahl mit im Spiel hatte, wird er schneller seines Amtes enthoben und auf einer Strafgaleere rudern, als er zwinkern kann. Präfekten können sich in Turai so ziemlich alles leisten, aber auf keinen Fall dürfen sie sich das Gold des Königs unter den Nagel reißen. Tholius ist umringt von seiner persönlichen Leibwache aus dienstfreien Zivilgardisten, und er ist fest entschlossen, entweder alle Zeugen seines Verbrechens auszulöschen oder sich aber mit der Beute in einem anderen Land niederzulassen, wo ihn der Arm des Gesetzes von Turai nicht erreichen kann.

Ich persönlich stecke natürlich wieder mittendrin. Dabei will ich die Statue überhaupt nicht. Ich wollte nur ein Verbrechen aufklären, aber seit Makris Tod ist dieses Anliegen auf meiner Prioritätenliste ziemlich weit nach unten gerutscht. Bei dem Gedanken daran, dass ihre Leiche nebenan liegt, packt mich eine Wut, wie ich sie schon lange nicht mehr gespürt habe. Ich bin sehr froh über die günstige Gelegenheit, meinen Zorn an jedem auszulassen, der mir in die Quere kommt.

Hauptmann Rallig ist der einzige offizielle Gesetzesvertreter in dieser Gegend und steht ziemlich unter Druck. Er kämpft Schulter an Schulter mit Gurdh und mir, und unsere Körper decken die halb entblößte Statue. Ein Mönch des Sternentempels bricht heulend unter einem Hieb von Ralligs Dienstwaffe zusammen. Wie ich sehe, hat der gute Hauptmann seine alte Kampftechnik nicht verlernt.

Vier Bruderschaftler stürzen sich auf uns. Ich pariere einen Schlag, ramme mein Schwert dem Gegner in den Oberschenkel und dann in seinen Bauch, als er stolpert. Gurdh hackt seinen Mann beinah in zwei Teile, und Rallig wehrt sehr geschickt einen Schlag ab, bevor er sein Schwert die Klinge seines Gegners entlanggleiten lässt, bis er sie schließlich in dessen Brust versenken kann. Der vierte Bruder weicht zurück, und wir genießen einen Moment der Ruhe in diesem Wahnsinn.

»Hättet Ihr nicht eine Kompanie Gardisten mitbringen können?«, knurre ich Rallig an.

»Ich wollte ihr nur die letzte Ehre erweisen« erwidert er. »Und wir müssen uns mal ernsthaft unterhalten, wenn das hier alles vorbei ist. Für was hältst du dich eigentlich? Einfach Beweise zurückzuhalten! Diese Statue hätte längst der Garde übergeben werden müssen.«

»Ich war gerade dabei«, grolle ich, aber dann müssen wir

unsere Unterhaltung verschieben. Gurdhs Einrichtung wird übel auseinander genommen, als die Kämpfer alles packen und als Waffe verwenden, was ihnen in die Finger kommt. Fackeln, Krüge, Stuhlbeine und ganze Bänke segeln durch die Luft. Tholius selbst schnappt sich einen langen Holztisch und wirft ihn in unsere Richtung, bevor er seine Männer weiter in Richtung der Statue treibt. Hauptmann Rallig geht unter der Wucht des Aufpralls zu Boden. Gurdh zerrt ihn aber gleich wieder hoch, während ich zwei Gegner mit meinem Dolch und meinem Schwert in Schach halte. Es herrscht ein heilloses Durcheinander. Ich verliere meine beiden Mitkämpfer aus den Augen, als eine Gruppe von Mönchen sich zwischen uns schiebt. Sie schreien und fluchen, während sie sich gleichzeitig gegenseitig wie verrückt treten und schlagen. Ich sehe mit an, wie ein junger Mönch einen Schwerthieb mit bloßen Händen abfängt, bevor er dann seinerseits mit einem Schlag dem angreifenden Bruderschaftsmann den Hals bricht, nur um gleich danach einem Schwerthieb in den Rücken zum Opfer zu fallen. Sein Gefährte schreit wütend auf, überspringt den nächsten Schwerthieb und tritt dem Mann dann so hart ins Gesicht, dass dessen Genick wie ein trockener Zweig bricht.

Vexial der Sehende und der Ehrwürdige Heretius versuchen, miteinander in den Clinch zu gehen, aber sie werden von einem Haufen von kämpfenden Körpern zwischen sich daran gehindert. Schließlich springt Heretius, dem man seine siebzig Jahre wahrhaftig nicht anmerkt, aus dem Stand mit einem gewaltigen Satz so hoch, dass jeder jüngere Mann vor Neid erblassen muss. Er macht einen Salto, während er durch die halbe Kaschemme segelt, räumt dann im Sinkflug einige Widersacher aus dem Weg und landet schließlich direkt vor Vexials Nase. Der gibt dem Alten sofort eins auf die Glocke. Das heißt, er versucht es, aber Heretius weicht geschickt aus. Dann beginnen sie einen packenden Zweikampf und zeigen dabei meisterhaft ihr Können, das sie sich ein Leben lang angeeignet haben. Aber keiner von ihnen gewinnt die Oberhand.

Erneut landet ein Tisch auf uns, und diesmal stürze ich. Gurdh kann gerade noch den Stoß eines Speeres ablenken, bevor der mich am Boden festnagelt. Ich springe auf und will mich verteidigen, aber unsere Situation wird immer hoffnungsloser. Wir sind nur zu dritt, und jetzt werden wir gleichzeitig von Tholius' Leuten und denen von Donax in die Mangel genommen, während sich zwischendrin ein Haufen wild gewordener Mönche tummelt. Wir sind inzwischen alle verletzt, und der Boden unter uns ist glitschig von unserem Blut. Überall liegen Leichen im Weg, und wir stolpern über sie, während wir immer fester gegen den gewaltigen Klumpen aus Bronze gedrückt werden.

Mir fällt ein, dass Astral Trippelmond immer noch irgendwo im Hinterzimmer sein muss, und ich frage mich, ob er vielleicht einen gewaltigen Zauberspruch vorbereitet, der uns aus dieser misslichen Lage befreien könnte. Aber wahrscheinlich nicht. Ich habe ihn so schnell von seiner Liegestatt entführt, dass er ganz sicher keine Zeit gehabt hat, irgendwelche Zaubersprüche auswendig zu lernen. Und er bräuchte ein Lehrbuch, um sich einen neuen einzuprägen. Wenn er vernünftig ist, dann hat er sich mit Bibendis und Dandelion durch die Hintertür aus dem Staub gemacht. Also können wir uns nur auf die Kraft unserer Schwerter verlassen, und die lässt allmählich nach. Ich benutze meine Klinge, um die Widersacher zu meiner Rechten zu beschäftigen, während ich gleichzeitig nach Kräften versuche, mit meinem Dolch Schläge von der Linken abzuwehren. Ich schmettere einen weiteren von Tholius' Leuten zu Boden, aber der Nächste steht sofort bereit. Lange halte ich das nicht mehr durch.

»Gib's zu, Thraxas, wenn du mit zwei Schwertern kämpfen musst, bist du genauso effektiv wie ein Eunuch in einem Bordell!«, ertönt eine vertraute Stimme in meinem Ohr.

Ich wirble herum. Es ist Makri. In der einen Hand hat sie ein Schwert und in der anderen eine Axt. Und sie sieht kerngesund aus!

»Was … Was … Was ist denn mit dir passiert?«

»Ich habe mich erholt.«

»Ach was! Du hast dir aber verdammt viel Zeit gelassen! Soll ich vielleicht ganz Turai allein niedermetzeln?«

Makri grinst und lässt ihr Schwert und ihre Axt wirbeln. Ihre unvergleichliche Gladiatoren-Kampftechnik räumt sehr schnell einen schönen Halbkreis um uns herum frei, was sehr angenehm ist. Als Gurdh sie sieht, ist er so überrascht, dass er sich den Kopf am Huf der Statue stößt. Er braucht eine Weile, bis er sich erholt hat.

»Makri!«, ruft er und hält sich den Schädel. »Du lebst!«

»Na klar doch!«, erwidert sie und versenkt ihr Schwert in der Brust eines rot gewandeten Mönchleins, das so unklug war, zu versuchen, mit einem Vierkantholz nach ihr zu schlagen. Hauptmann Rallig, Gurdh und ich fühlen uns durch Makris wundersame Auferstehung neu motiviert und schaffen es, die Horde vor uns nicht nur aufzuhalten, sondern sie sogar langsam zurückzudrängen. Mönche, Gauner und Gardisten werden wie Grashalme von Makris Schwert und Axt umgemäht. Sie massakriert ihre Gegner wie ein Dämon aus der Hölle, den man nach oben geschickt hat, um die Menschenernte einzufahren.

Ich habe den Eindruck, dass ihre Berührung mit dem Tod den Ärger darüber, dass ein Mönch sie kürzlich von hinten getreten hat, keineswegs lindern konnte. Sie kämpft mit einer Wildheit, die in Turai noch nie zuvor gesehen wurde. Kein Wunder, dass sich in der Arena Drachen, Trolle und ganze Schwadronen von Orgks an ihr aufgerieben haben.

Während der Kampf in der Gaststube weiter tobt, ringen die Äbte noch immer miteinander. Der Ehrwürdige Heretius und Vexial der Sehende sind sich einfach zu ebenbürtig. Sie haben aufgehört, aufeinander einzuprügeln und umkreisen sich jetzt wachsam. Schließlich tritt Tholius zwischen sie, hebt die Hände und blökt, was seine Stimmbänder hergeben. Der Präfekt hat durchaus eine demagogische Ader und ist sehr erfahren darin, vor einem johlendem Mob zu reden. Es gelingt ihm, sich die Aufmerksamkeit der Leute zu verschaffen.

»Hört mit diesem sinnlosen Kampf auf!«, schreit er. »Wir machen es ihnen nur noch einfacher!« Er deutet auf uns. »Vernichtet erst sie, danach können wir die Verteilung des Goldes auf vernünftige Art und Weise diskutieren.«

Die restlichen Mönche hören auf, sich zu prügeln und sehen zu uns herüber. Wir stehen vor der Statue. Die Bruderschaftler sehen Donax fragend an. Er nickt, als wolle er sein Einverständnis kundtun. Alle scheinen zu glauben, dass der Präfekt genau die richtige Idee hatte. Und damit fechten wir nicht mehr eines von vielen Gefechten in der Kaschemme aus, sondern finden uns plötzlich als einziges Ziel eines massiven Angriffs von allen Seiten wieder.

Die ganze Meute fächert sich auf und greift uns an. Wir haben keine Chance. Auf diesem engen Raum kann nicht einmal Makris überlegene Kampftechnik gegen eine solche Masse von Angreifern aus allen Richtungen helfen. Einige der behändesten Mönche sind bereits dabei, die Statue zu erklimmen, um uns dann von hinten anzugreifen. Andere nutzen die Gelegenheit und werfen kleine Wurfsterne auf uns, bevor sie uns mit ihren Schwertern angreifen. Keiner von uns trägt eine Rüstung, und Makri und ich erleiden bald schmerzhafte Wunden, als die Sterne sich in unsere Haut graben.

Es wird Zeit für ein paar zügige Gedankengänge. Darin bin ich verdammt gut.

»Der Magische Raum!«, schreie ich. »Alles rein!«

Ich springe auf den Sockel der Statue und wehre einen Mönch ab, der von oben herunterklettern wollte. Gurdh und Rallig haben zwar offensichtlich Bedenken, aber als die große Woge aus Menschenleibern über uns zusammenzubrechen droht, springen sie neben mich. Ich nehme den Rand des Beutels in die Hand und klettere in die purpurne Leere.

»Das gefällt mir gar nicht«, sagt Gurdh, als ich den Beutel über unseren Köpfen zusammenziehe.

»Ich wollte sowieso immer schon mal sehen, was sich hier drin verbirgt«, sagt Makri.

Und dann werden wir auch schon vollkommen in den Magischen Raum eingehüllt. Diese Dimension ist ganz anders als unsere. Hier können merkwürdige Dinge geschehen und merkwürdige Kreaturen leben. Für Menschen ist es an diesem Ort eigentlich eher ungesund.

Wir stürzen durch die dicke purpurne Atmosphäre. Flockige Wolken lachen uns hinterher. Schließlich landen wir sanft auf einer grünen Ebene. Eine gewaltige blaue Sonne brennt hoch oben. Neben uns steht die Statue in all ihrer Pracht. Sie weist keinerlei Spuren von meinen Schlägen mit dem Vorschlaghammer auf. Und auf der Bronzestatue neben Sankt Quaxinius hockt ... Marihana, die Meuchelmörderin.

»Willkommen im Magischen Raum«, sagt sie.

»Hallo, Marihana«, grüßt Makri zurück. »Was machst du denn hier?«

»Ich habe erfahren, dass du tot bist«, antwortet Marihana. »Ich wollte dir die letzte Ehre erweisen, aber dann warst du doch lebendig. Sehr gut. Als die Lage in der Kaschemme unübersichtlich wurde, bin ich hier hineingeschlüpft, um abzuwarten, bis sich alles wieder beruhigt hat. Ich hatte nicht damit gerechnet, dass Ihr mir Gesellschaft leistet.«

Ich starre sie misstrauisch an. Ich finde es ein wenig merkwürdig, dass wir so plötzlich auf Marihana stoßen. Soweit ich weiß, könnte sie schon seit Tagen im Magischen Raum sitzen. Vielleicht schleppe ich sie ja die ganze Zeit in meiner Hosentasche mit mir herum.

»Du bist gekommen, um Makri die letzte Ehre zu erweisen, ja? Du bist wohl eher wegen Vexial hier, was? Ich habe gehört, dass er auf eurer Abschussliste steht.«

»Die Meuchelmördergenossenschaft diskutiert ihre Angelegenheiten nicht mit Außenstehenden«, erwidert Marihana kühl.

Sie ist eine sehr gelassene Frau, diese Marihana. Und äußerst schwer aus der Reserve zu locken. Sie ist klein und sehr blass. Das sind Meuchelmörder oft. Sie sind sogar die einzigen blassen Leute in ganz Turai, abgesehen von einigen vornehmen aristokratischen Damen, die sich aus modischen Gründen die Sonne vom Teint halten. Wie sie so auf dem Pferd sitzt, mit ihrem zierlichen Körper und dem schwarzen Umhang, sieht sie aus wie ein spielendes Kind. Jedenfalls wirkt sie überhaupt nicht gefährlich, obwohl sie die Nummer drei in der Meuchelmördergenossenschaft ist. Wir haben es hier mit einer Frau zu tun, die angeblich in einer einzigen Nacht einen Senator, einen Zauberer und einen Orgk-Lord umgebracht hat.

Ich bin keineswegs erfreut darüber, ihr wieder zu begegnen. Ich verabscheue diese kaltblütigen Meuchelmörder, eben weil sie kaltblütige Meuchelmörder sind. Die Tatsache, dass sie aufgrund der schützenden Hände einiger einflussreicher Politiker in Turai trotz ihrer schweren Verbrechen ungestraft herumlaufen können, macht sie mir auch nicht gerade sympathischer.

Es wirkt ziemlich überstürzt von ihr, diesen Magischen Raum zu betreten. Weiß sie eigentlich, dass man von diesem Ort hier nicht so einfach wegkommt?

»Wieso lebst du, Makri?«, erkundigt sich Gurdh. Diese Frage hatte ich gerade selbst stellen wollen, bevor ich von Marihana abgelenkt wurde.

Makri zuckt mit den Schultern. Sie ist mit einem Stein auf ihrer Brust und einem Armbrustbolzen daneben aufgewacht. Sie hat nicht mal eine Narbe davongetragen. Ich erinnere mich, dass ich den Stein einfach auf ihrem Körper habe liegen lassen. Das war wohl auch gut so. Anscheinend hat er bei ihr länger gebraucht als bei Vexial, was auch nicht weiter überraschend ist. Immerhin war sie schon so weit im Jenseits, dass nicht einmal Astrals Lebensstein ihre Lebensgeister registrieren konnte. Das ist schon was, diese gemischte Blutgruppe, denke ich. Ich werde nie wieder glauben, dass Makri tot ist, es sei denn, ich sehe, wie ihr Sarg in ein Grab gesenkt wird. Und vielleicht nicht mal dann.

»Es ist ein verblüffendes Artefakt, dieser Heilstein der Delfine«, sage ich. »Ob ich ihn zurückgeben soll?«

»Natürlich musst du ihn zurückgeben. Die Delfine haben dich schließlich engagiert, damit du ihn findest!«

»Aber wir haben nicht über das Honorar gesprochen. Wenn sie mir Tunfisch anbieten, lehne ich dankend ab.«

Hauptmann Rallig spekuliert, ob sie mich vielleicht mit einem versunkenen Schatz entlohnen würden, obwohl der allgemeine Konsens dahin geht, dass die Delfine Turai schließlich Glück bringen und ich besser nicht mal daran denken sollte, von ihnen Geld zu fordern.

»Außerdem haben sie mich geheilt«, erklärt Makri. »Ich fühle mich großartig.«

»Vermutlich hättest du dich nach einer ausgiebigen Nachtruhe selbst geheilt.«

Makri blickt zum Himmel. »Hübsche blaue Sonne, muss ich schon sagen. Huch, sie ist gerade grün geworden. Was passiert sonst noch so im Magischen Raum?«

Die Bronzefigur von Sankt Quaxinius dreht sich plötzlich zu Marihana um.

»Runter von meinem Ross!«, befiehlt er.

»Alles Mögliche passiert.« Ich seufze. »Es ist wirklich kein allzu gemütlicher Ort.«

Selbst Marihana, die in jeder Form von Verheimlichung ausgebildet ist, sowohl körperlicher als auch mentaler, kann nicht ihre Überraschung darüber verbergen, dass sie von einer Statue herumkommandiert wird. Sie springt gewandt von dem Bronzepferd und mustert den Heiligen misstrauisch. Der verfällt wieder in ehernes Schweigen.

»Hat er wirklich gesprochen?«, will Gurdh wissen. Er hebt nervös die Axt. Als Barbar fühlt er sich natürlich mit keiner Art von Magie besonders wohl, und das hier muss ihn außerordentlich befremden.

»Ja. Hier spricht so ziemlich alles.«

Wir betrachten die ständig wechselnden Farben der Landschaft.

»Ist das der Ort, an den man gelangt, wenn man die Pilze isst, die Bertax immer im Wald sammelt?«, erkundigt sich Makri.

Diese Frage verstehe ich nicht. Ich weiß nichts von Pilzen, die Bertax im Wald sammelt.

»Nun gut, jetzt sind wir hier. Und was machen wir jetzt?«, fragt Hauptmann Rallig. Er ist einfach ein Pragmatiker, der nicht lange herumstehen und die Aussicht bewundern kann. »Übrigens, ist der Beutel in der Außenwelt immer noch zu sehen?«

»Ja.«

»Und wir sind drin?«

»Ja.«

»Und wenn jemand ihn aufhebt und ins Feuer wirft?«

»Wer würde das tun? Immerhin ist eine goldene Statue drin.«

»Präfekt Tholius könnte sich vielleicht entschließen, auf die goldene Statue zu verzichten und dafür seinen Hintern zu retten, wenn er mit einem Schlag alle Zeugen für seine Verbrechen loswerden kann.«

Ich muss zugeben, dass dies ein sehr beunruhigender Gedanke ist.

»Kannst du uns schnellstens hier herausbringen?«

Bevor ich antworten kann, marschiert eine gewaltige Sau auf zwei Beinen an uns vorbei. Sie grüßt uns höflich. Gurdh hebt seine Axt, was die Sau mit Missfallen bemerkt.

»Ach so? Ihr wollt mich wohl zu Wurst verarbeiten, was? Typisch Mensch. Schlachtet die Sau, ohne auch nur einen einzigen Gedanken dabei zu verschwenden. Wie würde es Euch wohl gefallen, wenn Ihr friedlich Euren Geschäften nachgeht und plötzlich jemand vorbeikommt, Euch schlachtet, ausbluten lässt, verwurstet und auffrisst, hm?«

»Der menschlichen Rasse wurde die Vorherrschaft über das Tierreich gewährt«, salbadert Sankt Quaxinius vom hohen Ross aus.

»Na, von mir jedenfalls nicht«, kontert das Schwein und fängt an, mit dem Heiligen zu streiten.

Ich bin immer noch sehr froh, dass Makri am Leben ist, aber als ich darüber nachdenke, dass ich den Sommer eigentlich ruhig verbringen, ein paar Bierchen schlürfen und dabei im Schatten sitzen wollte, werde ich etwas depressiv. Stattdessen finde ich mich im Magischen Raum wieder, höre einer theologischen Debatte zu, die zwischen einem bronzenen Heiligen mit Goldkern und einer auf dem Hinterschinken laufenden Sau geführt wird, während draußen die Hälfte von Turais Killerelite mit dem Schwert in der Hand auf meine Rückkehr wartet.

Das Schwein verschwindet sang- und klanglos, als plötzlich Körper vom Himmel herunterregnen. Erst halte ich es für noch mehr magische Kreaturen. Doch als die Körper ins Gras sinken, das mittlerweile in strahlendem Orange leuchtet, wird mir klar, dass Tholius, Donax und die Mönche uns in den Magischen Raum gefolgt sind. Ihre Gier nach Gold kennt keine Grenzen. Wir heben müde unsere Waffen, um den Kampf fortzusetzen.

16. KAPITEL

Unsere Widersacher landen auf dem Boden und sehen sich verwirrt und etwas desorientiert um. Aber es dauert nicht lange, bis sie alle wieder wissen, wo oben und unten ist, denn Heretius, Vexial, Donax und Tholius rufen sie rasch zur Ordnung.

»Tötet sie!«, bellt Tholius. Hm. Hatten wir das nicht gerade erst?

In diesem Moment tut sich der Boden vor unseren Füßen auf, und ein reißender Fluss wird sichtbar. Er trennt uns von unseren Verfolgern. Als sie sich von ihrem ersten Schrecken erholt haben, schauen sie uns schon über einen fünfzehn Meter breiten, rasend schnell fließenden Strom hinweg an. Ich muss lachen. Diese Wendung des Schicksals gefällt mir. Ich schlendere dichter ans Ufer.

»Hallo, Tholius!«, rufe ich. »Lust auf ein Bad?«

Tholius ist nicht sonderlich erfreut. Vexial der Sehende hingegen wirkt völlig unbeeindruckt.

»Den Fluss wird es nicht lange geben.«

»Ich würde mich nicht allzu sehr darauf verlassen, dass Eure seherischen Kräfte hier drinnen funktionieren, Vexial. Der Magische Raum ist sehr verwirrend, selbst für einen Mann wie Euch. Übrigens, Gratulation zu Eurer Genesung. Da Eure Beine wieder gesund sind, könnt Ihr jetzt wenigstens selbst zum Galgen gehen. Übrigens war es etwas überstürzt von Euch, uns so einfach zu folgen. Es zeigt nur, dass Ihr gieriger auf das Gold seid, als Euch gut tut. Oder könnt Ihr auch sehen, wie Ihr den Magischen Raum wieder verlassen werdet?«

Den verunsicherten Mienen auf den Gesichtern unserer Widersacher vom anderen Ufer entnehme ich, dass sie darüber noch gar nicht nachgedacht haben. Unser Gespräch wird an dieser Stelle aber jäh von einem kurzen, jedoch äußerst heftigen Froschschauer unterbrochen.

»Also, Tholius!«, rufe ich, nachdem der letzte Frosch fröhlich weggehüpft ist. »Wie lautet Euer Plan?«

»Ich werde dich umbringen!«, dröhnt er zurück.

»Das ist vielleicht gar kein so schlechter Plan. Es kommt natürlich auf den Standpunkt an. Eine Alternative wäre, sich Hauptmann Rallig hier neben mir zu ergeben und den Konsequenzen Eurer illegalen Handlungen zu stellen.«

Dazu hat Tholius keine rechte Lust. Sein eigener Plan gefällt ihm besser. Trotz ihrer hohen Verluste in der Kaschemme haben der Präfekt und Donax immer noch genug Bewaffnete bei sich. Dasselbe gilt auch für Vexial den Sehenden und den Ehrwürdigen Heretius. Also sind sie gemeinsam vermutlich sehr wohl in der Lage, Tholius' Plan in die Tat umzusetzen, falls der Fluss ebenso plötzlich verschwindet, wie er aufgetaucht ist. Ich spiele weiter den Zuversichtlichen und fahre fort, Tholius von der sicheren Seite des Flusses aus zu beleidigen.

Hauptmann Rallig kratzt sich am Kopf. Es ärgert mich, dass er anscheinend nicht das kleinste graue Härchen hat. Mein Haar ist genauso lang wie seins, aber es sieht allmählich strähnig aus. Andererseits ist mein Schnurrbart immer noch erheblich eindrucksvoller als seiner – übrigens immer schon.

»Thraxas, wie wäre es, wenn du mich in die Einzelheiten der Geschichte einweihst. Ich meine, nur für den Fall, dass wir hier lebendig herauskommen, und für den noch unwahrscheinlicheren Fall, dass ich dich nicht sofort in den Kerker werfe, weil du das Gold des Königs vor der Garde versteckt hast. Ich bin eigentlich nur vorbeigekommen, um dir mein Beileid zum Tod deiner Freundin auszusprechen. Dass ich bei dir die halbe Unterwelt der Stadt und einen Haufen Kampfmönche vorfinden würde, die sich um einen gestohlenen Schatz balgen, habe ich nicht erwartet, sonst hätte ich ein paar Leute mitgebracht. Ich vermute, dass dies alles mit dem Mord an Rodinaax zu tun hat?«

»Natürlich. Es ist höchst komplizierte Angelegenheit. Ich will sie für Euch etwas vereinfachen. Diese beiden Mönchsorden rivalisieren miteinander. Vexial der Sehende ist der Abt des Sternentempels, und der Ehrwürdige Heretius steht dem Wolkentempel vor. Sie kämpfen gegeneinander, und zwar teilweise wegen religiöser Unstimmigkeiten, aber hauptsächlich, um zu klären, wer von ihnen die Nummer eins ist. Wahrscheinlich schlägt einem das einsame Leben in den Bergen irgendwann auf das Gemüt. Erinnert Ihr Euch daran, wie heiß es damals gewesen ist, als wir die Niojaner an dem Pass aufgehalten haben?«

»Verschon mich jetzt mit irgendwelchen Niojanern an irgendeinem Pass. Was ist mit den Mönchen los?«

»Sie haben, wie gesagt, hauptsächlich miteinander gekämpft. Und dann haben sie sich gespalten. Daraufhin fehlte plötzlich beiden Tempeln eine Statue. Was Vexial den Sehenden auf eine sehr gute Idee brachte. Er wollte die Statue stehlen, die Rodinaax gerade für Turai anfertigte, damit er Heretius so überlegen wäre und vielleicht sogar die Mönche des Wolkentempels dazu bewegen könnte, zum Sternentempel zurückzukehren. Doch dann kam Sarin die Gnadenlose mit einer noch viel besseren Idee zu Vexial. Sie kannte Präfekt Tholius noch aus der Zeit, als sie Boah in die Stadt schmuggelte. Tholius nahm Bestechungsgeld von ihr, damit er beide Augen zudrückte, eine durchaus übliche Praxis unter den Bonzen unserer Stadt. Euch selbst ausgenommen, natürlich. Ob die ursprüngliche Idee von Tholius oder Sarin stammt, weiß ich nicht. Aber einem von beiden ist aufgefallen, dass die Route der Goldtransporte aus den Minen des Königs recht nahe an Vexials Kloster vorbeiführt.

Diese Route war natürlich ein streng gehütetes Geheimnis. Die Strecken und die Zeiten wurden nur in magiesicheren Räumen besprochen, die zu diesem Zweck extra vom Roten

Elfentuch geschützt wurden. Aber Präfekt Tholius hat offenbar gute Kontakte zum Palast und erfuhr so, für wann der nächste Transport geplant war. Er gab die Einzelheiten umgehend an Sarin weiter, die sie wiederum flugs Vexial überbrachte. Also überfielen die Mönche vom Sternentempel den Goldtransport und meuchelten dabei die Wachen.

Und dann hatten sie eine wirklich brillante Idee. Statt mit dem Gold in den Bergen zu verschwinden, wo sie schon bald von den Palast-Zauberern aufgespürt worden wären, brachten sie das Gold direkt nach Turai und versteckten es in Rodinaax' Statue. Euch ist doch klar, wie sicher es dort war?«

»Aber natürlich.« Schlauer Bursche, unser Hauptmann Rallig. »Kein Zauberer würde in einer Statue von Sankt Quaxinius nachsehen. Das wäre Blasphemie!«

»Genau. Der Plan war, das Gold so lange in der Statue zu belassen, bis sie am Schrein aufgestellt wurde. Wenn sich dann die Aufregung gelegt hätte, würde Vexial die Statue stehlen und das Gold herausholen. Wenn er die Statue wieder zusammensetzte, hatte er sowohl das Gold als auch eine neue Statue. Ich persönlich glaube, dass er sich über Blasphemie nicht allzu viele Sorgen macht.

Weshalb die Dinge dann auch schief liefen. Der Ehrwürdige Heretius nämlich hatte einen Spion im Sternentempel, und er entdeckte, was hier los war. Von da an war er ebenfalls hinter dem Gold und der Statue her. Der Wolkentempel griff den Sternentempel an, und dabei wurde Vexial beinah getötet. Er musste in die Stadt kommen, um sich wieder zu heilen. Mittlerweile hatte jedoch der Ehrwürdige Heretius herausbekommen, dass das Gold in Turai war, und auch, dass es sich vermutlich in Rodinaax' Statue befand. Er kam zu spät, um es abzufangen, also engagierte er mich, um es zu suchen. Mir war nicht klar, dass das Gold in der Statue war, aber natürlich merkte ich, dass da etwas Merkwürdiges vorging.«

Ich werfe einen kurzen Blick über den Fluss. Die Mönche starren feindselig zurück. Glauben sie wirklich, dass sie ihrer

Religion mit diesem Verhalten dienen? Wahrscheinlich, wenn Vexial und Heretius es ihnen nur fest genug eintrichtern. Ein Schwarm silberner Vögel fliegt über unsere Köpfe hinweg. Vor unseren Augen werden die Tiere golden und dann weiß. Himmlische Musik erklingt vom Himmel, und dann vergnügen sich plötzlich flauschige Kaninchen zu unseren Füßen. Anscheinend ist gerade Spielzeit im Magischen Raum.

»Aber Vexial und Tholius haben einen wirklich schweren Fehler begangen: Sie haben sich mit Sarin der Gnadenlosen eingelassen. Denn kaum befand sich das Gold in der Statue und Vexial lag verkrüppelt und dem Tode nah in den Bergen, beschloss sie, dass es viel besser wäre, wenn sie das Gold nicht mit so vielen Leuten teilen müsste.

Sarin die Gnadenlose ist eine verdammt kluge Frau. Zwar vollkommen herz-, aber keineswegs hirnlos. Im Gegenteil. Sie wusste, dass die Zauberer vom Palast und aus dem Justizdomizil nach dem Gold suchten. Der Alte Hasius Brillantinius hat höchstpersönlich Rodinaax' Haus abgesucht. Sie konnte die Statue auch nicht auf einen Karren verfrachten und aus der Stadt kutschieren. Sie wäre dabei sofort entdeckt worden. Also hat sie nach einer Möglichkeit gesucht, wie sie das Gold sicher wegschaffen konnte. Und dabei ist sie auf den magischen Beutel gestoßen. Solche Beutel sind zwar selten, aber sie wusste, wo sie einen finden konnte. Dank ihrer Tage als Boah-Händlerin. Sie erinnerte sich daran, dass der alte Tholius Scheelauge, der als Zauberer nicht mehr viel hergab, in einem solchen magischen Beutel seinen Boah-Nachschub in den Palast karrte. Also ging sie hin, tötete ihn und stahl den Beutel. Und dann stahl sie auch noch die Statue, glaube ich jedenfalls. Sie ließ ein paar gelbe Blumenblätter zurück, um die Ermittler in die Irre zu führen. Die Wolkentempelmönche tragen bei zeremoniellen Anlässen Ketten aus gelben Blüten. Ich nehme an, das ist ihre Auffassung von einem Witz.

Doch dann ist etwas Ungewöhnliches passiert. Sarin muss doch irgendeinen Funken Menschlichkeit in ihrem elenden

Herzen entdeckt haben. Denn als sie hörte, dass Vexial in die Stadt gebracht wurde, damit er dort sterben könnte, ging sie zurück, um ihn zu besuchen. Da sie lange Jahre seine Schülerin gewesen ist, scheint sie von seinem Leiden nicht ungerührt geblieben zu sein. Ich habe gesehen, wie sie versuchte, Heretius umzubringen, also muss sie etwas für Vexial empfinden. Sarin tötet normalerweise nur zu ihrem eigenen Vorteil. Also denke ich mir, dass sie etwas für ihren alten Lehrer empfindet. Allerdings nicht genug, als dass sie ihn nicht dennoch beraubt hätte.«

»Wenn Vexial im Sterben lag, dann hat sie ihn nicht wirklich beraubt, denke ich«, unterbricht mich Makri.

Ich sehe sie finster an.

»Diese ganzen Logik- und Rhetorikkurse sind schlecht für dich, Makri. Du solltest lieber weiter die Wilde spielen. Sarin hat dich vor einigen Stunden praktisch umgebracht. Sei's drum. Sie war jedenfalls zu gerissen, um den Beutel mit der Statue zu Vexial mitzunehmen, als sie ihn besuchte. Er ist ein Sehender und hätte vielleicht erkannt, dass sie das Gold bei sich hatte. Also ließ sie den Beutel bei den beiden Männern, die für sie die Statue hineinsteckten. Das war eine Aufgabe, die sie nicht allein bewerkstelligen konnte. Man kann zwar den Beutel über die Statue ziehen, aber man braucht Hilfe, um sie anzuheben, sodass man den Beutel verschnüren kann. Vermutlich hat sie ihren beiden Komplizen befohlen, für einen oder zwei Tage zu verschwinden und sich dann wieder mit ihr zu treffen.

Unglücklicherweise landeten sie ausgerechnet in der *Rächenden Axt*, einem eigentlich ganz geeigneten Platz, wenn man mal kurz untertauchen will. Wenn ich nicht den einen Halunken für einige Jahre auf die Strafgaleeren gebracht hätte, weswegen er immer noch nach Rache dürstete. Sie wurden beide bei dem Kampf getötet, was ihren Tod allerdings nur einige Tage vorverlegte. Sarin hätte sich ihrer mit Sicherheit auch entledigt, wenn sie ihre Dienste nicht mehr benötigt hätte.

Dadurch geriet ich mitten ins Getümmel. Sobald Sarin erfuhr, wo die Männer getötet worden waren, wusste sie auch, dass ich an der Sache beteiligt gewesen sein muss, und vermutete darüber hinaus, dass ich wahrscheinlich den Beutel hatte. Seitdem war sie hinter mir her. Ebenso die Mönche des Sternentempels. Ob Sarin Vexial eine Geschichte erzählt hat, die erklärte, warum ich den Beutel habe, oder ob seine seherischen Kräfte ihn zu mir führten, weiß ich nicht. Jedenfalls setzten sich auch bald die gelben Mönche auf meine Fährte, als ihre Spione berichteten, was los war.«

Ich werfe einen Blick auf ein Kaninchen, das mit meinen Zehen spielt, und sehe dann in den Himmel hinauf, an dem ein gewaltiger Komet seine Bahn zieht.

»Tja, Hauptmann, während die Zivilgarde hilflos herumstocherte und keine Ahnung hatte, wo sich das Gold befand, und diese Leute hinter ihm herhetzten, habe ich es für den König in Sicherheit gebracht. Also verschont mich jetzt bloß mit diesem albernen Vorwurf, dass ich Beweise zurückgehalten hätte. Ich habe einen Fall gelöst, der Euch sicherlich eine Degradierung zum einfachen Gardisten eingebracht hätte, wenn Ihr ihn nicht aufgeklärt hättet.«

Aus den Augenwinkeln bemerke ich Tholius. Er kommt rasch näher. Und zwar viel näher.

»Mist! Warum hat mir keiner gesagt, dass der Fluss austrocknet?«

»Wir waren alle zu fasziniert von deinem Vortrag«, bemerkt Makri.

»Das ist nicht der richtige Moment für eine von deinen Sarkasmus-Übungen.«

»Nein, ich meine es ernst. Ich liebe es, wenn du die Fäden so elegant entwirrst.«

Der Fluss ist jetzt nur noch etwa drei Meter breit, und die Mönche beginnen herüberzuwaten.

»Lauft!«, befiehlt der Hauptmann.

Wir laufen. Die Sonne mag ja grün sein, aber das hindert sie nicht daran, so heiß zu brennen, als schiene sie in der orgkischen Hölle. Ich schwitze bald wie ein Schwein und ringe keuchend nach Luft. Wenn wir den Wald aus gelben Bäumen erreichen könnten, dann hätten wir wenigstens etwas Deckung. Doch der Wald verschwindet plötzlich. Er löst sich einfach in Luft auf. Verdammter Magischer Raum! Neben der Statue von Sankt Quaxinius bleibe ich stehen.

»Greift die Ungläubigen an!«, fordere ich ihn auf und deute auf die Horde der Verfolger. Der Heilige rührt sich nicht vom Fleck. So viel zu dieser Idee, denke ich verärgert und laufe weiter.

Ein gewaltiger Palast erhebt sich in der Ferne.

»Zum Schloss!«, ruft Hauptmann Rallig.

Wir laufen zum Schloss. Es löst sich aber ebenfalls in Luft auf, sobald wir näher kommen.

»Zum Orgkus damit!«, ruft Makri, bleibt stehen, zieht ihr Schwert und wendet sich zu den Verfolgern um. »Ich gehe keinen Schritt mehr.«

»Bitte, Makri, nicht ausgerechnet jetzt!«

Makri setzt ihre Füße fest auf den Boden, hält Schwert und Axt in der Hand und wartet darauf, dass unsere Verfolger uns erreichen.

»Warum kannst du nicht einfach weglaufen wie jeder normale Mensch?«, erkundige ich mich entnervt.

»Weil es unehrenhaft ist.«

»Ach ja? Und wie war es um die Ehre in den orgkischen Gladiatorengruben bestellt, hm?«

»Nicht gut. Aber ich laufe nicht mehr weg. Basta.«

Ich seufze und ziehe mein Schwert. »Na gut. Ich bin sowieso zu fertig, um noch weiterzulaufen. Jedenfalls hätte ich nicht gedacht, dass ich einmal mein Leben im Kampf unter einer grünen Sonne verlieren …«

»Sie ist zinnoberrot.«

» … unter einer zinnoberroten Chamäleon-Sonne verlieren würde.«

Hauptmann Rallig und Gurdh finden es wohl ihrerseits unehrenhaft, uns alleine sterben zu lassen, also bleiben sie ebenfalls stehen und bauen sich neben uns auf.

»Ich werde zu alt für dieses Herumgehopse«, verkündet Gurdh mit einem Grinsen. Das erinnert mich wieder daran, was für ein guter, fröhlicher Kumpel er damals war, als wir beide noch als Söldner gedient haben.

»Ich auch«, erwidere ich. »Und auch zu fett. Na ja, wir sind schon aus schlimmeren Klemmen entkommen als aus dieser.«

»Und ob. Erinnerst du dich noch an das niojanische Flussboot, dessen Besatzung uns für Krokodile gehalten hat?«

Wir brüllen vor Lachen bei dieser Erinnerung. Allerdings bezweifele ich, dass wir irgendjemanden damit hinters Licht führen können. Tholius und die anderen sind jetzt schon sehr nah. Da sie ihre Kräfte nun vereint haben und ihren Angriff konzentrieren, dürfte es sie wohl nicht allzu viel Zeit kosten, uns zu erledigen. Wir haben keinerlei Deckung, und selbst Makris bemerkenswerte Kampftechnik wird die Mönche nicht daran hindern können, uns zu umzingeln und mit Wurfsternen zu bespicken. Makri trägt nur ihren Kettendress. Keiner von uns ist durch eine Rüstung geschützt. Wir werden zwar eine Menge von ihnen mit ins Grab nehmen, aber letzten Endes werden sie gewinnen.

Das sprechende Schwein taucht wieder neben uns auf. »Greif die Häretiker an!«, sage ich ohne viel Hoffnung.

»Tut mir Leid, ich habe Urlaub«, erwidert das Schwein und verduftet.

»Was für eine Zeitverschwendung das alles ist«, sage ich wütend. »Man sollte eigentlich annehmen, dass ein Drache herbeifliegt, um uns zu beschützen. Aber nein, alles, was wir bekommen, ist ein Schwein, das über Theologie palavert und anschließend in Urlaub geht.«

Ich unterbreche meine schwachsinnigen Ausführungen, weil mir in diesem Moment etwas klar wird.

»Makri, ich weiß jetzt, wer Rodinaax getötet hat.«

Im selben Moment landet der Ehrwürdige Heretius direkt vor mir. Es gelingt ihm irgendwie, mein Schwert mit der flachen Hand abzufangen und mich mit einem Tritt mehrere Meter hoch in die Luft zu befördern. Das schmerzt. Ich wappne mich gegen den sicher viel größeren Schmerz der Landung, als mich eine gewaltige Windbö erfasst und in die Zweige eines Baumes weht, der aus dem Nichts aufgetaucht ist. Im nächsten Augenblick sprießen von überallher Bäume aus dem Boden hoch, und ein plötzlich einsetzender Sturm von willkürlichen magischen Aktionen macht es vollkommen unmöglich, sich mit irgendjemandem zu prügeln. Wilde, grellbunte Insekten schwirren heran und belästigen uns, während der Wind einen gewaltigen Hagelschauer auf unsere Köpfe niederprasseln lässt. Ich bemerke Marihana, die gelassen im Baum nebenan hockt und wartet. Ob Vexial weiß, dass er auf der Abschussliste der Meuchelmörderinnung steht?

Der Kampf wird wegen der wild tobenden magischen Kräfte zur bloßen Farce. Die Bäume verschwinden plötzlich wieder, aber bevor jemand ans Kämpfen denken kann, sprießt ein Vulkan aus dem Boden.

Wir alle werden etwas nervös und fragen uns, ob der wütend aussehende Vulkan wohl verschwindet, bevor er ausbricht. Rauch strömt aus seiner Spitze, und Lava sickert langsam aus seinen Flanken. Die Erde fängt an zu beben.

Hauptmann Rallig betrachtet erst den rasch wachsenden Vulkan, dann blickt er mich an.

»Wie kommen wir hier heraus?«, fragt er. Diese Frage wird von Präfekt Tholius beinah im selben Atemzug gestellt, natürlich im Befehlston. Der Boden bebt, und die glühende Lava fließt jetzt in breiten Strömen auf uns zu. Donax ist wirklich ein furchtloser Mann, der nicht nachgibt, aber seine Bruderschaftskumpane wirken etwas nervös.

»Gute Frage. Und eine, an die Präfekt Tholius hätte denken sollen, bevor er uns hierher folgte. Es ist nicht einfach, aus dem Magischen Raum zu entkommen. Was ist mit Euch?«, rufe ich Vexial dem Sehenden zu. »Habt Ihr vielleicht einen Vorschlag?«

Der Vulkan bricht aus.

»Bringt uns hier raus!«, brüllt Tholius.

»Warum sollte ich das tun? Ihr wollt uns doch sowieso töten, wenn wir wieder in der Kaschemme sind.«

Ich wende mich zu Donax um.

»Es kommt mir wenig sinnvoll vor, uns alle nach Zwölf-Seen zurückzubringen, wenn die Bruderschaft mir anschließend den Orgkus heiß macht, richtig?«

Donax scheint immer noch keine Angst zu haben, sondern denkt eine Sekunde oder zwei nach und zuckt dann mit den Schultern.

»Wahrscheinlich hast du Recht, Detektiv. Aber ich bin gar nicht so wütend auf dich. Wir wollen nur das Gold, und das gebe ich nicht so leicht auf. Aber wenn du uns hier herausbringst, dann vergesse ich, dass du uns Widerstand geleistet hast.«

Geschmolzene Lava strömt jetzt in einem breiten Fluss aus dem Vulkan, und Felsbrocken fliegen uns um die Ohren. Es wird jeden Augenblick eine gewaltige Explosion geben, und dann wird Thraxas, der Magische Detektiv, im Stadtstaat von Turai niemals mehr sein Unwesen treiben.

»Was ist mit Euch, Präfekt?«, rufe ich Tholius zu. »Seid Ihr bereit, die *Rächende Axt* auf der Stelle zu verlassen, wenn ich uns dorthin zurückbringe?«

Tholius hat nicht so viel Rückgrat wie Donax.

»Ja!«, schreit er. »Schafft uns bloß hier raus!«

»Und was Euch betrifft, Vexial und Heretius, Ihr solltet besser im Namen von Sankt Quaxinius versprechen, dass Ihr uns nichts Böses antut, wenn wir zurückkehren.«

Vexial und Heretius nicken. Ich sehe den Ausdruck in Ralligs Blick, der mir deutlich sagt, was er von all diesen Beteuerungen hält. Ich stimme ihm natürlich zu, aber ich muss einfach das Beste hoffen. Der Vulkan macht keinerlei Anzeichen zu verschwinden, und man kann im Magischen Raum genauso leicht sterben wie irgendwo anders. Wenn ich uns aus diesem Raum wegschaffe, dann muss ich die anderen alle mitnehmen, auch wenn ich stark versucht wäre, sie hier zu lassen, wenn ich nur könnte.

Ich wende mich Makri zu.

»Wo ist Marihana?«

Das weiß sie nicht. Die Meuchelmörderin hat sich irgendwo versteckt. Es gibt eine ohrenbetäubende Explosion, und Felsen in der Größe von Häusern fallen um uns herum zu Boden. Asche regnet vom Himmel. Es ist plötzlich sehr schwierig, zu atmen.

»Bringt uns hier heraus!«, schreien ein Dutzend Stimmen im Chor.

»Na gut. Wo ist mein belegtes Brot?«

Ich krame in meinem Beutel herum und ziehe eines der Brote heraus, die Tanrose mir als Stärkung für einen Tag voller Ermittlungen gemacht hat. Nach all dem Herumgerenne sieht es etwas mitgenommen aus, aber es würde als Mittagessen genügen, wenn ich wirklich hungrig wäre.

Alle starren mich ungläubig an.

»Thraxas, jetzt ist wirklich nicht der richtige Moment, dir deinen verdammten Wanst voll zu schlagen!«, schreit Hauptmann Rallig wütend, während die glühende Lava bereits anfängt, unsere Zehen zu grillen.

»Er verhöhnt uns!«, knurrt Tholius. »Ich erledige ihn, bevor der Vulkan mich erledigt!«

Ich bleibe ganz ruhig, während ich die oberste Scheibe von dem belegten Brot entferne. Darunter befindet sich eine Schicht von Tanroses hausgemachtem Fleisch. Ich kratze ein paar Salzkörner von dem Fleisch ab. Der Vulkan explodiert noch heftiger als vorher. Eine zwei Meter hohe Wand aus Lava quillt über den Rand und rast förmlich auf uns zu. Junge Mönche fallen schreiend auf die Knie und beten.

Ich werfe das Salz zu Boden. Es gibt einen noch lauteren

Knall, und die ganze Welt schüttelt sich unter einem fantastischen Erdstoß. Plötzlich bricht das Beben ab, die Luft schimmert, und der Magische Raum fängt an zu schmelzen. Wir finden uns zwar betäubt, ansonsten aber unversehrt und gesund in der *Rächenden Axt* wieder. Kein Schwein hält uns Vorträge. Der Vulkan ist futsch. Gurdh sieht mich fragend an.

»Wie …?«

»Salz. Das ist das absolut Unerträgliche für den Magischen Raum. Es zerstört ihn. Diesen kleinen Trick habe ich auf meinen Reisen um die Welt gelernt. Der magische Beutel hat aufgehört zu existieren. Nur Fremdkörper wie wir und die Statue konnten überleben. Sind alle in Ordnung?«

Die Mönche rappeln sich langsam vom Boden hoch. Sie sind zwar noch benommen, aber auch erleichtert darüber, dass sie immer noch leben. Allerdings wirkt niemand sonderlich entspannt. Wenn man nur eine Sekunde vom Tod durch eine gewaltige Vulkanexplosion getrennt ist und sich in der nächsten in einer heruntergekommenen Kaschemme in ZwölfSeen wieder findet, braucht man eine Weile, um diese plötzliche Entwicklung zu verarbeiten.

Präfekt Tholius gehört zu den Ersten, die mit der neuen Situation umgehen können. Kein Wunder. Er überzeugt sich kurz, dass sein Bundesgenosse Donax unversehrt ist, erkennt dann, dass er noch eine ganze Anzahl von Leuten hinter sich hat, die in halbwegs erträglicher Verfassung sind, dreht sich um und deutet auf mich.

»Tötet diesen Mann!«, befiehlt er.

Allmählich habe ich das satt.

Die Mönche halten sich zurück. Sie wissen nicht genau, ob sie sich da einmischen sollen. Und in dem Moment, als Gurdh, Makri, Rallig und ich überdrüssig die Waffen heben und jeder für sich überlegt, ob es nicht eine einfachere Methode gibt, sein Geld zu verdienen, in dem Moment fallen beinah alle in der Kaschemme zu Boden und bleiben bewusstlos dort liegen.

Makri und ich glotzen verständnislos auf die durcheinander gewürfelte Menschenmasse von Mönchen, Bütteln und Ganoven, die anscheinend alle friedlich ihr Mittagsschläfchen halten. Die einzige Person außer uns, die noch steht, ist Donax.

»Was ist passiert?«

»Sind wir noch im Magischen Raum?«, erkundigt sich Makri.

»Ihr befindet Euch wieder in der *Rächenden Axt*«, beantwortet Astral Trippelmond ihre Frage und taucht oben an der Treppe auf. Wie ich sehe, hat er sich ein Bierchen gezapft.

»Sehr gut, Thraxas. Ich habe mir schon Sorgen gemacht, als Ihr alle Magischen Raum verschwunden seid. Das ist kein guter Ort für Euch. Aber ich dachte mir, dass Ihr vermutlich unbeschadet herauskommen würdet. Salz?«

Ich nicke.

»Ich habe einen Blick in Euer Zauberbuch geworfen«, fährt der Zauberer fort. »Es ist zwar nicht mehr das neueste, aber es tut seine Dienste. Ich dachte, Ihr könntet etwas Hilfe brauchen, wenn Ihr zurückkommt, deshalb habe ich den Schlafzauber vorbereitet.«

Er mustert Makri. »Wie ich sehe, funktionieren Eure Zauberschutzamulette ganz ausgezeichnet.«

Makri und ich tragen beide Zauberschutzamulette um den Hals. Sie bestehen aus Rotem Elfentuch, das ungeheuer wirksam ist. Es ist in Kupferkugeln und Draht eingewoben und von Astral selbst bearbeitet worden. Wir haben sie erst vor einigen Monaten erbeutet – glücklicherweise, muss ich sagen, denn ein Zauberschutzamulett ist für einen Mann in meiner Berufssparte lebenswichtig. Nachdem ich mein letztes verpfändet habe, war ich ein leichtes Ziel für jeden boshaften Zauberer, der mir über den Weg lief. Zauberschutzamulette sind sehr seltene Gegenstände und außerdem enorm teuer, und nur die wichtigsten Beamten wie zum Beispiel der Konsul besitzen eines. Das erklärt auch, warum Hauptmann Rallig jetzt schlafend zu meinen Füßen liegt, zusammen mit Gurdh und allen anderen, die von Astrals Bann niedergestreckt worden sind.

»Der arme Rallig. Sie sollten ihn besser bezahlen. Gut mitgedacht, Astral.«

Donax ist ein sehr wichtiger Bruder in der Unterwelt, also hat er natürlich auch ein Amulett. Er ist zwar noch bei Bewusstsein, aber man merkt ihm deutlich an, dass er nicht weiß, was er als Nächstes tun soll. Ich schlage ihm vor, zu gehen, bevor ich die Garde rufe und die alle einkassieren, die irgendwie mit dem Diebstahl des Goldes des Königs zu tun haben. Das Gesicht des Gauners bleibt zwar unbewegt, aber dieses Mal muss er seine Niederlage eingestehen. Da er sich mit mir, Makri und Astral Trippelmond auseinander setzen müsste, kann er unmöglich die Statue erbeuten, und auch wenn er sehr viel Einfluss bei den Hohen der Stadt hat, möchte er wohl nicht direkt mit dem Goldraub in Verbindung gebracht werden. Die gnadenlosen königlichen Vergeltungsmaßnahmen würde selbst die Bruderschaft nicht unbeschadet überstehen.

Er dreht sich um und verschwindet, ohne ein weiteres Wort zu verlieren. Jetzt müssen wir entscheiden, was wir mit den anderen tun, bevor sie wieder zu sich kommen. Makri schlägt vor, die Anführer zu töten, während sie noch schlafen. Ich muss zwar zugeben, dass dies ein durchaus vernünftiger Gedanke ist, überlege aber, ob es vielleicht einen weniger drastischen Weg gibt, uns in Sicherheit zu bringen.

Plötzlich hören wir ein leises Geräusch, und Marihana taucht hinter einer Statue auf. Sie trägt eine einfache schwarze Halskette, das übliche Schutzamulett der Meuchelmörder. Marihana besitzt wirklich die geradezu unheimliche Fähigkeit, zu verschwinden und wieder aufzutauchen, ohne dass man es mitbekommt.

»Ich bin froh, dass Ihr noch lebt«, sagt sie zu Makri und geht ruhig in Richtung Tür.

»Mach dir bloß keine Umstände. Du brauchst dich nicht bei mir zu bedanken!«, rufe ich ihr nach.

»Wofür auch? Ich wusste, wie man aus dem Magischen Raum entkommen kann. Ich hatte selbst ein wenig Salz bei mir.«

Marihana scheint von der ganzen Angelegenheit absolut ungerührt. Sie bleibt wirklich noch in der größten Krise völlig ruhig, das muss ich ihr lassen.

»Ist das tatsächlich das Gold des Königs?«, fragt sie und deutet auf die Statue.

Mein Blick folgt ihrer ausgestreckten Hand, und ich nicke.

»Das ist es.«

»Gut gemacht«, sagt Marihana. »Wieder ein Verbrechen, das dank eurer überragenden Fähigkeiten als Detektiv aufgeklärt wurde.«

Damit verschwindet sie durch die Vordertür. Ich starre ihr misstrauisch hinterher.

»Merkwürdig.«

»Sie hat dir nur ein Kompliment gemacht«, meint Makri.

»Eben, das ist ja das Merkwürdige. Warum? Die Meuchelmördergenossenschaft verschwendet keine Zeit auf Komplimente. Na, macht nichts. Was sollen wir jetzt tun? Wir haben noch etwa zehn Minuten, bis alle wach sind. Ich habe wirklich keine Lust mehr, ständig von allen herumgejagt zu werden. Mir reicht es.«

Ich habe die ganze Angelegenheit satt. Es ging damit los, dass ich den armen Gesox herauspauken wollte. Und was hat mir das eingebracht? Wenn mich das nächste Mal ein Präfekt beleidigt, sollte ich besser nachdenken, bevor ich die Beherrschung verliere. Aber wahrscheinlich werde ich das nicht tun.

Aber ich muss mir jetzt rasch etwas einfallen lassen. Tholius wird sich wie ein Böser Bann auf mich stürzen, sobald er wieder aufwacht. Wir könnten also gleich wieder von vorn anfangen, nur dass wir jetzt, da ich den Magischen Raum zerstört habe, keine Fluchtmöglichkeit mehr hätten.

»Ihr könntet die Kaschemme verlassen, bevor sie aufwachen«, schlägt Astral Trippelmond vor. »Ich kann Euch beschützen.«

Aber diese Idee gefällt mir nicht besonders. Ich habe keine Lust, mich zu verstecken.

»Ich könnte den Schlafzauber auswendig lernen und sie dann sofort wieder schlafen legen.«

»Das stimmt. Aber dann werden wir den ganzen Tag hier sein. Und die Garde will bestimmt ausführlich mit diesen Leuten plaudern. Es ist sinnlos, die Station am Hafen zu alarmieren. Tholius hat dort das Sagen, und sie werden uns einfach nur ins Verlies werfen. Ich bezweifle, dass wir dann jemals wieder lebendig herauskämen. Aber wir könnten Hauptmann Ralligs Station benachrichtigen. Wenn seine Leute erfahren, dass er in Schwierigkeiten steckt, dann kommen sie bestimmt.«

»Was ist mit der Statue?«

»Ohne den magischen Beutel kann sie niemand einfach so von hier wegtragen.«

Das bedeutet zwar, dass wir den schlafenden Gurdh zurücklassen müssen, aber er ist in Sicherheit, solange Astral Trippelmond die Lage im Auge behält. Außerdem sind sie ja sowieso nicht hinter Gurdh her. Makri und ich verschwinden. Ich habe ein merkwürdiges Gefühl, als ich an Vexial dem Sehenden vorbeigehe. Ein sehr merkwürdiges Gefühl. Ich bücke mich und untersuche ihn.

»Er ist tot.«

»Tot?«

Ein schlanker Wurfpfeil steckt in seiner Brust. Er ist gerade tief genug eingedrungen, um sein Herz zu erreichen. Eine typische Meuchelmörderwaffe. Ich schüttele den Kopf.

»Deshalb hat Marihana uns dazu gebracht, zur Statue zu schauen.«

Man muss die Geschicklichkeit dieser Frau wirklich bewundern. In den wenigen Sekunden, die ich abgelenkt war, hat sie einen Pfeil in Vexials Brust geworfen und ihn sozusagen im Vorübergehen erledigt. Und niemand kann behaupten, er habe es mit angesehen.

»Niemand entkommt der Meuchelmördergenossenschaft«, erkläre ich und seufze. »Kommt, holen wir die Garde.«

Ich kenne die meisten Gardisten in Ralligs Station, was nicht heißen soll, dass ich ein häufiger oder gar willkommener Gast wäre. Hauptmann Rallig hat ihnen ausdrücklich verboten, mir Informationen zu geben. Aber als ich hineinmarschiere und erkläre, das Ihr Hauptmann augenblicklich schlafend in der *Rächenden Axt* liegt, zusammen mit der Bruderschaft, Tholius und zwei Tempelladungen von Kampfmönchen, die nur darauf warten, ihn anzugreifen, und darüber hinaus auch noch das verschwundene Gold des Königs daneben steht, leert sich die Station bemerkenswert rasch. Ich lege unterwegs einen Zwischenstopp ein und benachrichtige Prätor Zitzerius. Wenn es eine Belohnung für die Wiederbeschaffung des Goldes gibt, dann möchte ich mir meinen Anteil nicht von irgendeinem gierigen Zivilgardisten wegschnappen lassen.

Es dauert zwanzig Minuten, um den Rundgang zu erledigen.

Als wir wieder in der Kaschemme ankommen, sind sämtliche Widersacher verschwunden.

Astral wirkt etwas beschämt. »Tut mir Leid, ich hatte keinen Bann mehr übrig, um sie damit aufzuhalten.«

Hauptmann Rallig gähnt immer noch. Er schaut Astral Trippelmond ärgerlich an, weil der ihn schlafen gelegt hat, gibt aber zu, dass der Zauberer unter diesen Umständen nichts anderes tun konnte.

»Ihr solltet Euch ein Zauberschutzamulett zulegen, Hauptmann.«

»Von meinem Gehalt?«

Rallig bellt einen Befehl, und ein paar Männer hasten mit den neuesten Neuigkeiten zum Justizdomizil und zum Palast.

»Glaubt Ihr, dass Präfekt Tholius in der Stadt bleibt und versucht, sich mit seinen Verbindungen herauszubluffen?«

»Das bezweifle ich. Diesmal hat er die Sache vermasselt. Selbst seine Beziehungen werden ihm nicht helfen, weil er den König bestohlen hat. Ich vermute, dass er schon längst seinen Ranzen geschnürt und die Stadt verlassen hat. Dasselbe gilt vermutlich für die Mönche. War die Bruderschaft an dem Diebstahl beteiligt?«

Ich schüttele den Kopf. Sie haben nur versucht, abzugreifen, was ging. Vermutlich gibt es keine Möglichkeit, Donax etwas anzuhängen, jedenfalls nicht bei der Menge von Bestechungsgeldern, die die Bruderschaft aufwenden kann, um so jede Geschworenenversammlung zu kaufen. Außerdem kann ich mir keinen Geschworenen vorstellen, der ihn verurteilen würde, weil er einen Ermittler und einen Hauptmann der Garde in mörderischer Absicht in einen Magischen Raum verfolgt hat. Schon seit langer Zeit gilt in juristischen Kreisen als ausgemacht, dass im Magischen Raum keine Stadtrechte gelten.

Ein paar Gardisten wickeln Vexials Leiche ein, um ihn in das Leichenschauhaus zu karren. Als Hauptmann Rallig den Pfeil in Vexials Brust sieht, muss man ihm nicht erst sagen, was passiert ist.

»Marihana? Hast du gesehen, wie sie es getan hat?«

Ich schüttle den Kopf. »Dafür ist sie viel zu gerissen.«

»Ich hasse diese Mörder«, knurrt der Hauptmann. »Ich würde sie liebend gern alle am Galgen baumeln sehen.«

Er weiß natürlich, dass diese Aussicht sehr gering ist. Die Meuchelmördergenossenschaft genießt viel zu viel Schutz, weil der Senat selbst gelegentlich Aufträge an sie vergibt. So auch der König – wird jedenfalls gemunkelt. Zudem hinterlassen sie an den Tatorten so gut wie nie Spuren. Wenn die Gardisten einen Zauberer bitten würden, den Pfeil zu untersuchen, würde sich bestimmt herausstellen, dass er mit Fragmenten des Roten Elfentuchs bedeckt oder in irgendeiner anderen Weise, die nur die Meuchelmördergenossenschaft kennt, manipuliert ist, damit man keine verräterische Aura darauf feststellen kann. Wenn man versuchen wollte, Marihana des Mordes an Vexial zu überführen, könnte man sich genauso gut daran machen, den Wind zu fangen.

Rallig nimmt dankend ein Bier von Gurdh. Es verstößt zwar gegen Vorschriften, wenn Gardisten im Dienst trinken, aber sie kümmern sich nicht sonderlich um diese Regel. Der Hauptmann ist sicherlich sehr erfreut darüber, dass er das Gold wieder beschafft hat, aber ich merke, dass er alles andere als glücklich ist.

»Ich gehe davon aus, dass du jetzt keine Zeit verschwendest und dem Gericht unverzüglich alle Beweise für Gesox' Unschuld an Rodinaax' Ermordung vorlegst.«

Der Hauptmann hasst es, wenn ich die Garde in dieser Weise vorführe.

Ich leere mein Bier. »Ich zumindest werde jetzt sofort zu ihm gehen.«

Bibendis und Dandelion tauchen mit Bertax und Cimdy im Schlepptau auf. Sie haben sich offensichtlich in dem Wagen hinter der Kaschemme versteckt. Hauptmann Rallig betrachtet sie eingehend.

»Nehmt weiter Boah, und es wird Euch töten«, knurrt er.

»Wenn ich das nicht schon vorher erledige«, füge ich hinzu.

Bibendis war schon als Säuferin schlimm genug. Wenn sie jetzt auch noch Boah nimmt, dann kann sie die Villa ihres Vaters genauso gut gleich verkaufen und auf der Straße leben.

Es würde ihr eine Menge Zeit ersparen. Cimdy und Bertax auf der anderen Seite müssen sich ihr Geld derart mühsam verdienen, dass ich nicht verstehen kann, wieso sie alles davon an diese nutzlose Droge verschwenden. An Dandelion überrascht mich gar nichts. Ich nehme den Heilstein aus der Tasche und reiche ihn ihr, aber selbst das bringt wenig Leben in ihre ausdruckslosen Augen.

»Bringt das zu den Delfinen, wenn Ihr wieder genug Energie habt.«

Ich bitte Makri, mit mir zu den Gerichtshöfen zu kommen.

»Glaubst du, dass Sarin noch in der Nähe ist?«

Ich schüttle den Kopf. Sarin wird mittlerweile wissen, dass das Gold ihrem Zugriff entzogen ist. Sie wird uns wohl keine Schwierigkeiten mehr machen.

»Vielleicht will sie ja Rache nehmen, weil Vexial getötet wurde.«

»Das glaube ich nicht. Ihre Loyalität ihrem alten Lehrer gegenüber wird sicher nicht so weit gehen. Sarin ist vollkommen auf ihre eigenen Ziele konzentriert. Außerdem war es nicht unsere Schuld, das Vexial seine Toga abgeben musste. Es war Heretius, der die Meuchelmördergenossenschaft angeheuert hat. Weißt du, ich hatte eigentlich immer den Eindruck, dass Töten Sarins einzige Leidenschaft ist. Deshalb frage ich mich, wozu sie das Gold eigentlich haben wollte. Vermutlich würde sie gar nicht wissen, was sie damit anfangen sollte. Ich werde sie töten, wenn ich ihr das nächste Mal begegne.«

Makri deutet an, dass Sarin mich gar nicht mehr brauchen wird, um sich umbringen zu lassen, wenn sie, Makri, ihr vorher selbst begegnet. Sie geht nach oben und zieht sich ihr Wams an, bevor wir auf die Straße treten.

»Hübsche Figur«, sagt Hauptmann Rallig, als sie weg ist.

»Schon möglich«, erwidere ich.

»Schon möglich? Vor zwanzig Jahren hättest du den Mond angeheult, wenn sie in diesem Dress an dir vorbeigegangen wäre, Orgk-Blut hin oder her.«

»Vor zwanzig Jahren war ich nicht alt, übergewichtig und voller Bier.«

Ich bin total erschöpft. Hauptmann Rallig nimmt uns in einem Garde-Landauer mit zu den Gerichtshöfen. Es ist eine schweigsame Fahrt unter der Morgensonne. Vermutlich sollte ich so fröhlich sein wie ein betrunkener Söldner, nachdem ich wider jede Wahrscheinlichkeit die ganze Sache heil überstanden habe, aber ich möchte eigentlich nur noch eins: schlafen.

17. KAPITEL

Wir kommen etwa eine Stunde vor Beginn des letzten Prozesstages bei Gericht an. Die Sonne brennt schon wieder unerträglich heiß vom Himmel herunter. In der Stadt hat sich seit Tagen nicht mehr das geringste Lüftchen geregt. Die Flugratten hocken träge auf den Statuen im Forum und schlagen matt mit den Flügeln. Mir rinnt der Schweiß ins Innere der Tunika. Ich habe die Hitze allmählich satt. Und ich habe es auch satt, die Hitze satt zu haben. Rallig leidet in seiner schwarzen Uniform mindestens genauso wie ich. Mir fällt auf, dass die Wachen und Beamten des Gerichts ihn immer noch mit Respekt behandeln. Er ist zwar von Rhizinius aus dem Palast geworfen worden, aber sie wissen alle, dass der Hauptmann zehnmal so viel wert ist wie der Ex-Vizekonsul.

Draußen auf dem Forum versammeln sich immer mehr Leute, die auf den Beginn des Gerichtstages warten. Darunter befinden sich armselige kleine Gauner, die sich auf eine Kreuzfahrt hinter einem Ruder freuen dürfen, und auch wohlhabende Kaufleute von der Ehrenwerten Kaufmannschaft, die einem viel komplizierteren Prozess wegen Wirtschaftskriminalität entgegensehen. Es gibt sogar ein Paar goldhaariger und grün gekleideter Elfen, die mit einem Advokaten und dessen Assistenten an einem Springbrunnen sitzen und sich über einige alte Schriftrollen beugen.

»Sie sind bei einem Handel mit einer Schiffladung Silber über ihre spitzen Ohren gehauen worden«, informiert uns der Hauptmann. »Warum diese Elfen immer noch erwarten, dass Turanier ehrlich sind, geht über meinen Horizont.«

Makri grüßt sie im Vorbeigehen in der Königlichen Sprache. Die beiden Elfen springen alarmiert auf die Füße, weil sie vermuten, dass irgendein wichtiger Elfenlord unerwartet in die Stadt gekommen ist. Als ihnen klar wird, wer sie da begrüßt hat, fallen sie vor Verblüffung fast hintenüber. Makri grinst zufrieden und schlendert weiter.

»Ich habe wirklich gedacht, dass es Gesox war, der Rodinaax getötet hat«, sagt Hauptmann Rallig, als er uns zu den Zellen unter dem Gerichtsgebäude führt. »Er ist so ein armseliger kleiner Kerl, dass ich fast Mitleid mit ihm hatte – was mich natürlich nicht daran gehindert hätte, ihn aufzuknüpfen. Diesmal muss ich dir wirklich Abbitte leisten, Thraxas.«

Ein armseliger kleiner Kerl beschreibt ziemlich genau den Anblick, der uns erwartet, als wir Gesox endlich erreichen. Es ist der letzte Prozesstag, und er weiß, dass er bald schuldig gesprochen und gehenkt werden wird. Als wir in die Zelle kommen, liegt er auf seiner Pritsche. Frische Hoffnung leuchtet auf seinem Gesicht auf, als er mich sieht.

»Thraxas! Ich dachte schon, Ihr hättet mich aufgegeben.«

»Ich gebe niemals einen Klienten auf«, erkläre ich ihm. »Und ich verliere auch nicht häufig einen.«

Ich halte inne und sehe mich verlegen in der Zelle um. Sie ist vollkommen kahl, und ich kann meinen Blick nur auf Gesox richten.

»Obwohl Ihr, technisch gesehen, gar nicht mein Klient seid. Präfekt Tholius hat Euch weggeschleppt, bevor Ihr mir einen Vorschuss zahlen konntet, und wir sind nie dazu gekommen, unsere Abmachung formell zu bestätigen. Was sehr bedauerlich ist.«

»Wie meint Ihr das?«

»Wenn Ihr mein Klient wärt, dann hätte ich vielleicht mehr Bedenken. Denn es ist sehr unwahrscheinlich, dass ich einen meiner Klienten dem Gericht ausliefere. Es geht mir gegen den Strich. Selbst wenn mein Klient sich als schuldig entpuppt, würde ich ihn eher auf einem schnellen Pferd aus der Stadt schicken, als ihn auszuliefern. Aber da Ihr nicht wirklich mein Klient seid und da Ihr Rodinaax tatsächlich getötet habt …«

Ich hebe hilflos die Hände, Handflächen nach oben.

Entsetzen malt sich auf Gesox' Gesicht ab. »Ich habe ihn nicht umgebracht!«

Ich bin müde, und ich komme mir eklig vor, weil ich das tun muss. Ich will es schnell hinter mich bringen.

»Tut mir Leid, Gesox. Ich habe alle anderen Möglichkeiten abgeklopft. Ich habe mich sogar mit Mördern, Mönchen, der Bruderschaft und Gott weiß wem noch angelegt. Makri ist dabei beinah getötet worden, und viele andere sind gestorben. Als Ihr angefangen habt, mit so viel gestohlenem Gold herumzuhantieren, ist Euch die Sache offensichtlich sehr schnell über den Kopf gewachsen. Ihr hättet Euch lieber heraushalten sollen. Ihr müsst gewusst haben, dass die ganze Geschichte einige Nummern zu groß für Euch war und Ihr so enden würdet.«

»Willst du damit sagen, dass Gesox schuldig ist?«, erkundigt sich Hauptmann Rallig.

»Leider ja. Rodinaax wusste gar nichts von dem Goldraub. Es gab auch keinen Grund für ihn, sich dafür zu interessieren. Seine Geschäfte liefen gut. Er hatte weder Spielschulden noch Alkoholprobleme. Das hat sich Gesox nur ausgedacht, um dem Bildhauer ein Motiv unterzuschieben, das erklären sollte, warum er das Verbrechen begangen haben sollte. Aber es war nicht Rodinaax, zu dem Vexial mit dem Vorschlag kam, das Gold in der Statue zu verstecken. Es war Gesox.«

Ich starre den Schüler an, und er erwidert den Blick hilflos wie ein Eichhörnchen.

»Warum habt Ihr es getan?«

Dem armen Gesox scheint es die Sprache verschlagen zu haben. Makri und Hauptmann Rallig sehen interessiert zu.

»Eigentlich spielt es auch gar keine Rolle, warum Ihr es getan habt. Vielleicht wolltet Ihr einfach nur mehr Geld. Rodinaax hat Euch nicht gut bezahlt. Ich habe Euer Zimmer in ZwölfSeen gesehen. Vielleicht hat Lolitia Euch sogar ermutigt. Ihr wärt nicht der erste Schüler, der von der Herrin des

Hauses vom rechten Weg abgebracht wurde, weil sie ihren Ehemann aus dem Weg schaffen wollte. Aber falls Lolitia wirklich etwas damit zu tun hatte, dann wollte sie bestimmt nicht, dass Ihr Rodinaax umbringt.«

Ich wende mich zum Hauptmann um. »Sie ist mit Rodinaax in Urlaub gefahren.«

»Was?«

»In Urlaub. Als das Gold gestohlen wurde. Sie haben sich vor der Hitze nach Ferias geflüchtet. Aber als Gesox in meinem Büro auftauchte, erzählte er mir, dass er und Rodinaax seit Tagen rund um die Uhr an der Statue gearbeitet hätten. Und während Rodinaax weg war, erledigte Gesox die Angelegenheit mit dem Gold. Ich bin erst dahinter gekommen, als wir im Magischen Raum waren. Da hatte ich so etwas wie eine Eingebung.«

Ich halte es für unnötig, zu erwähnen, dass es das sprechende Schwein war, das mich an Rodinaax' Urlaub erinnerte.

»Wie gesagt, Rodinaax wusste nichts von dem Gold. Gesox hat es in die Statue gepackt, als sein Lehrer weg war. Vexial hat alles zusammen mit ihm arrangiert. Und erst als Sarins Männer kamen, um nach dem Gold zu sehen, erfuhr Rodinaax, was gespielt wurde. Er war nämlich vorzeitig von einem Termin zurückgekommen und platzte herein, als sie die Statue gerade in den magischen Beutel packten. Da hat Gesox ihn umgebracht. Er hat einfach sein Messer benutzt. Schlicht und ergreifend. Unglücklicherweise kam auch Lolitia zurück und schrie Zeter und Mordio, bevor er sein Messer wieder herausziehen konnte. Als ihm klar wurde, dass es nicht unbedingt das Schlaueste war, ein Messer, auf dem seine Aura war, in einer Leiche stecken zu lassen, floh er. Er war aber nicht mutig genug, um aus der Stadt zu flüchten, also kam er in mein Büro. Was das einzige Kluge war, das er getan hat«, füge ich mürrisch hinzu. »Ich habe in gewissen Kreisen nämlich den Ruf, Klienten auch aus den hoffnungslosesten Umständen zu befreien.«

Mehr habe ich dazu nicht zu sagen. Doch als ich mich herumdrehe und gehen will, hält mich Hauptmann Rallig an meiner Tunika fest.

»Du meinst, du hast diesen ganzen Zinnober ohne jeden Grund vom Zaun gebrochen, Thraxas? Gesox hat Rodinaax also tatsächlich erstochen? So wie es die Garde schon von Anfang an behauptet?«

»Tja, manchmal findet Ihr eben auch ein Korn.«

»Na herzlichen Dank, dass du uns durch diesen verdammten Magischen Raum gezerrt und uns beinah umgebracht hast!«

»Ich habe immerhin das Gold wieder beschafft, schon vergessen?«

Aber Hauptmann Rallig lässt sich auch dadurch nicht versöhnen. »Ich habe übrigens nicht überhört, dass du gesagt hast, du würdest deine schuldigen Klienten normalerweise auf schnellstem Weg aus der Stadt schaffen«, bemerkt er bissig. »Versuch das noch mal, und ich komme über dich wie ein Böser Bann.«

Ich gehe rasch hinaus, weil ich Gesox' Blick nicht begegnen will. Ich habe es so eilig, das Gebäude zu verlassen, dass ich praktisch renne, bis ich schließlich den Ausgang erreiche. Als es Makri endlich gelingt, mich einzuholen, habe ich schon fast die nächste Taverne erreicht.

»Nimm es nicht schwer«, sagt sie und bestellt sich ein Bier, um mir Gesellschaft zu leisten. »Es ist nicht deine Schuld, dass dein Klient sich als schuldig entpuppt hat.«

»Trotzdem bereitet es mir ein schlechtes Gefühl.«

»Hättest du ihn wirklich aus der Stadt gebracht, wenn er dir einen Vorschuss bezahlt hätte?«

»Vielleicht. Es hat mir noch nie gefallen, einen Klienten auszuliefern. Wenn sich das rumspricht, ist das sehr schlecht fürs Geschäft. Aber Gesox hat es verdient. Es war ziemlich kaltblütig von ihm, Rodinaax umzubringen. Der Bildhauer hat ihn vielleicht nicht gut bezahlt, aber er hat nichts getan, weswegen er den Tod verdient hätte.«

Ich stürze mein Bier herunter und bestelle gleich noch eins. Bei dieser Hitze und meiner Erschöpfung und wegen des traurigen Endes meiner Bemühungen bin ich nicht gerade in bester Stimmung. Ich bin wütend auf Gesox und auch auf mich, weil ich auf sein weinerliches Gesicht hereingefallen bin. Außerdem ist mir die Vorstellung peinlich, dass Hauptmann Rallig seinen Kumpeln von der Garde gerade erzählt, dass sie die ganze Zeit Recht hatten und dass dem alten Thraxas allmählich die Dinge aus der Hand gleiten.

Darüber hinaus ist Hauptmann Rallig jetzt auch noch wütend auf mich, und er ist durchaus in der Lage, mir das Leben schwer zu machen. Die Bruderschaft ist auch nicht begeistert von mir. Sie haben mich mit Matahari wirklich reingelegt. Es war clever von Donax, mir einen Spion ins Fell zu setzen. Ich nehme an, dass der *Keilerschädel* nur zufällig abgebrannt ist und Donax danach sofort seine Chance erkannte, jemanden in die *Rächende Axt* einzuschleusen. Ich könnte es als Kompliment auffassen, dass er im selben Moment, als er von dem Gold und den Mönchen hörte, glaubte, dass ich der Mann wäre, der es findet. Am schlimmsten finde ich, dass ich zu blöd war, um schon früher Misstrauen zu schöpfen. Die ganze Zeit sind die Bruderschaft und ihr zahmer Zauberer herumgelatscht und haben so getan, als suchten sie Matahari, und in Wirklichkeit suchten sie nach dem Gold. Nur dass Astral einen Verstörungszauber über meine Wohnung gelegt hatte, hielt sie in Schach. Jedenfalls so lange, wie es dauerte, bis ich auf die glorreiche Idee kam, das Gold direkt vor Matahari hervorzuzaubern. Und bei diesem Gedanken werde ich sauer auf Makri. Sie hat Matahari Schutz angeboten, als sie vorgab, flüchtig zu sein. Ich will gerade meinen Ärger an ihr auslassen, als mir wieder einfällt, wie froh ich bin, dass sie nicht tot ist. Vermutlich sollte ich das auch erwähnen.

»Ich bin froh, dass du nicht tot bist«, erkläre ich.

»Danke. Aber du klingst nicht sehr froh.«

»Das bin ich aber. Es war nur nicht sehr schlau von dir, einen Spion der Bruderschaft ins Haus zu lassen.«

»Ich wusste nicht, das Matahari eine Spionin war.«

Ich setze Makri kurz darüber in Kenntnis, dass sie uns unweigerlich in größte Schwierigkeiten bringen wird, wenn sie darauf besteht, jeden Streuner, der nach einem Zufluchtsort sucht, in unser Haus zu holen.

»Aber es sind nicht so große Schwierigkeiten wie die, in die du uns bringst, wenn du dich um Klienten reißt, die eines Mordes schuldig sind«, kontert Makri gereizt. »Dabei hättest du ihn nicht einmal annehmen müssen. Du warst einfach nur beleidigt, weil Tholius deine kostbare Würde verletzt hat.«

»Meine kostbare Würde? Ich habe deine blöde Fixierung auf deine eigene Ehre auch langsam satt. Du hättest uns vorhin im Magischen Raum beinah umgebracht, weil du dich geweigert hast wegzulaufen, obwohl wir eigentlich keine Chance hatten. Gute Kämpfer wissen, wann sie sich zurückziehen müssen.«

»Du brauchst mir nichts von gutem Kämpfen zu erzählen!«, schnappt Makri zurück. »Wenn ich nicht mein halbes Leben lang gut gekämpft hätte, dann wärst du längst tot und begraben!«

»Ach tatsächlich?«, höhne ich und schlage mit der Faust auf den Tisch. »Du meinst, nur weil du ein paar Orgk-Gladiatoren niedermetzeln kannst, bist du die Nummer eins hier? Ich habe schon gekämpft, bevor du geboren wurdest.«

Makri ist jetzt richtig in Fahrt. Die Hitze setzt ihr anscheinend ebenfalls zu. Gäste rücken unauffällig von uns ab, weil sie sich fragen, ob wir die Auseinandersetzung wohl gleich mit den Schwertern weiterführen werden.

»Vielleicht solltest du dich in Anbetracht deines hohen Alters ja allmählich aus diesem Geschäft zurückziehen«, schlägt Makri vor. »Konzentriere deine Aktivitäten doch ausschließlich aufs Trinken.«

»Na, das gefällt mir aber. Wenn dich das nächste Mal jemand als Zielobjekt für einen Armbrustbolzen auswählt, dann erwarte nicht, dass ich dir noch mal das Leben rette!«

»Wenn du mich nicht überhaupt erst gestoßen hättest, wäre ich ihm entgangen, und niemand hätte irgendjemandem das Leben retten müssen.«

Makri und ich stehen uns jetzt Nase an Nase gegenüber und starren uns wütend in die Augen.

»Ach ja!«, brülle ich. »Dass du getroffen wurdest, hat nicht daran gelegen, dass ich dich gestoßen hatte. Es war das Boah, das deine Reaktionen verlangsamt hat!«

»Ich habe kein Boah genommen!«, schreit Makri.

»Ach nein? Ich habe dich aber stolpern sehen, als wir uns im Quintessenzweg begegnet sind. Wie lange hast du denn im Wohnkarren von Cimdy und Bertax mit Bibendis und Dandelion zusammengehockt?«

Makri ist fuchsteufelswild. Die Trinker, die vor uns zurückweichen, räumen jetzt einen weiten Kreis um uns frei.

»Du fetter Säufer!«, kreischt sie.

»Nenn du mich nicht fett, du spitzohrige Boah-Süchtige!«, erwidere ich genauso gut vernehmlich.

»Wie kannst du es wagen, so etwas zu sagen?«

»Ach, habe ich deine Gefühle verletzt? Warum gehst du nicht und weinst dich bei deiner Freundin Marihana aus? Sie ist doch immer auf neue Informationen aus!«

Eine Sekunde sieht Makri aus, als wollte sie gleich nach dem Schwert greifen. Stattdessen knallt sie ihren Humpen so heftig auf den Tresen, dass der Henkel abbricht, und stürmt aus der Kaschemme.

Ich schreie ihr noch einige wenig schmeichelhafte Beschimpfungen hinterher.

»Noch ein Bier!«, befehle ich dem Wirt. Der überlegt anscheinend kurz, ob er mich auffordern soll, die Taverne zu verlassen, aber ein Blick in mein Gesicht belehrt ihn eines Besseren. Er bringt mir das bestellte Getränk.

Ich bin so wütend wie ein angeschossener Drache. Ich

kann es einfach nicht ertragen, dass Gesox schuldig ist, nachdem ich mich durchgerungen hatte, an seine Unschuld zu glauben. Ich fühle mich etwas besser, weil ich jemanden anschreien konnte. Ich trinke mein Bier aus und lasse mir noch eins geben. Dem folgt das nächste. Dann fängt die Gästeschaft an, mich zu langweilen. Also stoße ich einige Beleidigungen gegen Advokaten aus und schwanke gen Osten nach Kushni. Dort betrinke ich mich hemmungslos mit drei Söldnern aus Misan und einem professionellen Würfelspieler aus dem Weiten Westen und kann schließlich doch noch vergessen, worüber ich so wütend bin.

18. KAPITEL

Ich wache unter einem Busch auf. Irgendwann in der letzten Nacht muss ich in einen kleinen Park gekrochen und eingeschlafen sein. Wenigstens war ich noch genug bei Bewusstsein, um mich nicht einfach in die Gosse zu rollen.

Ich stinke nach Bier, Schweiß und zahlreichen anderen, namenlosen Gerüchen, die ich von der Straße aufgelesen habe. In der ganzen Zeit, als ich Mönche in der Stadt herumgescheucht habe, habe ich ganz vergessen, mich zu waschen. Wenn ich nicht bald die Bäder von ZwölfSeen besuche, werden sie mich als Gesundheitsrisiko entsorgen. Ein paar Bettler sehen mich ausdruckslos an, als ich mich mühsam aufrapple. Ich werfe kurz einen prüfenden Blick auf meine Geldbörse. Sie ist noch da. Ich grüße die Bettler mit einem fröhlichen »Guten Morgen« und mache mich auf den Weg zurück nach ZwölfSeen.

Alles in allem fühle ich mich einigermaßen gut in Form. Ich habe keinen Kater. Ein Blatt vom Lebatrana-Baum scheint einen mehrere Tage lang vor einem Brummschädel zu schützen. Ich sollte nach Süden segeln und eine Schiffsladung davon importieren. In einer Stadt wie dieser hier müsste ich damit ein Vermögen machen. Außerdem bin ich mit dem Leben etwas versöhnter. Gut, Gesox wird gehenkt. Das ist wohl kaum meine Schuld. Und wenn mir die Garde und die Bruderschaft auf den Zehen stehen, dann sollen sie doch. Ich bin bis jetzt ja auch ganz gut mit sehr wenigen Bundesgenossen ausgekommen. Vermutlich kann ich auch so weitermachen.

Also befinde ich mich während meines Rückweges zur *Rächenden Axt* in einer einigermaßen optimistischen Stimmung. Wenn man auf Selbstläuterung aus ist, geht doch nichts über ein ordentliches Saufgelage mit einigen Söldnern. Ihr

Anführer war so groß wie ein Ochse und so blöd wie ein Orgk, aber er war sehr freigiebig und nur allzu gern bereit, einem alten Soldaten mit einer Menge Kampferfahrung ein Bier auszugeben. Ich erinnere mich an einen Witz, den einer der anderen Söldner über zwei niojanische Nutten und einen Elfenlord gemacht hat, und lache laut.

Plötzlich merke ich, dass ich bereits in Pashish bin. Als ich in die Straße der Engel einbiege, eine schmale Straße mit Mietshäusern auf beiden Seiten, fällt mir wieder ein, dass der Ehrwürdige Heretius für seinen Aufenthalt in Turai diese Adresse angegeben hatte. Es ist sicher keine besonders gesunde Gegend, aber für einen Kampfmönch wohl ganz in Ordnung. Oben in den Bergen sind sie sicher weit Schlimmeres gewohnt.

Ich frage mich, ob Heretius wohl noch in der Stadt ist, und überlege, ob ich vielleicht bei ihm vorbeischauen sollte. Er schuldet mir Geld, wenn ich genauer darüber nachdenke. Ich habe die Statue gefunden. Die Dinge sind zwar nicht so gelaufen, wie er es geplant hatte, aber dafür kann ich nichts. Mir ist zwar klar, dass er mich vermutlich nicht bezahlen wird, aber wenigstens gibt mir das die Möglichkeit, ihm zu erzählen, was ich von Leuten halte, die mich engagieren und dabei anlügen und dann auch noch Meuchelmörder anheuern, um den ganzen Dreck aufzuwischen.

Das Gebäude ist nicht so schlecht wie viele andere in Turai, aber mit seinen zerbröselnden Steinen und den sonnengebleichten Balken ist es wahrhaftig keine Bleibe, in der ich gern hausen würde. Kinder haben ihre Namen in den Stein eingeritzt, und die Haustür hängt schief in den Angeln. Wie alle anderen Haustüren in Turai ist auch diese weiß gestrichen, aber nach dem Aussehen des Gebäudes zu urteilen, hat das den Bewohnern auch kein Glück gebracht. Ich stoße sie auf. Die Fackeln sind gelöscht, und das Treppenhaus liegt im Dunkeln. Ich gehe hinauf. Heretius hat mir gesagt, dass er ganz oben wohnt. Als ich den obersten Treppenabsatz erreiche, ist es so dunkel, dass ich nicht mal mehr die Hand vor Augen sehe. Ich ertaste mit ausgestreckten Armen den Weg bis zur Tür und pralle schließlich dagegen. Es ertönt ein Fluch, als sie aufschwingt und dabei offenbar heftig gegen eine dahinter stehende Person schlägt. Dann ertönt das Geräusch eines Körpers, der schwer zu Boden stürzt. Im nächsten Augenblick stürme ich mit gezücktem Schwert durch den Eingang. Die Stimme kenne ich.

Dahinter liegt Sarin die Gnadenlose und bemüht sich gerade, wieder auf die Füße zu kommen. Ich setze ihr meine Schwertspitze an die Kehle. Das ist nur als kleine Aufforderung gedacht, schön liegen zu bleiben. Das Licht aus dem Hinterzimmer strömt in den Flur, und ich blicke finster auf Sarin hinunter. Aus den Augenwinkeln sehe ich etwas Gelbes. Ich riskiere einen kurzen Seitenblick. Sieht aus wie ein gelbes Kleiderbündel, das halb in dem einen Raum liegt, halb in dem anderen.

»Das war der Ehrenwerte Heretius, nehme ich an?«

Sarin antwortet nicht. Ich warne sie davor, auch nur den leisesten Mucks zu machen.

»Ich würde dir zu gern mein Schwert durch den Hals stechen.«

»Warum tust du es dann nicht?«

Das weiß ich selbst nicht, wirklich nicht. Ich werfe der gelb gekleideten Leiche noch einen Seitenblick zu. »Das Gold ist längst futsch. Warum hast du ihn umgebracht?«

»Er hat die Meuchelmörder engagiert, um Vexial zu töten.«

»Und wenn schon? Was geht es dich an?«

Sarin antwortet nicht. Bei jedem anderen hätte ich es sofort akzeptiert. Man kann nicht zulassen, dass der eigene Lehrer getötet wird, und nichts dagegen unternehmen. Jedenfalls nicht, wenn man viele Jahre in einem Bergkloster gelebt und unter seiner Anleitung gelernt hat. Ich habe nur nicht erwartet, dass Sarin zu Emotionen fähig ist. Andererseits hat sie ihn aber auch besucht, als er im Sterben lag.

»Du hast also Vexial gerächt. Und trotzdem warst du bereit, ihn bei dem Goldgeschäft übers Ohr zu hauen. Du wärst damit doch allein aus der Stadt verschwunden.«

»Natürlich.«

»Du bist wirklich so kalt wie das Herz eines Orgks, Sarin.«

Ich überlege, was ich tun soll. Der Dramaturg Zufall hat die ganze Szene so arrangiert, dass die Frau, die umzubringen ich gestern Abend noch geschworen habe, jetzt meiner Gnade ausgeliefert ist. Ich bin einfach nur hereingestürmt und habe sie umgeworfen. Und sie hat anscheinend gerade erst Heretius umgebracht, meinen Klienten. Aber das war auch kein toller Klient. Ich habe nicht vor, Heretius zu rächen. Aber da ist noch die Sache mit Bibendis' Vater. Ich muss seinen Mörder noch aufspüren.

»Und da liegst du nun. Ich kann vielleicht der Garde nicht beweisen, dass du Thalius getötet hast, aber seine Tochter wird vielleicht zufrieden sein, wenn ich ihr sage, dass die Mörderin ihres Vaters ebenfalls tot ist.«

Ich drücke mein Schwert noch ein bisschen tiefer in ihre Kehle. Sarin sieht mich verächtlich an. Sie scheint einfach nicht in der Lage zu sein, Furcht zu zeigen. Vielleicht empfindet sie dieses Gefühl ja überhaupt nicht mehr. Und ihre nächsten Worte bestätigen diese Annahme, denn obwohl sie hilflos am Boden liegt und nur der Bruchteil eines Zentimeters sie noch vom Tod trennt, hat sie keinerlei Bedenken, mich zu beschimpfen.

»Thraxas, du bist ein Stümper und ein Narr! Warum dich jemand engagiert, Ermittlungen anzustellen, begreife ich einfach nicht. Ich habe Thalius nicht getötet! Was nicht heißt, dass ich davor zurückgeschreckt wäre, wenn es etwas gebracht hätte. Niemand würde ihn vermissen außer seiner versoffenen Tochter. Aber es war nicht nötig, ihn zu töten. Ich habe seinen magischen Beutel gestohlen, als er bewusstlos im Boah-Rausch lag. Ich wusste, wo er ihn aufbewahrte, also war das eine sehr einfache Angelegenheit. Aber da die Mönche des Wolkentempels von den Plänen des Sternentempels erfahren hatten, waren sie mir in die Stadt gefolgt. Vermutlich hat der Ehrwürdige Heretius Thalius Scheelauge später selbst getötet.«

»Du erwartest, dass ich dir das glaube?«

»Es kümmert mich nicht, ob du mir das glaubst. Aber wenn du dir seine Robe genauer ansiehst, wirst du etwas Interessantes finden.«

Ich lasse mein Schwert an Sarins Kehle. Erneut frage ich mich, warum diese Mörderin trotz ihrer einfachen Männerkleidung und ihres kurz geschorenen Haupthaares so viele Ohrringe trägt. Irgendwie wirkt das unpassend. Ich schiebe mit meinem Fuß Heretius' gelbe Robe von seiner Brust. Ein Beutel fällt heraus. Er ist zwar flach, aber lang und gebogen wie die Brust des Mönchs. Ich strecke meine Hand aus und untersuche ihn. Er ist voll mit weißem Pulver.

»Boah?«

»Richtig. Hast du nicht bemerkt, dass dein Klient ein Boah-Süchtiger war?«

»Nicht so wie er herumsprang und kämpfte, nein.«

»Nun, er war einer. Deshalb hat auch Vexial das Kloster übernommen und Heretius hinausgeworfen. Und deshalb konnte Heretius auch nicht widerstehen, dem alten Thalius seinen Vorrat abzunehmen, als er mir dorthin gefolgt ist. Dabei hat er ihn getötet.«

Ich starre Sarin an. Sie ist eine rücksichtslose Mörderin und empfindet keinerlei Reue wegen ihrer Taten, und genau deshalb glaube ich auch nicht, dass sie mich in diesem Punkt belügen würde. Aber mir gefallen die Konsequenzen ihrer Worte nicht. Gestern hatte ich noch drei Klienten. Heute wird einer gehenkt, und der andere, ebenfalls tot, scheint den Vater der dritten Klientin getötet zu haben. Das ist mal wieder der Fluch von »Leichen-Säumen-Seinen-Pfad«-Thraxas. Wenn sich das herumspricht, wird mein Geschäft völlig zum Erliegen kommen. Aber wenigstens erklärt das ein wenig Sarins Vorgehensweise.

»Du wusstest, dass Heretius eine Lieferung Boah besaß. Das ist leicht zu verkaufen. Und würde dich für das Gold entschädigen. Deshalb hast du ihn getötet, und nicht, um Vexial zu rächen.«

»Die beiden Dinge hingen glücklicherweise zusammen.«

Was für ein Durcheinander. Boah, Gold, Kampfmönche und Sarin die Gnadenlose. Vermutlich werde ich niemals ganz dahinter kommen, wie alles zusammenhing. Sarin lauert nur auf eine Möglichkeit, unter meinem Schwert herauszutauchen, aber ich achte sorgfältig darauf, ihr keine zu geben.

»Du hast beinah Makri getötet.«

»Der Bolzen galt dir. Ich hätte dich getötet, wenn dein persönlicher Schutzzauber den Bolzen nicht abgelenkt hätte.«

Ich sage ihr nicht, dass ich keinen persönlichen Schutzzauber mit mir herumtrage und dem Bolzen nur durch Glück entkommen bin. Sarin starrt mich trotzig vom Boden aus an. Ich glaube, eine Spur von Spott in ihrem Blick erkennen zu können. Sie weiß, dass ich sie nicht kaltblütig töten kann. Das kann ich einfach nicht. Ich habe das alles so satt. Ich schiebe mein Schwert in die Scheide. Sarin springt gewandt auf die Füße.

»Du bist ein Narr«, sagt sie.

»Das sagtest du schon.«

»Wenn du mir noch einmal in die Quere kommst, bringe ich dich um.«

»Das ist auch nichts Neues.«

»Ist Makri tot?«

»Nein.«

Vielleicht freut es sie sogar, das zu hören. Es ist schwer zu entscheiden. Sie hebt ihre Armbrust vom Boden auf und nimmt auch den Beutel mit Boah an sich.

»Dank dir, Detektiv, werde ich mich nicht am Gold des Königs bereichern können. Also muss dies hier genügen.«

Ich unternehme keinen Versuch, sie daran zu hindern. Sarin schlüpft durch die Tür und verschwindet.

Ich werfe einen Blick zu Heretius' Leichnam. »Hast du Thalius wirklich getötet?«, frage ich ihn, aber er antwortet mir nicht. Natürlich nicht. »Es war eine sehr dumme Idee, die Meuchelmördergenossenschaft zu engagieren, damit sie Vexial umbringen«, fahre ich fort. Es ist angenehm, einen Leichnam zu belehren. Er widerspricht nicht. »Es ist immer eine dumme Idee, die Meuchelmörder zu engagieren. Sie töten deine Feinde, sicher, aber die Sache hört niemals an der Stelle auf. Es gibt immer einen, der sich rächen will.«

Ein Armbrustbolzen ist tief in seine Brust eingedrungen. Trotz seines Alters wirkt sein Gesicht im Tod beinah heiter. Soll ich die Wohnung durchsuchen? Besser nicht. Soll doch jemand anders die Sache klären.

Mein Optimismus ist wieder verschwunden. »Leichen-Säumen-Seinen-Pfad«-Thraxas hat wieder zugeschlagen. Anscheinend kann ich keinen Schritt in dieser Stadt tun, ohne über einen Toten zu stolpern. Es wäre nicht so schlimm, wenn es nicht alles Leute wären, mit denen ich irgendwie zu tun hatte. Gesox wird bald baumeln. Vexial und Heretius sind tot. Heretius hat Bibendis' Vater umgebracht, zumindest ist das sehr wahrscheinlich. Ich seufze und gehe nach Hause. Draußen ist es so heiß wie in der orgkischen Hölle. Warum hat hier überhaupt jemand eine Stadt gebaut? Ein Bettler streckt seinen verwelkten Arm nach mir aus. Ich lasse eine kleine Münze hineinfallen. Dann schicke ich eine anonyme Nachricht vom nächsten Botenzunft-Posten los und lasse darin Hauptmann Rallig den Aufenthaltsort von Heretius' Leichnam wissen.

Vermutlich hätte ich Sarin töten sollen, als ich die Chance dazu hatte. Jetzt werde ich in irgendeinem zukünftigen Fall erneut auf sie stoßen, und sie wird dann aller Wahrscheinlichkeit nach mir einen Bolzen in den Wanst jagen. Ich grinse spöttisch. Wenigstens glaubt sie, dass ich einen persönlichen Schutzzauber mit mir herumtrage. Vermutlich denkt das jeder. Immerhin bin ich ein magischer Detektiv oder gebe es zumindest vor. Aber ich habe weiß Gott nicht mehr die Energie, diesen Zauber die ganze Zeit im Kopf zu behalten.

Ich konnte sie nicht einfach umbringen. Ich konnte es nicht über mich bringen, ihr kaltblütig mein Schwert durch den Hals zu rammen. In den letzten paar Tagen habe ich genug Tote gesehen.

Ich mache einen Abstecher zu den Bädern, wasche mich und kämpfe mich dann an den Baustellen im Quintessenzweg vorbei. Steinmetze verfluchen ihre Lehrlinge, während diese angestrengt versuchen, schwere Steinquader auf Gerüste zu wuchten, und Vorarbeiter brüllen wütend Zimmermänner und Klempner an, die sich in der Hitze abmühen. Es ist eine wahre Erleichterung, endlich nach Hause zu kommen.

Makri säubert gerade die Tische.

»He, Makri, kennst du schon den Witz mit dem Elfenlord und den beiden niojanischen Nutten?«

Makri straft mich mit Missachtung und stapft wütend davon.

Mist! Ich habe den Streit vergessen. Schlagartig fällt mir alles wieder ein. Habe ich sie wirklich eine spitzohrige Boah-Süchtige gescholten? Ich seufze. Jetzt werde ich auf keinen Fall mehr in Ruhe ein Bierchen zischen können.

Dandelion kreuzt auf. Genau die hat mir gerade noch gefehlt.

Sie lächelt mich entzückt an und reicht mir eine kleine Börse aus billigem Stoff. Mein Name ist hineingestickt.

»Sie kommt von den Delfinen«, erklärt sie. »Na ja, die Börse ist von mir. Aber was drin ist, kommt von den Delfinen. Es ist ihr Dank dafür, dass du ihren Heilstein wieder beschafft hast.«

Ich mache die Börse auf. Drinnen liegen fünf antike Goldmünzen, die sehr lange Zeit im Wasser gelegen haben, und außerdem ein kleiner grüner Edelstein. Ich nehme eine der Münzen in die Hand. Sie trägt das Abbild von König DeMarkius. Viele sieht man davon nicht mehr, schon gar nicht in

ZwölfSeen. Sie sind etwa fünfzig Gurans wert. Mal fünf macht zweihundertfünfzig Gurans. Das ist in meinem Beruf eine gute Bezahlung. Meine übliche Anzahlung beträgt nur dreißig Gurans. Und dann auch noch der Edelstein. Ich werde ihn von Pump, dem Pfandleiher, schätzen lassen.

»Richtet den Delfinen meinen besten Dank aus«, sage ich Dandelion. »Und sagt ihnen auch, dass dies eine sehr großzügige Bezahlung ist.«

»Ich wusste, dass du der richtige Mann warst, um ihnen zu helfen«, behauptet Dandelion. Dann plappert sie weiter davon, dass mein Horoskop irgendwelche Sternenkonstellationen aufweise, die auf Mitgefühl für Delfine hindeuteten. Ich habe keine Puste mehr, um sie zu beschimpfen, also verabschiede ich mich einfach höflich und gehe hinauf zu meiner Zimmerflucht. Dort setze ich mich an den Schreibtisch und starre ins Leere. Mir fällt auf, wie hungrig ich bin. Ich brauche etwas von Tanroses Eintopf. Wenn ich jetzt wieder hinuntergehe, wird Makri mich wahrscheinlich mit dem Mopp aufspießen. Aber dann fällt mir ein, dass jetzt ihr Rhetorikseminar stattfindet. Also beschließe ich, das Risiko einzugehen.

Tanrose häuft mir eine große Portion Eintopf auf meinen Teller und gibt mir auch einen Teller mit Pfannkuchen, mit denen ich die Soße auftunken kann. Als ich mir noch vier oder fünf Pastetchen aussuche, um die Mahlzeit abzurunden, wirft sie mir einen merkwürdigen Blick zu.

»Makri ist sauer.«

»Das habe ich bemerkt.«

»Warum hast du sie beschuldigt, Boah-süchtig zu sein?«

»Ich hatte schlechte Laune.«

Das ist in meinen Ohren eine vollkommen hinlängliche Erklärung, aber Tanrose sieht das offenbar anders.

»Kein Wunder, dass sie beleidigt war. Und ihr dann noch zu unterstellen, dass sie Informationen an die Meuchelmördergenossenschaft weitergibt! Du weißt genau, wie loyal Makri ist!«

Ich hebe hilflos meine Hände. »Ich habe sie nicht beschuldigt, Informationen weiterzugeben. Ich habe es nur angedeutet. Es war im Eifer des Moments. Ich hatte gerade eben einen Klienten an den Galgen geschickt. Was erwartet sie da von mir? Soll ich deswegen vielleicht in Jubel ausbrechen? Außerdem hat sie mich auch recht ausführlich beschimpft.«

»Du bist erwachsen, Thraxas«, erklärt Tanrose. »Und du kennst fast die Hälfte der Leute in Turai. Du kannst überall hingehen, um deinen Ärger abzulassen. Ich denke, dass du ein paar Beleidigungen gelassen an dir abgleiten lassen könntest. Makri ist jung und immer noch eine Fremde, und sie hat viel Ärger wegen ihres Orgk-Blutes. Vermutlich ist sie auf dich angewiesen.«

»Auf mich angewiesen? Und was ist mit all ihren reichen Freundinnen in der Vereinigung der Frauenzimmer?«

»Ich bezweifle stark, dass sie die zu ihren Freundinnen zählen kann.«

»Na fein. Aber ich bin eine Art Freund, ja? Und jetzt soll ich mich auch noch schuldig fühlen, hm? Verdammt, was schlägst du vor?«

»Bring ihr Blumen«, erwidert Tanrose wie aus der Pistole geschossen.

Dafür habe ich nur Spott übrig. »Tanrose, du setzt viel zu viel Glauben in die heilende Wirkung eines Blumenstraußes. Ich muss zugeben, dass er letztes Mal wie ein Zauberamulett gewirkt hat, als Makri aufgeregt war, aber das war eindeutig ein Sonderfall.«

Ich hatte sie aus Versehen mit einem Schlafzauber mitten in einem Kampf vor ihrem Widersacher schlafen gelegt, und natürlich regt das eine Frau, die so scharf aufs Kämpfen ist wie Makri, mächtig auf. Also habe ich Tanroses Rat befolgt, und zu meiner Überraschung hat mich Makri umarmt, als ich ihr einen ziemlich mickrigen Blumenstrauß überreicht habe. Dann ist sie in Tränen ausgebrochen und aus dem Zimmer gelaufen. Ein Verhalten, das nach Tanroses Deutung bedeutete, das alles wieder gut war. Aber das konnte nur funktionieren, weil ihr niemals zuvor jemand Blumen geschenkt hatte. So dumm, zweimal darauf hereinzufallen, ist sie nicht.

»Versuch es einfach«, erklärt Tanrose.

Ich seufze. Wenn Tanrose nichts Besseres einfällt, dann ist die Lage vermutlich hoffnungslos.

Makri platzt durch die Vordertür.

»Ein großartiges Rhetorikseminar!«, ruft sie der Köchin zu und sieht mich an der Bar sitzen. Also geht sie an mir vorbei und murmelt etwas davon, dass sie unbedingt lüften müsste, um den üblen Gestank zu vertreiben.

»Zum Teufel damit!«, knurre ich und stürme hinaus, nicht erfreut über das, was vor mir liegt. Floxos, der Blumenverkäufer, führt seinen Laden an der Ecke vom Quintessenzweg bereits seit dreißig Jahren, ohne auf mich als Kunden angewiesen zu sein. Als ich dann vor ein paar Monaten das erste Mal angerauscht kam, um Blumen für Makri zu holen, habe ich praktisch einen Volksauflauf verursacht. Diesmal ist es genauso schlimm.

»Heh, Tranox!«, schreit er dem Fischhändler zu. »Thraxas kauft wieder Blumen!«

»Hat wohl immer noch seine Freundin, hm?«, erwidert Tranox so laut, dass die ganze Straße mithören muss.

»So isses richtich, Thraxas!«, kreischt Nitribix, eine der gefragtesten Huren von ZwölfSeen.

»Das ist mal ein richtiges Mannsbild!«, keift ihre Gefährtin, sehr zur Belustigung der Bauarbeiter auf dem nächsten Gerüst, die einige höchst zotige Bemerkungen beisteuern.

Ich eile nach Hause. Ich weiß, dass es nicht mehr klappen wird. Ich werde Tanrose einige bittere Worte zuflüstern, wenn Makri mir diesen Blumenstrauß in den Schlund gestopft haben wird. Ich stürme in die *Rächende Axt*, wo Makri Tanrose gerade von ihrem Rhetorikkurs erzählt. Rasch und ohne etwas zu sagen drücke ich ihr den Strauß in die Hand, marschiere sofort weiter an die Bar. Dort hämmere ich mit der Faust auf den Tresen und verlange heiser nach einem Bier und einem großen Glas Kleeh. Ich muss zugeben, dass es mir dabei an einer gewissen Eleganz mangelt.

Beinah augenblicklich tippt mir jemand auf die Schulter. Sie umarmt mich, bricht in Tränen aus und stürzt aus dem Gastraum. Ich erinnere mich an das letzte Mal und bin ziemlich sicher, dass es ein gutes Zeichen ist, aber ich lasse es mir von Tanrose sicherheitshalber noch einmal bestätigen.

»Bedeutet das, alles wird gut?«

»Aber ja doch.«

Mir kommt das alles höchst merkwürdig vor.

»Weißt du, Tanrose, irgendwie finde ich das höchst merkwürdig. Was zum Teufel ist so Besonderes an einem Blumenstrauß?«

»Vieles, wenn du einen großen Teil deines Lebens in einer orgkischen Gladiatorengrube verbracht hast. Ich kann mir kaum vorstellen, dass es dort viele Blumen gibt. Makri hat vermutlich noch nie zuvor ein Geschenk bekommen.«

Das denke ich auch.

»Glaubst du, dass es auch bei meiner Frau gewirkt hätte?«

»Auf jeden Fall hätte es nicht geschadet. Hast du ihr denn niemals Blumen geschenkt?«

»Selbstverständlich nicht. Ich wusste ja nicht, dass ich das hätte tun sollen. Ich wünschte, ich hätte dich schon gekannt, als ich noch jünger war, Tanrose. Das hätte alles viel einfacher gemacht.«

Ich nehme mein Bier und eine neue Portion Eintopf und lasse mich an meinen Lieblingstisch plumpsen. Dabei denke ich über das rätselhafte Wesen der Frauen nach. Ich glaube, es ist vielleicht gar nicht mein Fehler, dass ich nie mit ihnen klargekommen bin. Denn über dieses wichtige Thema hat man uns an der Zaubererschule nie etwas beigebracht.

19. KAPITEL

Die Dinge normalisieren sich allmählich wieder, womit ich sagen will, es bleibt heiß. Auf den Straßen wimmelt es von Bauarbeitern, und ich gebe jeden Gedanken an Arbeit für den Rest des Sommers auf. *Der Berühmte Und Wahrheitsgetreue Chronist* kommt mit seinen Artikeln über die Affäre um die mit Gold gefüllte Statue kaum noch nach, und auch ich komme in der Berichterstattung sehr vorteilhaft weg. Das ist leider immer gut fürs Geschäft.

Ich schaffe es sogar, einen Batzen von der Belohnung für die Wiederbeschaffung des Goldes zu ergattern – obwohl der natürlich längst nicht so groß ist, wie er eigentlich hätte sein sollen. Aber nachdem Gardisten, Advokaten, die Angestellten des Prätors und untergeordnete Stadtbüttel ihren Obolus abgezwackt haben, bleibt nicht mehr viel für den Mann übrig, der das Gold eigentlich gefunden hat. Und ich musste mich bei Vizekonsul Zitzerius mächtig ins Zeug legen, um selbst dieses vergleichsweise Almosen zu ergattern.

Wir sitzen hinten im Hof, wo Cimdy und Bertax Mandoline und Flöte spielen. Die Kaschemme ist im Augenblick menschenleer. Dandelion lebt wieder am Strand, und Bibendis ist nach Thamlin zurückgekehrt. Sie trinkt weniger und leitet stattdessen eine Zweigstelle der Vereinigung für Frauenzimmer, Abteilung wohlhabende Vorstadtdamen. Jedenfalls erzählt mir das Makri.

»War es nun Vexial oder Heretius, der diese ganze Sache angefangen hat?«

»Ich weiß es wirklich nicht. Als alles vorbei war, konnte man das nicht mehr so genau sagen. Es ist schwer, zu entscheiden, wer was getan hat oder wer von beiden schlimmer war. Als ich als Detektiv angefangen habe, dachte ich noch, jeder Fall müsste ein Verbrechen am Anfang und eine Lösung am Ende haben, aber manchmal ist es nicht so einfach. Hier ist nur ein Haufen Leute herumgelaufen, von denen sich die einen schlimmer aufgeführt haben als die anderen, und am Ende wussten sie alle nicht mehr genau, wer eigentlich was getan hat. Trotzdem würde ich sagen, alle haben verdient, was sie bekommen haben, vor allem Gesox.«

Er wurde letzte Woche aufgeknüpft. Ich habe es mir geschenkt, der Hinrichtung beizuwohnen. Lolitia ist wieder in Pashish. Sie vermisst wahrscheinlich Vexial mehr als Rodinaax, denke ich. Wenigstens besitzt sie noch Rodinaax' wertvolle Statuen, die ihr das Alter versüßen werden.

»Weißt du eigentlich, dass ich von keinem dieser Leute bezahlt worden bin? Abgesehen einmal von den Delfinen, natürlich. Dieses ganze Herumhetzen im Magischen Raum, dem Tod aus Sarins Armbrust ins Auge zu sehen, und alles ohne jede Aufwandsentschädigung. Ich lasse wirklich allmählich nach. So werde ich niemals aus ZwölfSeen herauskommen.«

»Das wird dir vielleicht dabei helfen«, meint Makri und holt etwas aus dem Beutel, den sie um den Hals trägt. Es ist ein goldener Finger. »Ich habe ihn der Statue abgehackt, als wir aus dem Magischen Raum herausgekommen sind«, erklärt sie. »Ich dachte, wir hätten eine Belohnung verdient. Ich teile ihn mit dir!«

»Gut mitgedacht!«

Ich betrachte den goldenen Mittelfinger. Die Hälfte davon ergibt einen schönen Batzen Gurans. So schlecht habe ich gar nicht abgeschnitten. Ein paar nette Fälle im Winter, vielleicht etwas lukrative Arbeit für die Transport-Gilde oder sogar für den Ehrenwerten Verein der Kaufmannschaft, und ich schaffe es doch noch, mich auf immer von ZwölfSeen zu verabschieden. Der Sommer ist hier die Hölle, und der Winter ist auch nicht viel besser. Und in der schwülen Regenzeit, die uns in einem Monat bevorsteht, verwandeln sich die Straßen in reißende Flüsse, und Bettler ertrinken vor unseren Augen. Ich kann den Gedanken daran kaum ertragen.

Aber das muss ich im Augenblick auch nicht. Ich hole mir einen Riesenhumpen »Zünftiger-Zunftmann«-Bier vom Tresen und lege mich wieder in den Schatten. Während ich der einlullenden Musik von Cimdy und Bertax zuhöre, verwehen alle Gedanken an Mönche, Mörder und Marodeure, und ich döse friedlich ein.

ENDE